Rennes, 27 octobre 2013, au matin -

LA MAISON MUETTE

Bibliothèque écossaise
dirigée par Keith Dixon

Lewis Grassic Gibbon
Sunset Song

Alasdair Gray
Lanark
Le Faiseur d'Histoire

James Kelman
Le Poinçonneur Hines
Le Mécontentement

James Robertson
Le Fanatique

Alexander Trocchi
Young Adam

JOHN BURNSIDE

LA MAISON MUETTE

(Roman de chambre)

Traduit de l'anglais (Écosse)
par Catherine Richard

Éditions Métailié
5, rue de Savoie, 75006 Paris
www.editions-metailie.com
2003

Traduit avec le concours du Centre National du Livre
et
Publié avec le concours du Scottish Arts Council

Supported by
THE SCOTTISH ARTS COUNCIL
and ACME INSURANCE

Titre original : *The Dumb House*
1re publication : Jonathan Cape, Londres

ISBN : 2-86424-480-2

Je tiens à exprimer ma reconnaissance à la Fondation des Auteurs pour le soutien qu'elle m'a apporté dans la réalisation du présent ouvrage.

Je ne suis pas encore confit en lexicographie au point d'oublier que les paroles sont les filles de la terre, et les objets les fils du ciel. Le langage n'est que l'instrument de la science, et les mots ne sont autres que les signes des idées ; j'aimerais cependant que les instruments soient moins enclins à se détériorer, et que les signes soient permanents, comme les objets qu'ils décrivent.

Samuel JOHNSON

I

KAREN

Nul ne pourrait dire que ce fut un choix de ma part de tuer les jumeaux, pas plus qu'une décision de les mettre au monde. Ces événements s'imposèrent l'un et l'autre comme une nécessité inéluctable, un des fils dont est tissée la toile de ce que l'on pourrait appeler le destin, faute d'un mot plus approprié... un fil que ni moi ni personne n'aurait pu ôter sans dénaturer le motif entier. En revanche je décidai de procéder aux laryngotomies, ne serait-ce que pour mettre un terme à leur chant continuel (si tant est qu'on puisse appeler cela un chant), ce hululement qui saturait mes journées et pénétrait mon sommeil par la moindre fissure de mes rêves. Sur le moment, toutefois, j'aurais dit qu'il s'agissait d'un acte logique, d'une étape de plus dans la recherche que j'avais entreprise presque quatre ans auparavant... la seule expérience éminemment importante que puisse mener un être humain : trouver le siège de l'âme, ce don unique qui nous différencie des animaux ; le trouver en instaurant tout d'abord une carence et ensuite, plus tard, en procédant à une destruction logique et nécessaire. Je fus surpris de la facilité avec laquelle je pus opérer sur ces deux êtres à demi dégrossis. Ils existèrent dans un autre monde : celui des rats de laboratoire, ou l'espace mouvant et dénué de fonction du véritable autisme.

Cette expérience est maintenant terminée. Elle a pris fin, uniquement pour pouvoir recommencer sous une autre forme. Je sais, si tant est que je sache quoi que ce soit, que c'est là le véritable schéma de notre vie : un enchaînement d'incessantes répétitions, ponctué de variations infimes quoique significatives, qui se déroule au fil des ans. L'expérience avec les jumeaux n'était qu'une simple variation sur le thème d'une existence entière. S'il s'était agi d'un travail conventionnel, je serais en train d'en consigner les résultats, de décrire, dans un langage abstrait, un problème initial, une série d'hypothèses et vérifications, l'issue finale. Tout serait clairement énoncé, en termes scientifiques. Mais il ne s'agissait pas d'un travail conventionnel. Il n'existe aucun moyen de dépeindre cette expérience sans dépeindre aussi tout ce qui s'est passé depuis le matin où je prononçai mon premier mot, voilà trente ans, jusqu'au moment où j'ai fermé à clé la porte du sous-sol en laissant les jumeaux à l'intérieur, désormais réduits au silence, se scrutant l'un l'autre avec cet air de chagrin égaré qui, en fin de compte, rendit l'expérience impossible à continuer. Je branchai la musique avant de quitter la pièce, mais je n'avais toujours aucun moyen de savoir ce qu'elle avait signifié pour eux durant leurs années d'isolement. Une fois dehors, j'approchai l'œil de l'ouverture grillagée pour jeter un dernier regard : ils ne semblaient pas avoir remarqué mon départ. Sans bruit, je les abandonnai à la digestion de leur repas empoisonné, montai voir si Karen allait bien, puis préparai du café et attendis.

Cela fait un drôle d'effet à présent, ce silence. Peut-être était-ce ce que j'attendais depuis le début, ce que je voulais. C'est plus qu'une absence de bruit. C'est quelque chose que j'ai mérité : à présent je comprends que sans cela, je n'aurais pu envisager le présent récit. Je devais en connaître la fin avant de l'entreprendre. À présent, je peux commencer par le commencement, quand mère, avec ses belles toilettes, vient tous les soirs dans ma chambre me lire des histoires, mère avec ses perles et ses robes somptueuses, tel un de ces parasites exquis qui contaminent et envahissent leur hôte, sans jamais aller jusqu'à le détruire tout à fait… et qui même, en l'occurrence, créent l'illusion d'une symbiose naturelle, d'une réciprocité nourricière. On ne peut se retenir d'admirer une telle élégance.

Non que je l'en blâme, d'ailleurs. Je l'aimais autant qu'il est possible d'aimer quiconque. Rétrospectivement, j'arrive à voir ses défauts. J'arrive à être détaché, clinique même, dans l'analyse que je fais de notre vie commune ; pourtant, même à présent, je continue de l'aimer. Enfant, j'étais ébloui par la présence de cet être merveilleux, cette femme qui avait fait de sa personne un si bel objet qu'elle-même s'arrêtait parfois pour admirer son propre reflet dans un miroir ou une vitre voilée d'obscurité. Enfant, on aime qui on peut. Mon père était timide envers moi, mal à l'aise, retranché dans un cocon, craignant toujours que je m'immisce on ne sait comment et que je le touche. Je crois qu'il avait davantage peur de moi que de mère : il était obsédé par une possible violation, par l'idée de passer pour celui qui s'ingérait entre nous, aussi endossa-t-il le rôle que mère lui avait assigné, celui du mari invisible.

À un certain niveau, je compris sans doute toujours à quel point mère était distante, même envers moi. Elle travaillait sans cesse, tel un architecte, à bâtir un édifice d'histoires, à traiter sa vie et la mienne comme un ouvrage de fiction. Je compris qu'elle était absorbée par un exercice, une invention au sens ancien du terme : tout ce qu'elle faisait était contrôlé, chacune des histoires qu'elle racontait était un rituel. Rien ne variait jamais, et j'admirais cela. Notre relation ressemblait à celle du prêtre et de l'enfant de chœur à la messe : elle était le célébrant, moi j'assistais ; nos rôles et offices étaient divinement distribués, par conséquent immuables. À présent encore, je soupçonne qu'elle avait raison : grâce à ses stratagèmes, notre vie était ordonnée. Nous pouvions éviter l'intimité sans nous terrer dans nos chambres comme le faisait mon père ; en usant de rituels et d'histoires, elle créait un terrain neutre où nous pouvions nous retrouver, où tout pouvait être contrôlé, où rien ne débordait jamais les frontières que nous nous fixions.

En présence d'autres personnes, nous étions guindés, peut-être même froids. C'était mon père qui entretenait la conversation avec les invités, en leur racontant des anecdotes sur ses débuts dans les affaires, l'époque où il était en Palestine, la cour maladroite qu'il avait faite à ma mère, en engageant ses interlocuteurs à participer d'une certaine façon, cependant qu'elle l'observait d'un air lointain, presque méprisant. L'anecdote préférée de mon père était celle de leur première rencontre : comment, alors qu'il se promenait sur une route de campagne, en été à l'heure du couchant, il se retrouva en face d'une belle jeune femme aux boucles châtains, qui traînait un colis le long de Blackness Lane. Lui était en uniforme, à l'époque. Il s'arrêta, proposa son aide, et ce fut ainsi qu'ils firent connaissance : un homme en uniforme, rentré au pays le temps d'une permission, partant rendre visite à un ami d'un village voisin, et la jolie fille qui voulut bien le laisser porter son paquet, mais ne lui adressa pratiquement plus un mot pendant tout le trajet qui la ramenait chez elle. Mère écoutait le récit qu'il en faisait, puis l'interrompait, vers la fin.

Ça ne s'est pas du tout passé comme cela, lançait-elle aux invités, puis elle se tournait vers mon père et lui disait, avec un agacement qui semblait feint : j'aimerais que tu t'abstiennes de raconter des histoires aussi ridicules.

Mère insistait pour que je prenne part à ces réunions : elle avait besoin de quelqu'un qui soit témoin de la conduite de mon père. Je remplissais donc cet office de mon mieux, ce qui ne faisait qu'accroître la gêne de mon père à mon égard après coup, une fois les invités partis. À l'époque, je soupçonnais que ses histoires étaient vraies (je comprenais même son désarroi) seulement elles ne parvenaient pas à cadrer avec les exigences de mère, non pas d'exactitude, mais de justesse, exigences qui pourraient s'appliquer à une œuvre de fiction ou un portrait. Je constate à présent à quel point je ressemble à ma mère. Parfois, debout dans la cuisine, je contemple l'obscurité, dehors, et je vois son visage qui retourne mon regard, depuis le bosquet d'arbustes. Ce n'est que mon propre visage, mais il suffit d'un infime artifice de lumière et je la vois en moi : les mêmes yeux, la même bouche. Cette ressemblance n'est pas difficile à déceler, en revanche je constate aujourd'hui seulement que je ressemble également à mon père : que je suis tout aussi faible que lui, et que ce fut cette faiblesse qui mena à l'échec l'expérience avec les jumeaux. Quelque chose, dans mon esprit, reste indécis. Il faudrait tout prendre au sérieux, mais dans un esprit de jeu ; j'aurais dû mener l'expérience avec cette même concentration indéfectible qu'exige un puzzle ou une bonne histoire. C'est là l'essence de la démarche scientifique. Mon problème vint de ce que je ne sus pas jouer : je restai solennel, plutôt que sérieux. Je ne réfléchis pas assez. Je ne sus pas traduire l'intention dans l'acte.

Plus tard, quand je redescendis au sous-sol, les jumeaux étaient morts. Ils gisaient par terre, près d'un des haut-parleurs : ils se tenaient pelotonnés, enlacés dans les bras l'un de l'autre en une posture qui me rappela les jeunes singes, cette façon qu'ils ont de s'agripper à n'importe quoi lorsqu'ils ont peur. J'attendis un long moment avant d'ouvrir la porte. Je crois que, même alors, j'avais peur d'eux, peur qu'ils soient en train de me jouer un tour de quelque inexplicable manière, peur qu'ils ne soient pas vraiment morts mais feignent de l'être, en espérant me prendre au dépourvu. Et pourtant, quel mal auraient-ils pu me faire ? Ce n'étaient que de petits enfants, après tout. J'ouvris la porte et m'avançai jusqu'à l'endroit où ils gisaient : ils étaient morts, bien sûr, et apparemment sans trop souffrir. Leur douleur avait certes dû être minime, comparée au calvaire enduré par Lillian durant les quelques jours qui suivirent leur naissance. J'en fus heureux. Il semblait juste et normal de les ensevelir à côté d'elle, dans le jardin d'iris ; ce fut donc ce que je fis. Je travaillai tout l'après-midi à préparer la tombe, puis les transportai hors de la maison l'un après l'autre, dans la lumière du couchant, et les installai l'un à côté de l'autre, face à face dans la terre humide. Il est maintenant minuit. Karen Olerud est à l'étage, toujours endormie dans sa douce prison. Je suis seul, à tous points de vue. À présent, enfin, je peux recommencer.

À dater de l'instant où je parlai pour la première fois, j'eus le sentiment que l'on m'attirait dans un piège. Je me rappelle encore, le souvenir est net et indiscutable : je suis dans le jardin, et mère prononce le mot *rose*, le répète maintes et maintes fois, le récite telle une incantation magique en montrant du doigt les fleurs qui ornent le treillage, rose tendre et légèrement soufflées… et moi j'écoute, je regarde ses lèvres bouger, en tâchant encore de dissocier la fleur du son. J'avais déjà dépassé l'âge d'apprendre à parler (deux ans, ou peut-être bientôt trois). Pendant longtemps, je refusai de parler… ce fut en tout cas ce que me raconta mère. J'avais beau sembler intelligent à d'autres égards, le langage me posait des problèmes. Elle était même allée chez le médecin à ce propos, mais il lui avait expliqué que ce genre de choses arrivait, que c'était tout à fait normal. Tôt ou tard, j'apprendrais à parler, à mon heure, et je rattraperais très vite le temps perdu. Il avait raison. Lorsque effectivement, je me mis à parler, ce fut un genre de capitulation, comme si quelque tension de mon corps s'était rompue, et je prononçai mon premier mot cet après-midi-là, le mot *rose*, pour désigner cette chose délicatement colorée, charnue, qui fusa tout à coup hors de l'indescriptible continuum de mon monde et devint un objet.

Le leurre et la beauté du langage résident dans le fait qu'il semble ordonner l'univers entier, nous poussant à croire, à tort, que nous vivons à portée de vue d'un espace rationnel, d'une possible harmonie. Mais si les mots nous éloignent du présent, de sorte que nous n'appréhendons jamais vraiment la réalité des choses, ils font du passé une complète fiction. Aujourd'hui, quand je regarde en arrière, je me souviens d'un monde différent : ce qui devait paraître arbitraire et anarchique sur le moment semble parfaitement logique à mesure que je l'expose et pénétré d'une limpidité qui va jusqu'à supposer un but, un sens à la vie. Je me souviens de la campagne qui environnait notre maison avant que ne soient construits les nouveaux lotissements : une obscurité dense, infinie, emplie d'oiseaux à couvert et de houx, gorgée de l'atmosphère des années 50. Je me souviens du vieux village : des enfants passant de maison en maison, vêtus de draps blancs, chantant et riant dans le noir, agitant les bras au passage de notre voiture. Je me souviens de ces mois que je passai ici, seul, après que mère mourut. Le soir, une fois la campagne plongée dans le silence et le calme, j'ôtais mes vêtements et allais, nu, d'une pièce à l'autre, puis sortais dans la fraîcheur du clair de lune pour errer parmi les plates-bandes tel un animal ou quelque envoyé des fées comme il en existait dans les contes de mère. Le jardin est clos de murs : nul ne pouvait me voir, et la maison était si éloignée du village que je n'entendais rien d'autre que les chouettes dans le bois ou le jappement occasionnel des renards loin dans les prés. Je me demandais parfois si j'existais réellement : mon corps semblait autre, nimbé de sa propre odeur pénétrante et suave, une odeur pareille au sommeil, mêlée de Chanel N° 19 trouvé sur la coiffeuse de mère.

Lorsque j'étais enfant, mère venait dans ma chambre pour me raconter des histoires. C'était un rituel qu'elle orchestrait sans variation : je devais monter me coucher, puis elle me rejoignait au bout de cinq minutes. J'entendais l'horloge sonner neuf heures pendant qu'elle montait l'escalier. Parfois elle apportait un livre, mais bien souvent, elle racontait de mémoire. Je ne saurais dire si elle inventait ces histoires ou les apprenait par cœur, mais pas une seule fois elle n'hésita ni ne se trompa. À l'époque, j'avais l'impression qu'elle connaissait toutes celles qui furent un jour racontées et qu'il lui suffisait de réfléchir un instant à une histoire donnée pour qu'aussitôt tous les détails affluent à son esprit. Ce fut mère qui me raconta l'histoire d'Akbar : comment il fit bâtir la Maison muette, non par goût du lucre, ni même pour vérifier une hypothèse, mais par pure curiosité. Nul ne sait combien de temps la Maison muette resta debout ni ce qu'il advint des enfants qui y vécurent enfermés avec leurs serviteurs muets. Nul ne le sait parce que l'histoire de la Maison muette n'était guère qu'un épisode au sein d'une autre histoire beaucoup plus longue, une anecdote ajoutée, citée en passant pour illustrer la personnalité d'Akbar le Moghol, l'empereur dyslexique dont la collection de manuscrits fut la plus riche que l'on connaisse au monde. Plus tard, je compris que la majeure partie des détails de l'histoire étaient des embellissements que mère ajouta de son propre chef, pour donner de l'ampleur à ce passage précis que j'aimais tant. En fait, la version initiale de la Maison muette était simple et fugace. Les conseillers du Moghol y débattaient de la question suivante : un enfant vient-il au monde doué de l'aptitude innée, divine, à la parole ? Ils s'accordaient sur le fait que, d'une certaine façon, ce don est l'équivalent de l'âme, unique caractéristique qui distingue l'humain de l'animal. Mais Akbar, lui, déclara que le langage est acquis, pour la simple et bonne raison que l'âme est innée et que l'âme ne se caractérise par aucune faculté particulière, que ce soit l'aptitude à parler, à rêver ou à raisonner. Car certes, poursuivit-il, si le langage émanait de l'âme, alors il n'existerait qu'une langue et non une multiplicité. Mais les conseillers ne furent pas d'accord. S'il existait, il est vrai, une multiplicité de langues, celles-ci n'étaient guère que des altérations du don initial ancré dans l'âme par Dieu. Ils avaient eu vent de cas d'enfants laissés à l'abandon pendant des années ou élevés par des animaux : en de telles circonstances, ces enfants avaient créé leur langue à eux, que personne d'autre ne comprenait et qu'ils ne pouvaient avoir apprise de quiconque.

Akbar écouta. Quand les conseillers eurent fini de parler, il leur annonça qu'il allait vérifier leur hypothèse. Il fit construire une demeure par ses artisans, loin de la ville : une grande maison, bien aménagée, dotée de ses propres jardins et fontaines. Là, Akbar installa une cour de muets où il amena un certain nombre de nouveau-nés rassemblés des quatre coins de l'Empire. Les enfants étaient bien traités et on leur apportait tout ce dont ils pouvaient avoir besoin, mais du fait du mutisme de leurs gardiens, ils n'entendaient jamais le langage humain si bien qu'en grandissant ils se révélèrent incapables de parler, comme Akbar l'avait prédit. Les gens venaient de partout dans le royaume pour voir la maison. Ils passaient des heures devant le mur d'enceinte des jardins, à écouter le silence, et à partir de ce moment-là, la demeure devint célèbre sous le nom de Gang Mahal, ou Maison muette.

Le soir, mère venait dans ma chambre et me racontait cette histoire. Naturellement, sa version à elle était différente : elle mentionnait à peine la controverse à propos du caractère inné du langage ou de la nature de l'âme. Au lieu de quoi elle décrivait le Gang Mahal avec un luxe de détails : les orangers dans les pots de terre cuite, les murs incrustés de pierreries, le silence fantomatique. Couché dans mon lit, j'écoutais, je regardais bouger ses lèvres, enivré par son parfum. Je me demandais ce qui s'était passé une fois ces enfants devenus grands : comment ils pensaient, pour peu que penser soit possible, s'il leur arrivait de conserver le moindre souvenir d'une seconde à l'autre. Il y a des gens qui affirment que le langage est magique. Pour eux, les mots ont le pouvoir de créer et de détruire. À force d'écouter les histoires que me racontait mère, je me retrouvai pris dans les rets d'une certaine vision du monde : une attente, une peur secrète. Même à présent, rien ne me semble plus beau que le langage lorsqu'il crée une sensation d'ordre : l'attribution d'un nom aux choses en fonction de leur véritable nature, l'activité de classification, la création de règnes et genres, espèces et sous-espèces, la désignation de ce qui est animal, végétal ou minéral, des plantes monocotylédones, poissons d'eau douce, oiseaux de proie, la classification périodique des éléments. Voilà pourquoi le passé semble parfait, une époque de mesure et d'ordre : parce qu'il est immergé dans le langage. Pour les animaux, il se peut que le souvenir consiste en une sensation, une résonance le long des nerfs ou dans la moelle épinière. Mais pour les humains, le passé ne peut être décrit autrement qu'à l'aide de mots. Il n'existe nulle part ailleurs. Ce qui me tracasse à présent, c'est l'idée que le langage puisse faillir : l'expérience s'étant achevée de façon si peu concluante, je ne peux m'empêcher d'imaginer que l'ordre qui semble inhérent aux choses n'est qu'un concept, que tout risque de sombrer dans l'anarchie, quelque part dans les longues étendues blanches de l'oubli. C'est pourquoi il est impératif pour moi de recommencer, et c'est pourquoi Karen fut envoyée ici, bien longtemps après, afin de remplir son véritable but.

Je vivais entièrement dans la présence de ma mère. Même lorsqu'elle n'était pas là, je la percevais quelque part et je me surveillais constamment, je me comportais toujours comme si elle était avec moi, en train d'observer et d'écouter. Mon père, en revanche, semblait presque absent. La plupart du temps, je lui témoignais de l'indifférence, tout comme mère. Il semblait en marge de notre existence, sans lien avec notre organisation et à l'époque, je croyais qu'il préférait qu'il en soit ainsi. Souvent, il s'absentait pour affaires. Lorsqu'il était à la maison, il faisait l'effort de jouer le jeu du père envers son fils, mais nous étions toujours empruntés vis-à-vis l'un de l'autre. Il savait que j'étais acquis à mère.

Non que je lui aie jamais manqué de respect. Quand il me demandait d'aller me promener avec lui, j'acceptais toujours volontiers et nous sortions, en faisant mine d'avoir un but d'excursion précis. En général, il me proposait d'aller à la pêche. Il ignorait tout de la manière dont se pratique la pêche, mais il devait penser que c'était de bon ton, le genre de choses qu'un père fait avec son fils. Nous apportions nos cannes et nos bourriches, puis nous asseyions sur la berge sans rien dire, en contemplant le courant qui passait sur les herbes noires. J'avais la certitude que l'endroit que nous choisissions d'ordinaire était totalement inadapté. Jamais je n'y vis de poisson, lors d'aucune de nos parties de pêche.

Nous passions une heure ou deux comme cela, puis nous rassemblions notre matériel et retournions à la maison. Je crois que mon père se plaisait au bord de l'eau. Cela le détendait si bien que, sur le chemin du retour, il avait l'air plus à l'aise : il faisait des efforts de conversation, me questionnait à propos de l'école ou sur le genre de livres et de musique que j'aimais. Je répondais de mon mieux ; je pense que je tenais à me montrer amical, mais les questions étaient trop simples, trop fermées. Alors, comme la discussion s'étiolait, il se rabattait sur son éternel sujet de secours, qui consistait à me demander si j'avais envie ou besoin de quoi que ce soit. Tout d'abord, je dus prendre ces questions pour des artifices de conversation, sans plus, aussi lui répondais-je que tout allait bien, que rien de précis ne me venait à l'esprit. En fin de compte, quand je remarquai à quel point cette réponse le décevait, je me mis à énumérer des choses, pour qu'il garde sa bonne humeur, tout simplement, et peut-être aussi pour voir ce qui allait se passer. Je fus tout d'abord surpris, puis par la suite légèrement irrité de constater qu'il se rappelait toujours ce que j'avais demandé. Immanquablement, l'objet en question arrivait : sans cérémonie, il faisait son apparition dans le vestibule ou au salon, sur la table du petit déjeuner. Il n'y avait pas de papier cadeau autour, pas d'étiquette ni de ruban, rien qui spécifie qui était l'expéditeur. Le plus souvent, ces cadeaux étaient livrés à la maison, d'ordinaire quand mon père était absent. Mère devait avoir remarqué ces colis, mais elle ne fit jamais de commentaire. On aurait dit qu'ils nous avaient été livrés par hasard.

Par esprit de loyauté, je tentai de ne pas y faire attention non plus ; mais je dois avouer que parfois ces cadeaux me firent plaisir. La façon dont mon père interprétait même la plus vague de mes demandes était étonnante. Quoi que je lui aie demandé (vélo, violon neuf, raquette de tennis, stylo-encre), de quoi qu'il s'agisse, c'était toujours la taille, le style, la couleur que j'aurais moi-même choisis. Pourtant, je ne perçus jamais ces objets comme des cadeaux car je n'eus jamais le sentiment qu'ils m'appartenaient totalement. Je les utilisais de la même façon que j'aurais utilisé un objet emprunté, j'en prenais soin comme j'aurais pris soin de quelque chose que, tôt ou tard, il faudrait rendre. De temps à autre, je demandais des choses dont je n'avais pas vraiment envie, pour voir ce que mon père allait faire. Et cependant, quelle que soit ma demande, il ne choisissait que ce qui se faisait de mieux, et moi je me sentais gêné, comme si je m'étais fait prendre en train de jouer quelque tour mesquin. Il m'arrivait même d'oublier ce que j'avais réclamé. Je me contentais de lancer la première chose qui me venait à l'esprit, pour lui donner de quoi penser le temps du trajet qui nous ramenait à la maison à travers prés. Mais il s'en souvenait toujours. L'objet que j'avais demandé, quel qu'il soit, faisait son apparition dans son emballage ordinaire, telle quelque épave exotique que la marée aurait échouée sur le pas de la porte. La plupart du temps, mon père n'était pas là pour que je le remercie. Je crois qu'il s'arrangeait pour qu'il en soit ainsi, afin d'éviter tout embarras. Rétrospectivement, je me rends compte qu'en dépit de son apparente acceptation de notre mode de fonctionnement, il essayait en catimini, avec obstination, de se frayer un chemin à l'intérieur du monde que je partageais avec mère, et ces cadeaux n'étaient autres que de grossières tentatives visant à gagner ma confiance. À présent, quand je regarde en arrière, il me fait peine. Il devait se sentir seul ; cela devait le chagriner de savoir qu'il n'était guère plus qu'un étranger pour nous, quelqu'un que nous traitions avec courtoisie mais que nous considérions foncièrement comme un invité chez nous.

Et pourtant, je me sentis parfois coupable, quand les colis arrivaient et que j'en déchirais l'emballage pour découvrir un objet coûteux dont je ne pourrais pas me servir, étincelant dans la lumière du matin. De temps à autre, j'allais seul à la rivière et j'y restais toute la journée, comme pour acquitter quelque gage ou purger une sorte de pénitence. La rivière n'était pas la même quand j'y allais seul : c'était un endroit mystérieux, dont je perturbais l'étrangeté. Parfois j'emportais ma canne et faisais mine de pêcher, par égard pour mon père. J'avais envie de lui raconter que j'y étais allé pendant son absence, pour reprendre là où nous en étions restés. Parfois je me persuadais moi-même que j'allais prendre un poisson. Ç'aurait été bien d'avoir quelque chose à lui montrer à son retour. Mais la plupart du temps, je me contentais d'ôter mes chaussures et mes chaussettes et je remontais le courant froid et rapide pour sentir les longs filaments d'herbe aquatique sur mes tibias. J'avais les pieds glacés jusqu'aux os mais je sentais quand même l'eau courir sur ma peau et je restais là aussi longtemps que je le pouvais, me laissant transir, m'efforçant de devenir un élément supplémentaire de la rivière, aussi naturel, aussi neutre que le limon et l'eau. Du poisson j'en cherchai, mais n'en vis jamais. Je me souvenais d'une histoire que mère m'avait racontée un jour : il était question d'un esprit des eaux qui vécut jadis parmi les herbes dans de sombres étangs et rivières. Cet esprit s'appelait Jenny Greenteeth et je suppose que dans le livre, il devait s'agir d'une femme, mais je me l'imaginai comme un quasi-hermaphrodite, à la fois femme, homme et poisson, une chose fichée dans le cours de la rivière, percevant le moindre remous, le moindre rond dans l'eau. Pour moi, cet esprit possédait cette sensibilité spéciale propre aux poissons, qui veut qu'une simple averse semble une grêle de coups sur l'échine : il faisait la différence entre les perturbations normales survenant à la surface et les pas d'un enfant ou le fourragement d'un bâton sondant la profondeur. Dans le livre, il était décrit comme un démon ridé tout en os et chevelure, qui surgissait de l'eau, ses longs ongles et ses dents crochues enduits d'algues et de mousse. Mais lors de mes excursions à la rivière, je me représentais quelque chose de plus subtil, de presque invisible. Aussi vif qu'un brochet, il fondait sur sa proie puis disparaissait dans les profondeurs, mais il n'y avait ni cris, ni sang, ni horreur immédiate. Un calme trompeur retombait sur la rivière : les oiseaux recommençaient à chanter, le soleil pointait entre les nuages. L'enfant victime ne se rendait pas compte de ce qui s'était passé. Au bout d'un moment, il commençait à s'ennuyer et rentrait chez lui, où personne ne remarquait le moindre changement. Mais ce changement s'était produit en profondeur, enfoui sous l'apparence de la normalité. Cet enfant-là ne serait plus jamais le même. En grandissant, il se muait en créature sombre et froide, une créature de la rivière. Il discernait des perspectives que les autres ne voyaient pas et se fondait là-dessus pour agir. Les gens commençaient à le considérer comme un monstre, mais à ses yeux, eux n'étaient guère que des spectres. Son monde était différent du leur. Dans son monde à lui, leurs pensées, leurs actions, leurs jugements n'avaient aucune consistance.

Aux vacances, lorsque je restais à la maison, mère m'emmenait chercher des cadavres. L'idée vint d'elle, au début : elle voulait me montrer comment se présentaient les choses une fois mortes et m'incita à la suivre en en faisant un jeu, une sorte de cache-cache insolite. Elle expliqua que les animaux avaient chacun un endroit où se rendre pour mourir s'ils le pouvaient ; que les animaux sauvages tenaient à être seuls lorsqu'ils étaient malades ou mourants et se traînaient à l'écart dans les fourrés, pour s'abriter de la lumière et du vent. Les seules créatures mortes que j'avais vues jusque-là étaient des faisans et des hérissons écrasés sur la route du village, mais mère avait un don pour savoir où chercher : des animaux face auxquels je n'étais tombé jusqu'alors que dans les livres prirent forme réelle en tant que cadavres, grandeur nature en l'occurrence, pourvus de griffes dures et de minuscules dents maculées de sang, de chairs que je pouvais piquer et retourner, de fourrure que je pouvais caresser, chassant les mouches du même coup, tâtant de la paume la froideur ou la tiédeur de la pourriture. Tout en cherchant de nouvelles dépouilles, nous retournions sur les lieux de trouvailles précédentes. Il y avait toujours quelque chose de nouveau à voir, quelque chose d'étrangement beau… non seulement en été, où les corps implosaient lentement dans une odeur sombre, délétère, mais aussi en automne et en hiver, quand ils restaient des semaines sur place, froids et intouchés, campagnols gelés couchés dans l'herbe, petits oiseaux gisant sous les haies, pattes raidies, paupières crispées, ridées. C'était étrange, mais à mesure que je suivais l'avancée de la décomposition, il semblait y avoir quelque chose de curatif en tout cela, comme si l'animal était régénéré ou purifié, qu'il passait au filtre de la pluie, séchait au soleil, disparaissait lentement, ne laissant dans l'herbe qu'un faible regain jaunâtre en lequel la forme était implicite, et doté de sa demi-vie à lui.

Au bout d'un moment, je me lançai seul dans ces expéditions de chasse. À un certain niveau, un niveau sous-jacent, j'avais commencé à me dire qu'il serait peut-être possible de m'incorporer dans ce processus d'une façon ou d'une autre. Ou plutôt, je commençai à ébaucher l'idée primitive, superstitieuse, que je pourrais le faire fonctionner à mes propres fins, me concilier sa faveur à l'aide de petites offrandes, de vagues gestes de répétition et de consentement. En classe, on mena une expérience avec des moisissures : on mit un bout de pain détrempé dans un bocal hermétiquement fermé que l'on plaça dans un endroit tiède afin de voir proliférer les organismes gris-vert et ocre. Je reproduisis l'expérience chez moi et tous les jours je dévissais le couvercle du bocal pour humer le suave parfum de la vie neuve qui émanait de la matière en décomposition, je fouillais dans les filaments noirs et argentés, je les regardais s'épanouir puis s'avachir par centaines. Je variai le contenu du bocal : écorce de citron, restes de viande, feuilles de chou, jaune d'œuf… Chaque matière avait sa propre façon de se transformer en quelque chose de neuf, si bien que je dressai mon catalogue personnel d'implosions et liquéfactions, ergots et mildious, odeurs délétères, convulsions, disparitions. Un après-midi, je prélevai quelques cheveux emmêlés sur la brosse de mère, les enveloppai dans du papier de soie et les enterrai dans le jardin au milieu de ses iris, pour que la pluie qui rince puisse les dissoudre et les régénérer, irrésistiblement, dans la terre froide. Cette même année, j'entrepris de collectionner les crânes et les os des animaux que je trouvais. Je les disposais dans de vieilles boîtes à chaussures, sur un lit de sciure, et à chacun j'attribuais une étiquette mentionnant la date et le lieu de la découverte. Je crois qu'alors déjà, je savais ce que je faisais, mais en même temps cela avait l'allure d'un jeu : comme si j'évitais de comprendre pleinement qu'en fait ces rituels, ces flirts maladroits avec la mort et le renouveau n'étaient que les actes puérils au moyen desquels j'essayais d'empêcher mère de mourir. Je me souviens qu'un après-midi, à peu près à cette époque, il me vint à l'esprit pour la première fois qu'elle était mortelle. Bien entendu, je devais avoir compris auparavant qu'elle mourrait un jour, mais cela n'avait jamais été vraiment clair, l'idée de sa mort était restée vague, dénuée de proximité.

Je crois qu'il y a des lieux dans la mémoire où rien ne change : une cabane de jardin, le dessous d'un pont, les marches d'un vieil abri antiaérien empestant l'urine, jonchées de débris et de tessons. Peut-être les faits survenus en ces lieux sont-ils les instants qu'on choisirait de se rappeler clairement si on le pouvait, les scènes qu'on efface sans même s'en rendre compte, les événements qui peuplent nos rêves sous une forme estompée, qu'on abandonne en s'éveillant, perte délibérée mais poignante. Si seulement on pouvait se rappeler, quelque chose serait à nouveau entier ; même si le souvenir était difficile à accepter, ce serait mieux que ne pas savoir ce qui nous a défini et limité pendant des années, ce qui nous rendait faibles et indécis, faisait de nous une créature vibrant au diapason de la peur, incapable de consentir pleinement à sa propre vie. C'est là un cliché digne d'un psychologue, mais je l'accepte, presque sans restriction. Je ne garde pas clairement la notion de ce qui m'arriva, un jour d'été, alors que je menais une expédition de chasse dans les pâturages. Je revois un homme en complet crasseux, qui détonne étrangement au milieu du cerfeuil sauvage et des herbes à Robert. Je le revois qui m'attrape, me plaque contre une barrière, me pétrit l'entrejambe... et l'épisode se limite sans doute à cela, un acte imaginé, qui ne convainc ou ne touche pas plus qu'une scène tirée d'un livre ou d'un film. Je garde un seul souvenir précis, celui d'une accablante impuissance, de mon incapacité à bouger, à me débattre pour m'échapper. Pour autant que je m'en souvienne, lui ne dit rien : quoi qu'il se soit passé, cela se déroula en silence. Puis je me rappelle être rentré à la maison en courant à travers prés (et ce souvenir-là est parfaitement net), je me rappelle avoir trouvé la porte de notre jardin fermée à clé et m'être dit que cela faisait partie d'un complot, m'être dit que quelqu'un dans ces murs s'était ligué avec l'homme qui m'avait attrapé là-bas. Je criai et tambourinai à la porte avec l'énergie du désespoir jusqu'à ce que mère arrive et ouvre. Elle me dévisagea d'un air interrogateur, son sécateur à la main, légèrement moqueuse, comme si elle attendait que je comprenne de moi-même que je faisais toute une histoire pour rien.

Qu'y a-t-il ? demanda-t-elle au bout d'un moment. Tu es tout sale.

La porte était fermée à clé.

Eh bien ! Il n'y a pas de quoi se mettre dans tous ses états. Tu n'avais qu'à frapper.

Je ne pouvais pas entrer, insistai-je.

J'entendais, à présent, à quel point je parlais fort, d'un ton inadmissiblement emporté. Mère hocha négativement la tête.

Va te nettoyer, dit-elle. Tu n'es pas à prendre avec des pincettes.

Elle ne chercha pas vraiment à savoir ce qui s'était passé et je crois qu'en cet instant-là déjà, je commençais à effacer tout cela de ma mémoire, à oublier, par égard pour elle autant que pour moi. Elle avait l'air si propre, si intouchable, et pourtant au cœur de cette perfection se cachait quelque chose de fragile, quelque chose qu'elle protégeait au prix d'un effort, comme le mollusque protège son corps blanc et tendre en renouvelant sans cesse sa coquille. Ce fut alors que je compris pour la première fois à quel point mère était vulnérable, et cela me fit peine pour elle, comme si je l'avais prise en flagrant délit, moins en train de mentir que de se bercer pitoyablement d'illusions.

Pendant les quelques mois qui suivirent, je craignis qu'elle tombe malade et meure. Je l'observais attentivement, guettant les symptômes : si elle s'endormait le soir dans son fauteuil, qu'un livre ou une revue glisse à terre au moment où elle se laissait aller au sommeil, je la réveillais aussitôt. La nuit, je me postais à la porte de sa chambre pour entendre si elle respirait encore. Le jour, quand j'étais à l'école, je mettais une de ses paires de gants dans la poche de mon manteau et je les sortais de temps à autre pour m'assurer que je les avais toujours. Cela faisait partie de ces jeux à l'aide desquels les enfants s'amusent à déjouer le mauvais sort : que je perde les gants et mère mourrait, mais tant que je les avais, elle resterait invulnérable. En sus de ces rites subreptices et conciliatoires, je m'assignai pour tâche d'établir la liste nominative de toutes les fleurs de son jardin : d'abord les iris, qu'elle chérissait entre toutes, puis les lis, les œillets, les roses, les arbustes et les plantes grimpantes, les arbres fruitiers palissés le long des murs. Quand j'en eus terminé, je passai à autre chose et dressai des listes de termes scientifiques, de noms de lieux, dans des carnets spéciaux que je cachais sous mon lit, avec les boîtes à chaussures pleines de crânes d'animaux.

Peut-être mon inquiétude était-elle fondée. Pour une raison inconnue, ce fut une année de morts subites et inexpliquées. Pendant le seul trimestre du printemps, on enterra trois élèves de mon école. C'était étrange de connaître des gens à présent morts. Je me rappelle avoir senti leurs fantômes autour de moi, convenablement boutonnés et bien peignés, des fantômes diurnes, rentrant de l'école en imperméable et bottes fourrées, mystérieux de n'avoir pas réussi à vivre plus longtemps : Alana Fuller, qui mourut une nuit dans son lit, sagement bordée ; Stuart Gow, renversé dans la rue à l'heure de la sortie devant l'école au grand complet ; un jeune Polonais dont le nom m'échappe, qui mourut des suites des mauvais traitements que son père lui infligea un soir de fureur alcoolique. Venaient ensuite les inconnus : les hommes qui moururent dans un accident minier ; le petit garçon non identifié que l'on retrouva étranglé, à demi nu dans un fossé, sur la route menant à Weston. La mort qui me fascina le plus fut celle d'une femme qui habitait à l'autre bout du village. Quand on entra chez elle après avoir défoncé la porte, on la trouva en décomposition, sous un linceul de mouches bleues. Elle était restée là des jours, aussi figée que ses bibelots étranges : le coffret plein de cheveux dans la commode haute, les miniatures indiennes, le tiroir de chevet rempli de confettis et de flocons de neige en papier. Je me rappelle m'être dit que ç'aurait été vraiment merveilleux d'entrer dans cette pièce et de la trouver là, toute sa vie rassemblée autour d'elle.

Mère, elle, ne mourut pas, pas cette année-là. À un moment donné de l'automne, cependant, elle tomba malade. On fit venir le médecin et je commençai à rédiger mes listes en latin plutôt qu'en anglais, car le latin me donnait une perception intime et continue du temps, la sensation de tout un passé encore palpable, de quelque chose que je pouvais voir de ma propre maison : du mouvement dans les champs au-delà des murs de notre jardin, un son léger, mat, telles des prunes de Damas tombant dans le noir, tombant en pluie et se fondant dans l'herbe mouillée. Le monde tel que je l'expérimentais n'avait rien de mystique ; le surnaturel n'existait pas, pourtant quelque chose de mystérieux était en œuvre, une force que l'on pouvait identifier et avec laquelle je me sentais capable de négocier. Ce fut ainsi que le latin fonctionna. Il dissipait la notion de surnaturel tout en préservant le sens du mystérieux, il définissait et classifiait mais il ne fixait pas de limites. Peut-être la stratégie fonctionna-t-elle : mère fut malade pendant plusieurs semaines, mais elle se remit et la vie continua comme auparavant.

Plus tard, lorsqu'elle mourut bel et bien, je me surpris à réitérer ces rituels, sans véritable but, si ce n'est celui de ressusciter le passé. En soirée, quand il faisait frais, je sortais seul, je partais fourrager dans les orties et la balsamine le long de la rivière, je traversais la prairie où vont chasser les chouettes, mais je n'avais pas tant de succès qu'à l'époque où mère était avec moi. La plupart du temps, je sortais simplement pour me sentir en plein air, caressé par le vent, pour baigner mon corps de fraîcheur après la chaleur de la journée. Les autres jours, j'allais au cimetière en voiture et je contemplais la pierre tombale de mère. Au début, juste après sa mort, je la sentais toujours proche : son parfum flottait encore dans la maison, de même que les autres senteurs et perceptions que j'associais à sa présence, miel, fruits étuvés, poudres diverses. J'avais beau enrichir cette trame d'odeurs et de couleurs, je n'en demeurais pas moins le gardien de son fantôme; rien de ce que je pus faire ne modifia le moindre élément dans la présence complexe de ce spectre. On aurait dit qu'elle était toujours là, participait de l'air ambiant. Plus tard, cependant, elle se fit distante et je commençai à me dire que la pierre tombale était la cause de ce changement: comme si en implantant ce rappel permanent de son existence je la gommais de fait à tout jamais, laissant mère s'éclipser vers l'espace sec, illimité des contes de fées qu'elle racontait par le passé.

Je n'ai aucun souvenir précis du moment où l'idée de l'expérience me vint. Elle était inscrite dans mon esprit depuis le début, faisait partie de moi au même titre que l'amour que je vouais à mère, partie intégrante de mon âme au même titre que son odeur ou le son de sa voix, et remontait le fil de mon existence jusqu'à un point en amont du souvenir, jusqu'à l'origine même de l'être. S'il fallait que j'explique, voici ce que je dirais: je savais ce que je voulais faire, et je savais ce que j'étais censé faire (aux yeux des autres, aux miens, peu importait). Chaque fois que je me suis vu prendre des décisions, c'était parce qu'il fallait que je réconcilie les deux (désir et attentes), et le désir l'a invariablement emporté. C'est risible, rétrospectivement, de voir par quels processus je passais, à faire mine de prendre une décision mûrie. Aucun choix ne se conclut jamais sur la base de la logique: la logique est fabriquée à partir de l'impulsion, du désir initial qui est inné et irréfragable. Tout du long, je savais où j'allais, les éléments de ma réussite ou de mon échec furent toujours présents; je n'eus qu'à m'ouvrir une voie dans ce gisement de désir et trouver le filon caché de scories ou d'or. Ce n'est pas une affaire de prédestination, simplement le libre arbitre et le destin sont des illusions, de faux contraires, des consolations. Finalement, ce n'est plus qu'une seule et même chose: un unique processus. On choisit ce qu'on choisit et ce n'aurait pas pu être autrement: le choix, c'est le destin. Il était là depuis le début, et toutes les autres solutions que l'on aurait pu envisager ne sont qu'égarements ineptes, car il est en notre nature de faire un choix plutôt qu'un autre. Cela, c'est l'identité.

Parler de liberté ou de destin est absurde car cela sous-entend qu'il existe en dehors de soi-même quelque chose qui dirige notre vie, alors qu'en vérité cela relève de l'essence : l'identité, produit artisanal de l'âme.

Ainsi je crois me rappeler qu'un après-midi, peu après la mort de mère, je rentrais du Pays de Galles en voiture quand cette pensée me vint : comment sait-on que l'expérience allait s'achever de cette façon, dans le silence de ces enfants ? Il n'existait aucun compte rendu scientifique, et tous les autres récits d'expériences du même genre étaient mal documentés ou peu crédibles. Pendant un moment après la mort de mère, je me raccrochai frénétiquement aux voyages. Je faisais de longs trajets sans aucune raison, je m'arrêtais généralement pour passer la nuit dans un village ou un autre, un peu en retrait de ma route, un endroit où je n'étais jamais allé, qui n'avait d'intérêt qu'en raison de sa situation ou de son nom : Peas Pottage, Ready Token, Woodmancote. J'apercevais un panneau ou je discernais un clocher au loin, et je bifurquais au carrefour suivant. Les villages étaient généralement paisibles quand j'y arrivais. Parfois, une jeune fille était assise sur un banc devant la poste, pareille à une image dont on se souviendrait au sortir d'un rêve, brune, mince, vaguement immatérielle, vêtue du corsage et de la jupe plissée de son uniforme d'école. Ou bien un garçon jouait au football au pied d'un lampadaire public. Si reculé que soit l'endroit, si différent de mon propre village, il y avait toujours un peu du retour au bercail dans ces arrivées, le fait de trouver l'église ou le terrain de jeux baigné de la lumière dorée de fin d'après-midi, d'entrer dans un paysage d'enfance et d'en découvrir les repères topographiques comme si je m'étais penché des années durant sur les cartes. Souvent, ces villages inconnus me semblaient plus familiers que le mien. Parfois, je m'arrêtais sur la place, d'autres fois je continuais à rouler jusqu'à ce que la route devienne étroite et disparaisse dans un champ d'orge ou un bosquet d'aulnes. Je dormais dans la voiture si je le pouvais, puis je repartais le lendemain matin.

Il n'y avait rien de prévu dans tout cela. À force de me déplacer d'un endroit à l'autre, sans jamais dire plus de quelques mots à quiconque, de choisir mes arrêts au hasard, de ne manger et dormir que lorsque nécessaire, j'arrivais à me forger une impression de flottement, de détachement du monde humain… J'étais un visiteur de passage, pas forcément de la même espèce. Je pourrais affirmer que c'était cette impression-là qu'il me fallait à l'époque, et je comprends les gens qui pensent ainsi, qui décortiquent les choses, examinent leurs motivations et besoins et prennent des décisions concertées. Mais tout cela paraît trop calculé, formulé de cette façon. Je préfère imaginer quelque force me guidant au long d'un itinéraire précis et inévitable vers la Maison muette. Je ne suis même pas sûr qu'il faille considérer cette force comme extérieure, ni même que cette précision ait de l'importance. Tout ce que je sais, c'est qu'au fil de ces semaines que je passai sur les routes, je changeais. Je devenais capable de mener à bien mes projets, si vagues qu'ils fussent à l'époque. Le bonheur, ou la satisfaction, quel que soit le nom que l'on donne à cela, consiste à mon avis en un aperçu du monde sous la forme d'un tout balisé et délimité. Ou pour dire plus simplement les choses, l'ordre vient de l'extérieur : il n'est pas imposé, pas forcé. Tout ce que je souhaitais, c'était assimiler cette énergie qui me guidait, laisser agir son courant sous-jacent, comme si c'était une ombre dans mon corps, à un niveau physique de nerfs et d'os.

Les choses arrivent rarement par hasard. Cet après-midi-là, sur le trajet qui me ramenait chez moi, je m'arrêtai au pied de Silbury Hill pour regarder de nouveaux ronds de sorcière apparus dans un champ, juste au sud de la butte. Le temps était dégagé ce jour-là ; le chemin menant à la colline était étroit, envahi par endroits de hautes herbes et de bec de grue. Une fois au pied de la pente, je fis le tour en cherchant par où me faufiler à travers la clôture. Puis, lentement, je grimpai dans une nouvelle zone de vent et de lumière. Là-haut, la différence était incroyable : des martinets voltigeaient, tournoyaient dans les airs ; avant même que j'arrive à mi-hauteur, le monde en bas s'était ratatiné et aplati, comme un territoire sur une carte : troupeaux et choucas divaguant dans l'herbe, les voitures petites et lointaines sur la route. Au sommet, les gens étaient assis par groupes de deux ou trois, ils fumaient, buvaient du jus d'orange ou de la bière. C'étaient des voyageurs new-age pour la plupart, mais il y avait aussi des passants ordinaires, qui s'étaient arrêtés en route, intrigués par l'éventualité d'une nouvelle forme d'intelligence. L'un des hommes avait fait le trajet en voiture depuis Port Talbot ce matin-là. Il commença à m'exposer son hypothèse sur les ronds de sorcières, mélange de théorie du chaos et de croyances cabalistiques. Le tracé en lui-même était compliqué et mystérieux, pas du tout circulaire, plutôt un dessin fouillé, comme un motif de bijou celtique ancien ou de gravure rupestre. Un grand cercle parfait figurait la tête, surmonté d'un croissant, comme les cornes d'un taureau ou d'un dieu païen ; sur la gauche, une fine ligne droite reliait cette forme à une autre configuration composée de quatre cercles identiques disposés en rond, que complétait une longue queue recourbée. Les voyageurs l'appelaient le Scorpion.

Je me sentais à l'aise, là-haut. Je comprenais ce que ces gens recherchaient : ils étaient fatigués de ce monde qu'on les avait obligés à accepter, un monde de faits pragmatiques et de limites. Ils recherchaient quelque chose qui soit ouvert à l'interprétation. Chacun avait sûrement sa propre explication de ces cercles, comme l'homme de Port Talbot, mais rien n'était établi, il restait toujours de la place pour le mystère. Voilà sans doute ce qui expliquait le caractère fantasmagorique et inabouti de leurs théories : c'était un jeu auquel ils se livraient, et qui consistait en partie à éviter le factuel, à flirter avec les limites de l'irrationnel. Tandis que j'étais là, je sentis que rien ne m'empêchait de monter en voiture et de repartir, de retourner vers l'ouest, de passer d'un phénomène champêtre à un autre en faisant mine d'explorer l'énigme, de m'immerger dedans, de disparaître du monde que j'avais habité toute ma vie. J'aurais pu devenir quelqu'un d'autre aussi facilement que ça ; peut-être même aurais-je pu devenir l'individu dont je soupçonnais l'existence depuis toujours, moins nettement défini mais aussi moins maîtrisé. Je pourrais faire un jeu de ma propre vie, comme ces gens dont parlaient certains articles lus dans des revues : la femme qui disparaît en rentrant chez elle après le travail ;

l'homme qui sort acheter le journal ou un pain, un matin d'été, et qui ne revient jamais. C'est un homme ordinaire, tout à fait normal, auquel on ne connaît pas de problèmes, ou du moins rien de grave. Il n'a pas pu aller bien loin, habillé comme il l'est d'une chemise et d'un jean, et il n'a que cinq livres sterling en poche, mais nul ne le revoit jamais.

Ce fut alors que l'idée de l'expérience commença à s'ébaucher dans mon esprit. Pour la première fois, je compris qu'il était possible de transformer quelque chose d'abstrait en un événement réel. Je n'avais pas de plan défini, mais le sentiment de liberté était étonnamment puissant. On aurait dit une conversion religieuse : tout à coup l'hypothèse, l'ombre, l'image distante était devenue une présence, aussi tangible que chairs et os. Il aurait été facile de prendre cette sensation pour une impression de l'instant, une décision soudaine et spontanée, mais l'idée de l'expérience de la Maison muette avait attendu toute ma vie de se former. Dès la toute première fois où j'entendis cette histoire, j'en reconnus l'importance. Peut-être, au début, fut-ce seulement l'image qui m'attira : une maison en plein désert (un palais, en fait), silencieuse, luxueuse, emplie d'enfants fous ou extatiques enfermés dans un monde perpétuellement mystérieux, tout un monde de choses qu'ils ne pouvaient ni décrire ni définir. Quand Dieu créa Adam, il lui dit d'aller dans le jardin et de nommer les arbres et les animaux, et quand Adam revint, Dieu vit que ces noms étaient bons. Sans doute ces noms n'existaient-ils pas avant qu'Adam les invente. Ainsi les enfants de la Maison muette connaissaient le monde comme Dieu : leur Éden était toujours créé de frais, comme il l'était au commencement.

D'un autre côté, s'il se trouvait que les noms inventés par Adam étaient précisément ceux que Dieu avait utilisés quand il fit surgir du néant les rocs et les arbres et les créatures du monde ? Si tel était le cas, ces noms seraient les mots d'une langue originelle, quelque chose qui se serait perdu après la Chute, or si ces mots pouvaient être retrouvés, ils donneraient un nouveau sens au monde. Tout serait alors inviolé, et inviolable. La paix reviendrait sur la terre. Il y avait eu des gens pour croire à cela à toutes les époques, tout comme Akbar croyait que le langage était acquis. Il existe une anecdote à propos de James IV d'Écosse, qui faisait garder un enfant dans une cabane isolée, à l'écart de la cour ; d'après Hérodote, le pharaon Psammétik Ier avait mené une expérience similaire et décidé que les enfants qu'il avait privés de langage étaient capables de parler la langue originelle, ce parler inné sur lequel les conseillers d'Akbar fondèrent leur certitude.

Pour ma part, je considérais que ces anecdotes étaient sources d'erreur et puériles. En revanche, l'histoire d'Akbar et de la Maison muette retint mon attention : je me forgeai des images non seulement de la maison elle-même mais de ceux qui étaient à l'origine de l'expérience, ceux qui avaient dû vivre avec ses conséquences. L'histoire ne nous dit pas ce qu'il advint des enfants et nous ne savons rien de la réaction des conseillers lorsqu'ils apprirent que la certitude qu'ils nourrissaient quant au caractère inné du langage n'était plus valable, mais je me figurais sans peine un monde net et bien ordonné en train de s'effondrer autour d'eux. On comprend aisément pourquoi ils tenaient à ce que le langage soit l'indice de quelque chose de divin, d'une âme essentielle et transcendante. Il leur suffisait de contempler autour d'eux les foules innombrables qui peuplaient le monde pour comprendre que la grâce, l'art ou le pouvoir (n'importe lequel des accomplissements de tout individu) n'avaient aucun sens dans le contexte de cette masse humaine à moins qu'il existe autre chose à prendre en compte. Pour des raisons religieuses, ils avaient tendance à associer l'âme à l'intellect, or s'il est une manifestation qui reflète au plus haut point l'intellect, c'est l'aptitude à la parole. Peut-être même avaient-ils pu croire que pensée et langage fonctionnaient en interdépendance, qu'un être sans langage serait incapable de penser. La réponse d'Akbar à cette question et la méthode qu'il suggéra pour établir la preuve durent les frapper d'une horreur inimaginable : ils crurent probablement sans l'ombre d'un doute que le Moghol allait découvrir qu'il se trompait. Si bien que par la suite, quand les enfants se révélèrent incapables de parler, les conseillers durent se sentir responsables dans une certaine mesure d'un acte de torture effroyable tandis qu'ils regardaient ces petits à l'esprit vide, dépourvus d'âme, errer dans un monde innommé. Ils durent se demander quel genre de monde c'était là : si terrible, si beau, si effrayant dans son autonomie, dans son refus d'être défini. À la fin, ils durent même regretter l'expérience pour leur propre compte. Car il est évident que leur certitude dut s'effondrer à la vue du résultat. Peut-être se serait-elle dégradée lentement, au fil de mois ou même d'années d'un doute persistant, mais elle ne pouvait que s'éteindre en fin de compte. Ce dut être une tragédie personnelle pour chacun de ces hommes que de prendre part à un acte dont ils ne comprirent pas les conséquences.

Et cependant, ce qu'ils considérèrent comme le résultat final n'était nullement une conclusion, mais un nouveau commencement. Voilà ce que mère m'avait fait percevoir. Elle m'avait montré l'horreur de la situation que vivaient les enfants vue au travers des yeux des conseillers ; en même temps, elle m'avait permis de comprendre la beauté de l'expérience au travers de l'image de la Maison muette elle-même : parfaite, insondable, étincelante dans ma mémoire, telle une proposition en géométrie ou l'un de ces paradoxes logiques qui, en soi, ouvre tout un nouveau champ de réflexion.

Les quelques premiers jours après m'être arrêté de voyager, je travaillai au jardin et réfléchis à ce que je devais faire. J'avais abandonné à leur sort les plates-bandes d'iris et les bordures de rosiers depuis la mort de mère, si bien que tout était négligé et envahi d'herbes hautes. À présent, à mesure que je désherbais, les plantes resurgissaient, complètes, avec leurs noms… et avec elles apparaissaient les grandes lignes de mon projet. J'allais commencer par glaner tous les renseignements possibles concernant l'apprentissage et la perte du langage. Je ferais des recherches sur les troubles de la parole, le mutisme électif, les enfants sauvages et les enfants-loups des légendes, les inventeurs d'écritures et de langages secrets. Je compléterais peut-être moi-même ce corpus en écumant les publications spécialisées et la presse ordinaire pour y trouver des études de cas, des anecdotes, des faits rapportés (tout ce qui pourrait m'aider à découvrir ce que je cherchais) et je passerais une annonce dans le journal local sollicitant des témoignages personnels jamais relatés jusque-là. Je formulerais la chose de façon volontairement vague, afin d'ouvrir autant que possible l'éventail des réponses.

Naturellement, je sentais quand même qu'il manquait quelque chose. Je savais que la seule manière de vérifier mon hypothèse consistait à réitérer l'expérience et ce fut, dès le début, ma véritable intention. Quoi qu'il en soit, je téléphonai au *Country Herald* et passai une annonce. Je me demandai un temps où il valait mieux qu'elle paraisse, mais en fin de compte je n'eus pas d'autre choix que de l'insérer sous la rubrique des petites annonces personnelles, parmi les tireurs de tarots et les cœurs à prendre, les massages spécialisés et les avis de recherche concernant des demi-rencontres faites chez les voyantes ou dans des salons de thé. Les annonces personnelles avaient quelque chose (dans les termes employés) qui évoquait l'automne : j'avais sans doute lu trop de livres où les amoureux foulent les feuilles mortes à grandes enjambées, emmitouflés dans leurs écharpes et leurs manteaux d'hiver. Cela se passe toujours un dimanche après-midi, il y a toujours un lampadaire qui brille à quelque distance de là, sans doute même une bonne odeur de toasts et de beurre chaud, ou des notes de violon échappées de quelque meublé d'une ruelle secondaire. L'idée me plaisait que mon entrefilet clinique à la formulation laconique figure là, telle une forme de réprimande, instrument froid et affûté au milieu des cœurs épris et des mauvais poèmes.

Dans l'intervalle, je commençai à fréquenter la bibliothèque de Weston pour y glaner les renseignements que je ne trouvais pas dans les livres du bureau de mère. Les témoignages historiques étaient apocryphes. La toute première expérience que je réussis à trouver concernant le langage était rapportée par Hérodote : dans son deuxième récit historique, il décrit comment Psammétik confia deux nouveau-nés à un berger pour qu'il les cache au milieu de ses troupeaux. Il expliqua à l'homme que personne ne devait prononcer un mot en présence de ces enfants, qu'ils devaient vivre seuls, dans un endroit désert. La mission du berger consistait à les nourrir ainsi qu'à “se charger des autres tâches nécessaires”. Psammétik exigea cela, affirme Hérodote, parce qu'il souhaitait entendre, une fois que les nourrissons auraient passé l'âge du vagissement inarticulé, quel genre de langue ils allaient parler en premier lieu. Un jour, lorsque deux ans furent écoulés, alors que le berger entrait dans la maison des enfants, ces derniers se laissèrent tomber devant lui et crièrent *becos* en lui tendant les bras. Le berger invita donc le roi à venir voir les enfants, qui répétèrent le mot *becos*, ce qui, en phrygien, signifie *pain*. Hérodote conclut son récit en rapportant que le pharaon fut contraint d'accepter que le peuple le plus ancien sur terre était celui des Phrygiens et non des Égyptiens comme il l'avait soutenu jusqu'alors.

C'était une histoire amusante, mais un simple conte de fées. Je trouvai d'autres récits similaires, par exemple celui de James IV et de l'enfant parlant hébreu. Dans certains cas, les enfants ne parlaient pas, ou bien ils mouraient tout bonnement, de solitude et d'absence de soins, comme dans le cas de l'expérience menée par Frederick II de Hohenstaufen. Aucun de ces récits ne possédait la beauté simple de l'histoire d'Akbar, mais il était intéressant de constater que ce thème avait fasciné les historiens au fil des âges. Il existait des cas d'enfants-loups, d'enfants-veaux, de nourrissons élevés par des gazelles, des porcs, des ours et des léopards. Les histoires venaient d'aussi loin que le Japon, l'Allemagne, l'Inde et l'Ohio. Les deux récits contemporains les mieux documentés (le cas Génie et celui des jumelles Kennedy) étaient totalement contradictoires. Génie avait été cloîtrée dans une petite pièce par ses parents qui la croyaient attardée. Son père lui avait fabriqué un fauteuil, un peu comme une chaise percée, qui permettait de laisser la fillette enfermée toute la journée sans qu'elle se fasse de mal. La nuit, on la sanglait dans un lit. Elle passa ainsi les treize premières années de sa vie. Pour autant que quiconque puisse l'affirmer, elle n'avait jamais eu de contact avec le langage et passait le plus clair de son temps seule.

Quand on découvrit l'existence de Génie, linguistes et grammairiens furent vivement intéressés. L'opinion communément admise (l'hypothèse Lenneberg) voulait qu'un enfant privé de langage entre l'âge de deux ans et la puberté reste définitivement incapable d'apprendre à parler correctement. Peut-être apprendrait-il des mots isolés, mais il ne serait jamais capable de les enchaîner de manière à former des phrases signifiantes. On déboursa des moyens considérables pour enseigner à Génie d'abord le langage des signes, puis la parole, mais elle n'arriva jamais jusqu'à la formation de phrases et pour des raisons juridiques plus que scientifiques, l'expérience s'acheva dans la confusion et Génie fut internée dans une institution.

Selon moi, le problème auquel se heurta l'expérience sur Génie provenait d'un manque de données autant que de maîtrise. Dès le départ, les chercheurs auraient dû se rendre compte qu'ils n'arriveraient jamais à rassembler assez de données utiles concernant les premiers temps de la vie de Génie pour étayer une hypothèse. Le nom même qu'ils lui choisirent les trahit : car qu'était Génie sinon une créature surgissant, parfaitement développée, des ténèbres ? Elle avait passé des années enfermée dans une bouteille mais nul ne savait ce qui s'était passé à l'intérieur de cette bouteille ; nul ne savait si la fillette était anormale, comme l'affirmait son père, ni même dans quelle mesure elle avait eu des contacts avec le langage. Au cours de ces treize années, elle avait dû entendre des bribes. Nul ne pouvait dire pourquoi elle n'avait jamais développé son aptitude à la parole : on supposa que parce qu'elle était restée enfermée, elle n'en avait jamais eu l'occasion. Pourtant, lorsqu'on découvrit Grace et Virginia Kennedy, qui avaient passé plusieurs années enfermées (pour la même raison que Génie : parce que leurs parents les croyaient attardées), elles avaient créé leur langue à elles, une langue relativement élaborée. Entre autres appellations, elles se désignaient elles-mêmes des noms de Poto et Cabenga. Était-ce parce qu'elles bénéficiaient de la présence l'une de l'autre, ou leur cas démontrait-il que les contacts avec le langage avaient moins d'importance que le fait de disposer d'un auditeur potentiel ? Fut-ce parce qu'elle n'avait pratiquement jamais entendu de voix humaine durant ses années les plus formatrices que Génie échoua dans son apprentissage de la parole ? Ou parce qu'elle n'avait personne à qui parler ?

Les quelques exemples que je trouvai du parler de Poto et Cabenga me captivèrent. Le langage qu'elles avaient inventé était étrangement beau. Je l'étudiai attentivement, convaincu qu'il était authentique. Mais les ouvrages de la bibliothèque ne contenaient que des références succinctes et alléchantes concernant ces cas. Chaque fois, les enfants eux-mêmes disparaissaient dans une sorte de néant où il m'était impossible de suivre leur trace. Les jumelles Kennedy, pour peu qu'elles soient encore en vie, devaient avoir un petit peu plus de trente ans. Génie avait treize ans lorsqu'on avait découvert son existence, en 1970. Qu'était-il advenu d'elles ? Et combien d'autres enfants pouvait-il encore exister, enfermés dans des pièces humides, attachés dans leurs lits ou ligotés sur des chaises percées de fabrication artisanale ?

La première semaine qui suivit la parution de mon annonce, je ne reçus rien. Puis, quand les réponses commencèrent à arriver, elles n'avaient aucun rapport avec ma demande pour la plupart, ou bien elles étaient ironiques, parfois même obscènes. Il y en eut une, cependant, qui paraissait prometteuse. Je me souviens clairement de la lettre, du papier bleu pâle, de l'écriture mesurée, contournée. Elle m'était adressée par une femme qui vivait tout près avec son fils de sept ans. L'enfant était muet, disait-elle, mais son mutisme n'avait pas de cause physiologique. Elle avait consulté des médecins, des orthophonistes, des psychologues (elle m'expliquait tout cela dans cette première lettre), sans que rien ne change. Au début, je doutai. Quelque chose dans le ton de sa lettre laissait penser qu'elle croyait que je proposais un quelconque soin, une solution ou tout au moins une explication. Mais au bout d'un moment, je compris que tout ce qu'elle voulait, c'était raconter son histoire à quelqu'un, quelqu'un qui ne l'ait encore jamais entendue. Elle donnait une adresse, mais pas de numéro de téléphone. Elle habitait Weston, à une quinzaine de kilomètres à peine. Elle me proposait de passer la voir en soirée, n'importe quel jour de la semaine, entre cinq heures et huit heures et demie. Elle s'appelait Mrs Olerud et son fils, Jeremy.

Je tâchai de me représenter la femme d'après sa lettre. Je supposai que le nom devait être scandinave : la formulation de sa lettre (une franchise associée à un ton curieusement guindé) avait indéniablement quelque chose qui évoquait une étrangère. Je relus plusieurs fois la lettre : elle couvrait plusieurs pages et consistait principalement en un historique de la vie du garçon, ses maladies, ses résultats scolaires, les petits incidents qui lui étaient arrivés. Tous les médecins qu'il avait vus y étaient recensés nommément, comme si la femme s'attendait à ce que je sois au fait de leurs spécialités et leurs méthodes. Nulle part il n'était question du père de l'enfant : l'idée me vint que peut-être cet homme désapprouvait le fait que la mère s'ouvre ainsi à un parfait inconnu, à moins qu'il ne soit tout simplement pas au courant qu'elle m'avait écrit. Chaque fois qu'elle évoquait le garçon, je percevais nettement du dégoût, un malaise. On aurait dit qu'elle avait peur de son propre enfant, ou de quelqu'un d'autre qui ne partagerait pas la même vision de lui, quelqu'un qui tout du long, lisait par-dessus son épaule. Son ton était trop respectueux. Voilà, c'était ça. Elle n'employait jamais de pronoms dans ses descriptions de l'enfant : elle le nommait toujours. Une sorte d'effroi semblait la submerger chaque fois qu'elle mentionnait son fils. Je crois que ce fut cela, autant que tout le reste, qui éveilla ma curiosité. Je voulais voir cet enfant. Je voulais le voir parce que la lettre me donnait à penser que sa mère avait peur de lui, et je voulais savoir pour quelle raison une femme adulte pouvait avoir peur d'un enfant de sept ans.

Le numéro 26 de Hartskill Road était une façade en crépi au bout d'une courte rangée d'anciens logements sociaux tous identiques. Quand finalement j'y arrivai, je fus surpris : je m'attendais à un quartier plus huppé. Les autres maisons étaient grisâtres et celle de Mrs Olerud peinte en blanc, si bien qu'on aurait dit un bout de gâteau de mariage en train de tomber en miettes, oublié dans la lumière du soir. Aucun des jardins de la rue n'était entretenu, mais celui du numéro 26 était particulièrement négligé, envahi de liseron et de grosses touffes d'orge sauvage. On aurait dit une parcelle de terrain vague. Des orties poussaient même contre une barrière. Seuls indices révélant que l'endroit avait jadis été un jardin : quelques œillets par-ci par-là, une rose mangée de rouille luttant pour survivre au milieu des mauvaises herbes. La porte d'entrée était écaillée et crevassée, comme si quelqu'un avait entrepris de gratter la peinture et abandonné en route, en livrant une couche blanche d'apprêt gluant aux aléas du soleil et des gelées. Les encadrements de fenêtres étaient intacts, mais par endroits la peinture bleue cloquait et tombait. Une des vitres était fêlée, la sonnette ne fonctionnait pas. Je frappai, attendis.

La femme qui ouvrit la porte détonnait complètement dans cette maison. Elle portait une robe imprimée de belle qualité et des chaussures blanches à talons hauts. On aurait dit qu'elle rentrait à l'instant d'un mariage ou d'une garden-party. Elle était maquillée et je perçus une bouffée de parfum agréable, sans doute assez coûteux. Avec dix ans de moins, elle aurait été considérée comme jolie ; à présent, avec les rides qui encadraient sa bouche et la perpétuelle déception qui lui assombrissait le regard, elle était presque belle. Elle avait les yeux bleu clair, d'une couleur pure et minérale de pierres précieuses.

Mrs Olerud ?

Oui.

Son attitude était guindée, un peu distante, comme si elle cherchait à se rappeler si elle m'avait déjà vu quelque part.

Vous m'avez dit que je pouvais passer vous voir, expliquai-je. Dans votre lettre.

Son visage resta inexpressif.

Je pensais vous téléphoner avant de venir, repris-je, mais je n'ai pas votre numéro.

Je n'ai pas le téléphone, répondit-elle. C'est à propos de Jeremy ?

Oui.

Son expression changea. Rien n'indiquait encore qu'elle ait compris qui j'étais, mais visiblement, le fait que je vienne au sujet de l'enfant entama ses résistances.

Vous feriez mieux d'entrer, dit-elle.

L'intérieur de la maison était meublé avec goût, quoique assez dépouillé. Le mobilier du salon comprenait deux fauteuils, une table basse, une haute bibliothèque aux étagères peuplées de photos dans de simples cadres argentés. De toute évidence, la femme avait un minimum de goût et préférait ne rien acheter du tout faute de pouvoir s'offrir quelque chose de correct. Elle me désigna un fauteuil et je m'assis, à côté de la cheminée. Au mur, au-dessus du linteau, était accrochée une aquarelle originale, semblait-il, dans un sobre cadre noir et argent. Le sujet était bien traité, mais un peu mièvre à mon goût. À l'expression de la femme, je compris tout de suite qu'elle en était l'auteur.

Elle s'installa dans le fauteuil qui me faisait face et me regarda longuement. Sans manifester la moindre gêne, elle détailla mon visage, mes vêtements, mes mains, comme si elle cherchait à déchiffrer ma personnalité ou mes intentions au travers de mon apparence physique. Elle me dévisagea ainsi pendant une minute, peut-être même plus. Je restai immobile, lui retournant son regard en m'efforçant de garder l'air imperturbable. J'en vins à me dire, maintenant que j'étais chez elle, que je n'avais pas la moindre idée de la façon dont j'allais m'y prendre. Elle s'attendait sans doute à des questions, peut-être à quelque chose d'officiel : un formulaire, un questionnaire. Faute des qualifications appropriées, comment allais-je expliquer mon intérêt sans passer pour morbide ou un peu fou ? J'attendis qu'elle prenne la parole. Pour peu qu'elle pose des questions, j'inventerais quelque chose : une recherche, une thèse de doctorat.

Vous prendriez du thé ? lança-t-elle enfin.

Avec plaisir, répondis-je.

Faites comme chez vous, je vous en prie, reprit-elle. Je n'en aurai pas pour longtemps.

J'étais mal à l'aise. L'apparition inattendue de cette belle femme en un lieu aussi invraisemblable me galvanisait, mais je n'étais pas totalement sûr de la comprendre. Il y avait chez elle quelque chose de troublant. D'un côté elle se montrait guindée voire exagérément polie dans ses propos, et pourtant à voir comment elle me regardait, comment elle se déplaçait, on aurait dit que je n'existais pas vraiment à ses yeux ou du moins pas assez pour qu'elle éprouve le besoin d'adapter son comportement à ma présence. J'étais maintenant certain qu'elle vivait seule avec son enfant muet. Il n'y avait pas de Mr Olerud (peut-être n'y en avait-il jamais eu) et à force d'années de solitude, elle avait oublié comment se tenir en présence d'autres adultes. Elle connaissait les répliques et les gestes, mais le sens avait disparu.

J'allai voir les rangées de photos dans leurs cadres argentés, sur la bibliothèque. Mrs Olerud figurait sur la plupart, soit seule, soit en compagnie d'un couple âgé que je cataloguai comme ses parents. Les plus anciennes (celles datant d'une dizaine ou d'une douzaine d'années) présentaient une version beaucoup plus radieuse, plus séduisante de la femme dont je venais de faire la connaissance. Le regard était tout aussi bleu, tout aussi pénétrant, mais on y lisait une attente amusée qui rendait la jeune femme de la photo terriblement désirable. Je remarquai qu'il n'y avait pas de photo d'enfants.

Mrs Olerud revint, apportant sur un plateau de quoi servir le thé : une théière en porcelaine fine, quelques tasses et soucoupes, et des biscuits sablés sur une petite assiette à motif de roses.

J'espère que vous aimez le thé au citron, je n'ai pas de lait, annonça-t-elle.

Au citron, ce sera parfait, répondis-je en souriant.

Sans me rendre mon sourire, elle posa le plateau sur la table basse et commença à servir. Le thé était transparent, presque incolore.

J'ai bien peur qu'il ne soit pas très fort, dit-elle.

Ce sera parfait pour moi, répondis-je sans me départir de mon sourire.

Cette fois, elle me sourit faiblement en retour, comme pour s'excuser de la piètre qualité du thé.

Un silence gêné s'établit. On aurait dit qu'elle attendait que je prenne la parole, que je m'explique, or je m'aperçus que je n'avais rien à dire. Je n'avais rien préparé en vue de notre rencontre : je ne savais absolument pas ce que j'allais faire une fois face à l'enfant. Je n'avais rien sur quoi je puisse m'appuyer, aucune qualification. Selon toute vraisemblance, la femme allait me prendre pour un imposteur, ou pire. Je tâchai de trouver quelque chose à dire, quelque chose de technique, de scientifique. Mon esprit était vide. Finalement, pour rompre le silence, Mrs Olerud commença à me questionner : est-ce que je venais de loin, quelle était ma profession, est-ce que j'avais moi-même des enfants ? La manière dont elle énonçait les questions faisait penser à une méthode, comme si elle avait ingurgité un manuel de propos conventionnels. On aurait dit qu'elle me soumettait à un entretien, si ce n'est qu'elle semblait à peine enregistrer mes réponses, et j'étais certain que si je lui demandais, d'ici dix à vingt minutes, de répéter ce que j'avais dit, elle aurait tout oublié. Elle paraissait inquiète. J'eus l'impression que le fait de me présenter le garçon l'angoissait. La conversation n'était qu'un dérivatif, rien de plus. Elle ne posa aucune question sur mes intentions ou ma méthode de travail. Elle ne demanda aucun justificatif d'identité ou de qualification. Elle ne mentionna même pas l'enfant. Je commençais à me dire qu'elle avait oublié pourquoi j'étais venu, ou que peut-être elle avait changé d'avis et allait me reconduire à la porte sans me présenter son fils, quand elle s'interrompit et me regarda d'un air triste, le visage empreint d'une résignation non dissimulée.

Je suppose que vous aimeriez voir Jeremy, à présent, demanda-t-elle.

Si c'est possible.

Bien sûr. Je vais le chercher. Le soir, je le garde à l'étage.

Elle sourit (du même faible sourire contrit) et partit chercher le garçon. Je me demandai ce qu'elle entendait par le garder à l'étage. Était-il enfermé d'une manière ou d'une autre ? Alité ? Attaché ? Je tendis l'oreille mais ne perçus rien d'anormal : un bruit de pas sur le palier, un silence, puis à nouveau des pas, qui descendaient l'escalier. Je bus un peu de thé et tâchai d'avoir l'air neutre, tel un visiteur anodin, quand le garçon entra dans la pièce (quoique à mon sens, les visiteurs anodins n'étaient sûrement pas légion dans cette maison et pendant un instant, l'idée me traversa que ni l'enfant ni la femme n'avaient dû voir qui que ce soit depuis des mois, peut-être même des années). Mais ça n'avait pas de sens : puisqu'il avait sept ans, il allait à l'école. Ses grands-parents venaient le voir. Il allait chez le médecin, chez le dentiste, il menait une vie normale, comme n'importe quel enfant de sept ans.

Dès que je le vis, je compris pourquoi Mrs Olerud avait peur. C'était un garçon mince et pâle, petit pour son âge, avec une masse de cheveux filasse en bataille, comme Pierre l'Ébouriffé, le héros de ce vieux conte allemand pour enfants. Il avait le regard aussi bleu que celui de sa mère mais dur et opaque, comme du métal. Il s'avança vivement dans la pièce et se figea, me regardant d'un air surpris. Ce qui me frappa, ce fut la sensation d'animalité irrépressible que dégageait sa présence, une tension incroyable : il était pareil à un trou noir, une intensité qui aspirait l'énergie de quiconque se trouvait alentour et ne donnait rien en retour. J'adressai un bref regard à Mrs Olerud. Une fois de plus, il me vint l'image d'un enfant en cage, ou enfermé dans la porcherie qu'était sa chambre, accroupi par terre, en train de rogner des os comme les enfants sauvages des légendes. Il était pourtant assez propre et d'allure présentable, mis à part sa tignasse. Il portait une salopette par-dessus une chemise à rayures rouges et bleues. Ses vêtements étaient d'assez bonne qualité : sa mère les avait sans doute choisis avec soin, de façon à rehausser sa blondeur. Quoi qu'il en soit, je me sentais mal à l'aise. Quelque chose dans l'attitude du garçon inspirait une terreur presque insupportable, un sentiment d'épouvante anticipée.

Ils restèrent un moment dans l'embrasure de la porte. Mrs Olerud ne disait rien. J'eus l'impression qu'elle ne faisait que me montrer le garçon. Ç'aurait pu être un léopard ou un coyote, quelque animal dangereux qui, d'une manière ou d'une autre, serait venu vivre chez elle et qu'elle me faisait voir pour que je constate ce qu'elle devait endurer. J'eus envie de dire quelque chose, pour rompre la tension, mais je fus incapable de m'adresser directement à l'enfant.

Si je lui parle, est-ce qu'il m'entend ? demandai-je.

Je n'en sais rien, répondit-elle. Quelquefois, il a l'air de comprendre, mais il ne le signifie jamais. Il ne… réagit pas.

La façon dont elle prononça ces derniers mots soulignait à quel point il semblait déplacé de parler ainsi devant son fils. Elle esquissa alors un haussement d'épaules presque imperceptible.

Je pensais que vous vouliez le voir, reprit-elle. Mais maintenant, il faut qu'il remonte. Le soir, il vaut mieux qu'il reste en haut.

Elle toucha l'épaule du garçon et ils quittèrent la pièce sans un mot. L'enfant ne jeta pas un regard en arrière. Je les entendis monter l'escalier, traverser le palier. J'eus envie de les rappeler, de voir le garçon un peu plus longtemps, mais j'étais trop stupéfait pour prononcer un mot.

À son retour, Mrs Olerud avait l'air soulagée. Elle parlait d'un ton plus animé. Je me dis qu'elle s'efforçait d'alléger l'atmosphère.

Votre thé va être froid, lança-t-elle d'un air détaché sans toutefois parvenir à dissimuler tout à fait l'effort que cela lui demandait.

Que vouliez-vous dire quand vous avez précisé qu'il valait mieux qu'il reste en haut ? demandai-je. Que vouliez-vous dire au juste ?

Elle eut l'air gênée, comme si j'avais percé à jour quelque malhonnêteté de sa part.

Il s'agite, répondit-elle. Il ne dort jamais très bien même en temps normal. La moindre émotion le soir aggrave encore les choses.

Vous m'avez pourtant dit de passer en soirée. Vous auriez dû m'indiquer un autre moment si ça ne convenait pas.

Elle eut l'air perplexe un instant, comme si ce que je venais de dire l'étonnait.

Excusez-moi, reprit-elle. La journée d'aujourd'hui n'a pas été facile. Peut-être pourriez-vous revenir, une autre fois.

Est-ce qu'il va à l'école ?

Elle ne répondit pas.

Il doit avoir des besoins particuliers ? insistai-je.

Oui.

Quelle école fréquente-t-il ?

Elle me décocha un regard perçant.

Je vais devoir vous laisser, lança-t-elle très vite d'un ton presque chantant. Il faut que je le mette au lit. Est-ce que ça vous conviendrait de repasser une autre fois ?

Elle se leva, me signifiant ainsi clairement mon congé. De toute évidence, les questions l'avaient importunée, et l'idée me vint à nouveau qu'elle avait quelque chose à cacher. Je ne pus que me plier à sa volonté mais j'étais presque décidé, en repartant, à renoncer à cet épisode avant même qu'il n'ait commencé. Le garçon était sans doute attardé, ou psychologiquement perturbé. L'origine de ses troubles du langage était très certainement enfouie dans son passé et je doutais que Mrs Olerud veuille bien aider à l'exhumer. Je pense qu'elle le sentit. En me raccompagnant à la porte, elle s'arrêta et posa la main sur mon bras. À nouveau, je décelai sur son visage l'ombre de sa beauté et j'en fus frappé.

Revenez, me dit-elle. Excusez-moi pour ce soir. La journée n'a pas été facile, c'est tout.

Je hochai la tête.

Vous reviendrez ?

Nous étions dans le vestibule, au pied de l'escalier. Je me fis la réflexion que le garçon pouvait nous entendre, pour peu qu'il écoute, et je me demandai s'il comprenait. Tout à coup je saisis pourquoi Mrs Olerud avait répondu à mon annonce. Elle ne s'attendait nullement à ce que je puisse aider son fils et ne s'intéressait pas vraiment à mes études. Elle m'avait écrit parce qu'elle se sentait seule, et qu'elle était trop fière pour rechercher de son propre chef aide ou compagnie. Alors qu'ainsi, c'était moi qui venais à elle, et voilà qu'à présent elle craignait de perdre ce contact.

Je n'en suis pas sûr, répondis-je. J'étais encore agacé. Je ne suis pas sûr de comprendre pourquoi vous m'avez fait venir. Ce n'est même pas que je puisse vous aider. Je ne fais que des recherches… vous comprenez ?

Oui, dit-elle. Je comprends, tout à fait.

Son ton était trop aigu, trop sincère.

Je ne peux pas vous aider, répétai-je.

Je n'ai pas besoin d'aide. J'ai envie, moi, de vous aider si je le peux. Dans vos… études.

Elle marqua une hésitation, sans me lâcher du regard. Sa main étreignait toujours mon bras. Je vis qu'elle s'efforçait de trouver quelque chose à dire, pour me mettre à l'aise, m'inciter à revenir.

Revenez samedi, lança-t-elle. Dans la journée. Ça vaut mieux, dans la journée.

Elle était animée à présent, presque fébrile. À mon arrivée, elle n'avait pas semblé comprendre qui j'étais, ni pourquoi j'étais venu. Elle s'était montrée distante, presque indifférente. Nous n'avions rien échangé, si ce n'est des propos conventionnels. Elle m'avait montré le garçon, puis signifié mon congé, sans guère de cérémonie. À présent, voilà qu'elle me suppliait de revenir. J'aurais pu être furieux contre elle : elle avait eu à mon égard un comportement grossier, inutilement énigmatique. Mais j'étais plutôt intrigué. Karen Olerud possédait une qualité que je reconnus dès cette toute première rencontre.

Samedi, répéta-t-elle.

Peut-être, concédai-je. Si je peux. Quelle heure conviendrait ?

2 heures ?

Parfait.

Je tenais à garder un ton détaché, comme si je n'avais pas encore décidé si oui ou non, je viendrais au rendez-vous.

Alors je vous attends pour 2 heures, conclut-elle.

Et comme elle ouvrait la porte, son visage redevint indéchiffrable. On aurait dit qu'en même temps que son angoisse, s'épanchait une autre souffrance, et la dernière image que j'eus d'elle fut celle d'un visage vide, impassible, une absence peaufinée et mûrie, une espèce de néant.

J'y retournai le lendemain matin. À 7 heures et demie, je garai ma voiture au bout de la rue, de façon à avoir la maison bien en vue, et j'attendis. Je voulais voir Jeremy s'en aller à l'école, et ce que faisait Mrs Olerud lorsqu'elle était seule. Je ne me fiais pas à ce qu'elle m'avait écrit dans la lettre : rien ne me garantissait, en dehors de ce qu'elle m'avait dit, que l'enfant était vraiment muet. Peut-être était-il perturbé, mais il se pouvait aussi bien que ce soit sa mère qui ait un problème. Le garçon avait peut-être choisi le silence, à moins qu'on ne l'y ait contraint. Je me dis que c'était là la raison qui motivait ma présence, mais en même temps, je dois avouer que le garçon m'intéressait moins que sa mère. Quelque chose était passé entre nous la veille au soir. J'étais resté éveillé une bonne partie de la nuit, à penser à elle, à me rappeler son visage, la sensation de sa main sur mon bras. Je crois que d'emblée, je devinai ce qui allait se passer. Je lui avais apporté des fleurs du jardin. C'était sans doute complètement déplacé, mais je savais d'avance qu'elle les accepterait.

C'était une matinée humide. Il avait plu pendant la nuit et les jardins étaient encore trempés. Dès que le soleil surgit, tout se mit à fumer : des nuages de vapeur s'élevèrent des barrières en rondins, une fine brume voila les haies et les pelouses. Il ne tarda pas à faire chaud. La lumière se répandait à flots entre les maisons, miroitait aux rétroviseurs et aux lampadaires, parait le lotissement décrépit d'une beauté fantomatique et éphémère. Il n'y avait pas trace de Mrs Olerud ou de son fils. D'autres enfants firent leur apparition dans la rue, fillettes en robe bleue, garçons en uniforme d'école. Un ou deux d'entre deux me virent et scrutèrent l'intérieur de la voiture avec curiosité, mais pour la plupart, ils passaient sans me remarquer, tout aux petites misères et joies auxquelles la journée d'école les condamnait. Je me rappelai avoir moi-même ressenti cette impression à l'époque de ma scolarité. Je me rappelai avec quel soin je devais m'efforcer de ne pas détonner par rapport à mes camarades de classe. J'aurais pu fréquenter une autre école, mais ma mère ne voulait pas que je sois trop loin de chez nous, ce qui signifiait que j'étais obligé d'aller en classe à l'école du village, avec des enfants plus pauvres et moins intelligents que moi. Ne pas me mettre les autres à dos, surtout les garçons plus âgés, demandait un effort. Mais je m'en sortis très bien. Je ne me mettais jamais en avant, je ne me portais jamais volontaire ; dans les jeux, j'attendais qu'on me choisisse, en classe j'attendais qu'on m'interroge. Je donnais toujours l'impression de faire de mon mieux, mais je prenais soin de fournir une mauvaise réponse ici ou là, de passer pour un idiot à l'occasion, de laisser les autres se moquer de moi une fois de temps en temps. Je me croyais habile, mais je vois bien à présent que je n'avais aucun mal à me comporter ainsi étant donné que je n'éprouvais que du mépris pour la plupart de mes camarades d'école.

Le seul qui y échappait était un garçon de ma classe. Il s'appelait Alexander et vivait muré dans la solitude car il était sourd, et les autres enfants trouvaient son élocution bizarre et risible. Les professeurs le traitaient tous avec une gentillesse particulière, condescendante, qui lui répugnait visiblement. Je déployai quelques efforts pour devenir son ami, sans succès ou presque. Il se méfiait de tout le monde. Je le voyais parfois dehors, dans les champs, figé, la tête basculée en arrière, en train de contempler le ciel comme s'il y décelait quelque chose que personne d'autre ne pouvait voir. Je me demandais quel effet cela pouvait faire de vivre ainsi. Je m'étais imaginé que les sourds étaient murés dans un silence calme et continu, mais en me renseignant dans un livre, j'appris qu'ils avaient du bruit dans la tête, un bruit monocorde et désagréable, comme entre les différents canaux de radio. Je voulais demander à Alexander comment il pensait : s'il voyait les mots au lieu de les entendre, s'il pensait seulement en mots ou s'il y avait de longues plages vides dans son esprit, quand l'absence prenait le dessus. Je sais, il n'y a pas de doute là-dessus, qu'il cherchait quelque chose. Quand il trouvait un poteau télégraphique, il l'enlaçait à pleins bras et restait immobile, la poitrine et le visage plaqués contre le bois, comme s'il ressentait ou entendait quelque chose que les fils véhiculaient. Peut-être était-ce le cas. Si j'avais pu avoir un ami à l'école, ç'aurait été lui. Si j'avais pu poser une seule question, j'aurais demandé à Alexander quel effet cela faisait d'être comme lui, mais je suppose qu'il n'aurait pas été en mesure de répondre.

La plupart du temps, j'étais seul. Pendant la pause de midi, je restais à la bibliothèque avec mon livre préféré dont je garde un souvenir précis aujourd'hui encore : il s'appelait le *Dictionnaire illustré pour juniors*. Sur la couverture, on voyait une fille allongée dans l'herbe en été, en train de lire, et un maître d'école idéal tendre un livre à un élève idéal accompagné d'une autre fille qui serrait son propre livre contre elle comme un animal de compagnie ou un bébé. Sur la première page figuraient l'inscription *Nous vivons dans un monde de mots* et toute une série d'objets dans des cases sous lesquelles étaient inscrits en légende le nom et son pays d'origine : *bantam* et *tatouage* venaient des mers du Sud, *nénuphar* et *cheikh* du monde arabe, *bungalow* et *jungle* de l'Inde, *marmelade* et *cobra* du Portugal. J'adorais ce livre. J'en adorais les illustrations de rhododendrons et de lapins, d'enfants parfaits patinant sur des lacs parfaits. J'en adorais les définitions très simples, le sentiment qu'il inspirait que tout pouvait être classé et expliqué. Je prenais au pied de la lettre ce qui y était dit : nous vivons dans un monde de mots, les choses existent grâce au langage, et le langage pouvait tout aussi bien changer les choses que les maintenir à la place qu'il leur avait assignée.

Mère me conduisait en classe le matin. Dans cette école, il n'y avait que moi qui venais en voiture, et cela m'isolait des autres de passer devant eux qui me regardaient, assis à l'avant, à côté d'une femme toujours coûteusement vêtue et distante au plus haut point. Une fois de temps en temps, elle se mettait en tête de faire monter avec nous tel ou tel enfant qui avait l'heur de lui plaire, ce qui ne faisait que rendre la situation plus embarrassante. J'insistais pour rentrer seul à pied après l'école. Cela représentait près de cinq kilomètres mais la route était toute droite et il n'y avait pas beaucoup de circulation. Après les dernières maisons, elle quittait le village, longeait une succession de jardins ouvriers puis passait devant une ferme. Cette ferme avait toujours l'air déserte : je me souviens de la cour et d'une trémie en métal gris piquée de rouille, inclinée au-dessus d'une haie comme un navire échoué. Parfois un troupeau de bovins au pelage noir boueux se tenait près de la clôture et me regardait passer, ou bien un chien courait jusqu'au portail et se mettait à aboyer, mais la plupart du temps la cour était vide, avec le tas de bûches empilées contre la grange, un vieux tracteur immobilisé dans un bourbier de mauvaises herbes, des restes rouillés d'engins agricoles dressés contre les murs, tels les vestiges d'une civilisation oubliée.

En hiver, il faisait déjà presque nuit quand j'atteignais la ferme. Les quelque deux kilomètres qui suivaient n'étaient bordés que de champs. Le silence épais et dense comme du velours n'était rompu que par un occasionnel plouf dans le fossé qui longeait la route, ou par le passage en coup de vent d'une voiture roulant vers Weston. Il n'y avait pas d'éclairage sur cette route, mais cela ne me gênait pas jusqu'à ce que j'arrive à la hauteur de Laurel Cottage, à environ huit cents mètres de chez nous. Je ne voyais jamais de lumière à Laurel Cottage mais je savais que l'étrangère était là, qu'elle me suivait du regard comme en été. Et cela, en revanche, me gênait. Les gens du village disaient que l'étrangère était folle. Personne ne savait comment elle vivait. Parfois elle était dans son jardin au moment où je passais, occupée à tricoter ou à lire. Les gens qui avaient vu l'intérieur de la maison disaient qu'elle avait des centaines de livres, tous empilés par terre dans le salon. Une fois je la vis debout sur le seuil, en train de manger une pomme. Je rassemblai mon courage et lui souhaitai un bon après-midi. Elle me regarda et me sourit, mais ne répondit pas. J'étais dévoré de curiosité à son égard. Je voulais savoir d'où elle venait, et ce qui avait bien pu la rendre folle.

Elle n'était pas folle en permanence. Les gens du village disaient qu'elle piquait des crises à cause de quelque chose qui lui était arrivé pendant la guerre. Moi-même, je l'avais parfois vue parler aux arbres de son jardin, en proie à une crise. Elle tournait en rond sur place en parlant une langue que personne d'autre ne comprenait. Au début, je crus que c'était du polonais ou de l'allemand, car les gens du village disaient qu'elle était arrivée d'Allemagne après la guerre, comme réfugiée. Plus tard, mère m'expliqua qu'il ne s'agissait pas du tout d'une langue, mais de quelque chose que la femme inventait. Pour autant que je le sache, elle ne s'adressa jamais dans ce langage qu'aux arbres de son jardin.

Ses crises duraient des heures. Elle avait d'abord l'air animée, joyeuse même: elle faisait le tour du jardin d'un pas vif, effleurait parfois un arbre du bout des doigts au passage. Elle parlait sans discontinuer d'un ton chantant: un discours sans structure ni syntaxe. Les mots semblaient s'amalgamer, se fondre les uns dans les autres, mais il ne faisait aucun doute qu'ils avaient un sens pour elle, qu'elle en usait pour exprimer quelque chose. Puis au bout d'à peu près une heure, sa voix changeait. Il y avait alors des silences entre les mots, tout se défaisait de l'intérieur, se muait en une sorte de ralenti. Elle finissait par tourner le dos à l'arbre auquel elle s'adressait, et s'éloignait. Chaque fois, elle avait l'air déçue, comme si elle venait d'échouer dans quelque entreprise. Un jour que j'étais parti chasser des animaux, je me cachai dans un buisson près de la maison de l'étrangère et observai tout le processus. Ce n'était pas dépourvu d'une certaine beauté, et son langage rien qu'à elle m'intriguait. L'envie me vint de savoir ce qu'il signifiait pour elle, ce qu'elle croyait être en train de dire.

Une fois, au printemps, je rentrais chez moi. L'après-midi touchait à sa fin, mais il faisait encore jour ; toute la journée, une pluie lourde et sonore avait battu les vitres de l'école. À cette heure, elle avait cessé mais les champs et les jardins étaient encore trempés. Le monde semblait anormalement calme après la violence de la pluie. En approchant de Laurel Cottage, il me sembla voir bouger quelque chose… ou plutôt j'eus l'impression que quelqu'un, une personne, avait bougé un instant avant que je regarde et se tenait maintenant dans les buissons, en silence, attendant que je m'éloigne. Il n'y avait rien de visible, mais j'eus ce sentiment qu'on éprouve parfois en jouant à cache-cache, quand quelqu'un se donne trop de mal pour rester invisible et du coup, se trahit. Je n'aurais pu dire pourquoi, mais je savais que c'était un être humain et non pas un animal que je percevais là. Alors, au moment où j'arrivais à la hauteur du portail, l'étrangère surgit des feuillages et se figea, entièrement nue, ruisselante de pluie et riant doucement. Elle était si près de moi que j'aurais pu la toucher. Elle me regardait droit dans les yeux mais je ne pense pas que c'était moi qu'elle voyait. Elle jouait avec quelqu'un, peut-être quelqu'un qui était mort depuis des années, à moins que ce soit une personne de son invention, mais ce n'était pas moi.

Je n'avais jamais vu de femme nue. Elle était mince, mais elle avait de gros seins et des hanches larges, et la vue de sa toison pubienne épaisse, noire, m'excita et m'effraya. Je ne pouvais détourner les yeux. Comme nous nous tenions là, face à face, l'envie me vint de toucher sa peau trempée, de caresser les poils, mais je repartis précipitamment, à reculons pour pouvoir la regarder encore, craignant de tourner le dos à ce corps blanc.

J'attendis devant la maison de Mrs Olerud pendant trois heures. C'est curieux ce qu'un quartier peut changer une fois les gens partis. Un silence s'abat ; l'arrivée d'une camionnette de livraison devient un événement ; des animaux font leur apparition et traversent les jardins littéralement au ralenti. On dirait toujours qu'il vient de se passer quelque chose, un instant plus tôt, mais lorsqu'on regarde il n'y a rien.

Je ne remarquai d'abord pas le garçon. Tel un des animaux, il sembla surgir de nulle part. Je n'avais pas vu la porte d'entrée s'ouvrir, mais peut-être était-il sorti par l'arrière de la maison. Planté dans l'allée, il fixait le bout de la rue, comme s'il attendait quelqu'un. J'étais sûr qu'il ne m'avait pas vu. Je descendis de voiture, mon bouquet de fleurs à la main, et allai jusqu'au portail.

Bonjour Jeremy, lançai-je.

Il eut l'air furieux. De toute évidence, il se souvenait de moi et n'avait pas envie de le laisser voir.

Ta mère est à la maison ? demandai-je.

Il remua presque imperceptiblement la tête. Quand je me penchai pour ouvrir le portail, il recula de quelques pas, bras tendus, comme s'il pouvait m'empêcher d'entrer par la seule force de sa volonté. Je remarquai qu'il avait quelque chose dans la main gauche.

Qu'est-ce que tu tiens là ? demandai-je.

Il regarda sa main. Il avait le poing fermé, mais doucement, pour retenir quelque chose qui devait être fragile ou précieux à ses yeux. Lentement, il esquissa un demi-sourire. Il fit trois pas en avant, leva le visage vers moi et me tendit sa main, la retourna et desserra les doigts, tel un magicien exécutant un tour.

Il tenait un bébé souris. L'animal était minuscule, presque dépourvu de poil, et complètement inerte.

C'est une souris, déclarai-je de mon ton le plus condescendant d'adulte s'adressant à un enfant.

Le garçon me décocha un regard méprisant. Il se passait de mon amabilité. Le fait de me montrer la souris représentait une sorte de tour, un stratagème qu'il était seul à comprendre. Je tendis la main.

Tu me la donnes, maintenant? demandai-je.

Il retira sa main et recula.

Mais elle est morte, ajoutai-je doucement.

Il secoua la tête.

Tu le sais bien, insistai-je. Ce n'était qu'un bébé souris. Tu aurais dû le laisser dans son nid.

Je crus qu'il allait se mettre à pleurer. Son expression révélait que j'étais responsable de cette mort, que la souris serait restée bien en vie, au chaud dans le creux de sa main, si je n'avais pas surgi pour dire le contraire. Il éleva l'animal au niveau de son visage et frotta sa joue contre la dépouille sans poils. Puis il pivota sur ses talons, traversa la pelouse en courant et disparut à l'angle de la maison.

Je n'avais aucune intention de lui emboîter le pas. Je poussai le portail et entrai. À présent, je voyais que la porte d'entrée était ouverte et légèrement entrebâillée. Elle était peut-être restée ainsi toute la matinée, mais quand je frappai personne ne répondit.

Je fis le tour de la maison à la recherche du garçon. Le jardin était sombre, envahi d'une haute végétation, de ces mauvaises herbes rampantes qui poussent jusque dans les arbres, de clématite, de bryone avec ses baies rouges à l'air vénéneux, de hautes tiges de patience et de belladone le long de la palissade. C'était encore trempé. Le soleil n'était pas monté assez haut par-dessus les toits pour pénétrer jusque-là et même si ç'avait été le cas, l'air ambiant était sombre et lourd, le jardin restait sans doute toujours humide tout au fond, là où jadis avaient dû se trouver plantes d'ombrage, aucubas, chalefs. J'eus l'impression que si j'allais jusqu'au bout du sentier, je disparaîtrais, comme l'enfant. Je ne le voyais pas mais je sentais qu'il était là, tapi au cœur de sa jungle à lui, en train de m'observer.

Bien que la porte de derrière soit grande ouverte, je savais qu'il n'était pas rentré. Son territoire c'était le jardin, pas la maison. J'eus une image fugace de lui en train de chasser petits rongeurs et insectes, les doigts et la bouche souillés de terre fraîche, des os de souris craquant entre ses dents.

J'envisageai de repartir. Puis l'idée me vint qu'il avait pu arriver quelque chose à Mrs Olerud. Elle semblait nerveuse la veille au soir, presque à bout par moments, aussi me vint-il à l'esprit qu'elle s'était peut-être fait du mal d'une façon ou d'une autre. Quelques jours auparavant, à la radio, j'avais entendu parler d'un couple qui s'était suicidé dans une maison de campagne au Pays de Galles. L'homme et la femme s'étaient supprimés en prenant de l'alcool et des somnifères et leurs deux enfants, âgés de quatre ans et dix-huit mois, étaient restés seuls avec les corps, trop effrayés pour s'en aller. Plusieurs jours s'étaient écoulés avant que quiconque ne remarque quoi que ce soit d'anormal. Quand les policiers défoncèrent la porte pour entrer, ils trouvèrent les enfants dans la cuisine, pelotonnés l'un contre l'autre derrière la porte. Ils avaient survécu en mangeant des corn flakes.

J'avançai dans la cuisine et jetai un regard alentour. Personne. J'appelai. Aucune réponse. En passant dans le salon, je trouvai Mrs Olerud, allongée sur le canapé, vêtue d'une robe de chambre à fleurs. Elle avait l'air endormie, ou peut-être inconsciente. Sur la table basse, une bouteille de gin, un verre encore à demi plein et une grande bouteille en plastique de Schweppes, vide, étaient les seuls objets qui détonnaient dans la pièce propre et bien rangée. Je jetai un coup d'œil à la pendule sur la cheminée : il était 11 heures et demie. Allongée là, un bras relevé lui masquant à demi le visage, Mrs Olerud était visiblement ivre. L'imprimé de la robe de chambre, semé de grosses fleurs foncées, me rappela un vêtement que mère portait des années auparavant, les soirs d'été. Pour autant que je puisse le constater, la femme était nue sous le satin léger. Je me penchai au-dessus d'elle. Elle avait l'air inimaginablement moite et douce : je la voyais respirer et j'imaginai la chaleur que rencontreraient mes doigts si je la touchais, le soyeux de sa nuque et de ses épaules. La robe de chambre était nouée lâche à la taille à l'aide d'une large ceinture du même tissu rouge et blanc. Elle s'était entrouverte juste au-dessus du genou, là où les jambes étaient légèrement repliées. Bien que son bras relevé lui masque à demi le visage, je voyais sa bouche et je fus tenté d'effleurer du bout des doigts ses lèvres pleines et rouges. Sa beauté me frappa à nouveau ; l'espace d'un instant, je fus presque submergé par un sentiment proche du chagrin, un mélange de nostalgie et de désespoir qui me surprit. Je déposai les fleurs avec soin sur le bord de la table basse.

Mrs Olerud ?

Je restai immobile, attendant une réponse de sa part, puis voyant qu'elle ne bougeait pas, je m'assis par terre à côté du canapé et posai les doigts, légèrement, sur sa cheville. Je ne voyais pas ses yeux, mais je la savais plutôt inconsciente qu'endormie. Sa respiration était lente mais légère, convenue en quelque sorte, comme la respiration d'un automate, comme cette effigie en cire de la Belle au bois dormant que j'avais vue un jour dans un musée. Ma main remonta doucement le long de sa jambe, au-dessus du genou, là où s'amorçait le modelé de la cuisse, soyeuse et chaude au contact. J'étais excité. Telle que je la voyais là, au repos, je constatais qu'elle était toute en courbes, parfaite de proportions, et j'avais envie de la toucher partout à la fois, d'avoir mille mains, d'explorer et de décrire son corps tout entier. En même temps, l'idée germa dans mon esprit qu'elle n'était pas inconsciente du tout ; que du moins, elle était à demi consciente de ce qui se passait et feignait seulement d'être endormie, pour voir ce que j'allais faire ensuite. Je retirai doucement la main (elle semblait moins susceptible de se réveiller ou de prendre peur au moment du contact qu'à l'instant où celui-ci cesserait) et trouvai l'endroit où la ceinture était nouée autour de sa taille. Elle ne bougea pas. Je manipulai le nœud pour le défaire, lentement, en savourant la façon dont j'arrivais à contenir mon désir, puis comme la ceinture se dénouait, j'écartai les pans de la robe de chambre, dévoilant ses hanches et ses seins nus. Je me penchai sur elle. Je percevais la tiédeur de son corps ; je humais cette fadeur suave qu'a le sommeil, mélangée à son parfum. Je sentais presque le goût de ses cheveux, de sa bouche humide, le sel de sa peau. Ses seins étaient un peu plus petits que je ne l'aurais cru, et son ventre un peu rond ; elle avait un corps à l'ancienne, comme celui d'Ève dans l'une de ces toiles médiévales dépeignant le couple chassé du jardin d'Éden. Du bout du doigt, j'effleurai son bras. Il était doux, tiède, couvert d'un fin duvet. Elle était toujours immobile. Je la caressai doucement, passant légèrement les doigts sur ses seins, son ventre et ses hanches. Je craignais qu'elle ne se réveille d'un moment à l'autre et en même temps je voulais qu'elle sache que j'étais là, qu'elle réagisse, m'attire à elle, dans la tiédeur moite de sa chair.

Tout à coup, je perçus quelque chose et me retournai. Le garçon, Jeremy, se tenait dans l'embrasure de la cuisine et m'observait. Je ne l'avais pas entendu entrer. Il ne faisait pas un geste, pas un bruit, et je compris qu'il était là depuis un moment, retenant littéralement son souffle, curieux de voir ce que j'allais faire. C'était cela, cette inspiration légère que j'avais entendue, mais son attitude indiquait autre chose, tête légèrement tournée, tandis qu'il flairait l'air comme un animal. Oui, c'était bien ça, il me flairait, il prenait la pleine mesure de ma personne, pour la première fois peut-être. Alors, voyant que je m'étais aperçu de sa présence, il sourit, doucement, d'un air entendu. Je refermai la robe de chambre et me levai. Je pensais qu'il allait accourir auprès de sa mère et la réveiller, mais il se contenta de rester là, fronçant légèrement les sourcils, déçu ou étonné par quelque chose, comme si je venais de lui assigner une tâche qu'il ne comprenait pas. Je remarquai qu'il avait les cheveux et les vêtements mouillés, et les mains sales, les doigts couverts de terre, comme s'il venait de creuser un trou.

C'est bon, lançai-je. Elle dort, voilà tout.

J'eus conscience de l'inflexion défensive de ma voix, de la note coupable, et cela m'agaça d'avoir ressenti la nécessité de me justifier vis-à-vis d'un enfant. Mais rien n'indiquait qu'il ait compris ni ce que j'avais dit ni ce à quoi il m'avait surpris. Je m'éloignai du canapé en direction de la porte qui donnait dans le vestibule.

Il faut que je m'en aille, repris-je. Je repasserai plus tard. Quand elle sera réveillée.

L'enfant agita violemment la tête, comme un chien, projetant des éclaboussures partout. Puis il fit demi-tour et sortit en courant, laissant derrière lui une série d'empreintes boueuses sur le sol de la cuisine. À ce moment-là, Mrs Olerud s'agita, ou peut-être ne fit-elle que bouger dans son sommeil. Je partis précipitamment en laissant la porte d'entrée entrebâillée, telle que je l'avais trouvée. Tandis que je m'éloignais, je me fis la réflexion que je la connaissais désormais d'une façon qu'elle percevrait la prochaine fois que nous nous verrions, tout comme il arrive parfois que dans un rêve on caresse quelqu'un que l'on voit le lendemain dans la rue ou dans un magasin, et alors on est sûr que la personne en question se souvient du même rêve, celui qu'elle a fait la nuit précédente, où on la caressait et qu'elle nous caressait à son tour, surprise de sa propre connivence, un instant étonnée de cette acceptation inattendue. D'un autre côté, je sentais que Mrs Olerud avait voulu que les choses se passent ainsi, que d'une certaine manière, elle avait tout orchestré.

Je revins le samedi après-midi à 2 heures précises, comme nous l'avions arrêté. Mrs Olerud était à nouveau impeccablement vêtue et se montra aussi distante et polie que lors de notre première rencontre. Pourtant, je persistais à croire qu'elle se souvenait à demi de ce qui s'était passé, qu'une complicité secrète existait entre nous. Je lui apportais à nouveau des fleurs. En arrivant, je m'attendais un peu à ce qu'elle les refuse, mais elle accepta le bouquet avec naturel et le porta à la cuisine pour le mettre dans un vase. Je remarquai alors que les fleurs que j'avais apportées lors de ma précédente visite trônaient sur une étagère, à côté de la cheminée, soigneusement arrangées dans un vase en faïence bleu vif. Je compris que Mrs Olerud avait perçu ma venue la veille. Elle m'avait laissé la toucher, explorer sa peau, et il ne faisait aucun doute dans mon esprit qu'elle m'aurait laissé aller plus loin. Les fleurs en témoignaient.

Ce jour-là, cependant, nous fûmes polis et guindés. Nous parlâmes de la pluie et du beau temps. Mrs Olerud me servit du thé, comme lors de ma première visite, s'excusa à nouveau de ne pas avoir de lait et me demanda si du citron me conviendrait. Tout ce qu'elle faisait avait l'allure d'un rituel, comme si chacun de ses actes devait être exécuté de façon totalement immuable. Elle servait le thé comme s'il s'agissait d'une cérémonie, comme si elle était japonaise : chacun de ses gestes était calculé, chacun de ses mots, si insignifiant qu'il soit, semblait pesé. On aurait dit qu'elle craignait que quelque chose lui échappe, la trahisse. Quand vint le moment d'aller chercher Jeremy, elle réussit à masquer son angoisse. L'enfant fut descendu de l'étage, comme une pièce de musée qu'on exhibe. Comme lors de ma première visite, je le trouvai plutôt propre et bien vêtu, mais à présent il était somnolent, presque sonné, comme abruti par quelque médicament. Il n'eut pas l'air de me reconnaître et ne laissa rien transparaître de la sauvagerie que je lui avais vue précédemment. Je tentai sans grande conviction de capter son attention (je savais à présent qu'il comprenait ce que je disais) mais il resta hermétique, si bien qu'au bout de dix minutes, sa mère le ramena. J'étais perplexe. Mrs Olerud semblait complètement maîtriser son étrange enfant et pourtant, elle ne parvenait pas à dissimuler tout à fait la frayeur qu'il lui inspirait. J'avais constaté une quasi-animalité dans le comportement de l'enfant, mais cela pouvait fort bien être dû à l'isolement ou au manque de soins, et ne suffisait certes pas à expliquer la gêne de la mère. Craignait-elle que l'enfant lui fasse du mal d'une manière ou d'une autre ? Ou bien avait-elle peur de ce qu'elle-même risquait de lui faire ?

Lorsqu'elle revint, nous passâmes un moment à bavarder, à tenir des propos conventionnels. Sa beauté m'envoûtait tout autant que notre conversation m'ennuyait. Elle me questionna sur l'intérêt que je portais à ce qu'elle appelait *l'orthophonie*. J'expliquai de mon mieux. De temps à autre, nous retombions dans le silence et je me contentais de la regarder, guettant le moindre signe de sa part révélant qu'elle se souvenait de ce qui s'était passé la veille. Je savais qu'elle s'en souvenait, mais elle n'en laissa rien transparaître si bien qu'au bout de ce qui me parut une durée convenable, je m'en allai. Comme précédemment, elle m'arrêta à la porte : cette fois, elle me proposa de revenir d'un ton presque détaché. J'acceptai aussitôt et nous convînmes d'une date pour la semaine suivante. Elle savait, je le compris, que je reviendrais avant, que je ne serais pas capable d'attendre si longtemps. Une promesse nous liait, bien que rien ne soit dit.

Ce schéma s'établit au cours des semaines qui suivirent. Certains jours, j'arrivais le matin et la trouvais en proie à une sorte de transe, errant dans la maison vêtue de sa robe de chambre à fleurs ou allongée sur le canapé comme si elle attendait que je l'y trouve. Quelquefois elle avait bu, mais pas toujours. Quelquefois l'enfant jouait dans le jardin, souvent il n'était nulle part en vue. Je frappais à la porte d'entrée, mais Mrs Olerud ne répondait pas ; alors je faisais le tour jusqu'à l'arrière de la maison et entrais par la cuisine avec le cadeau que j'avais apporté, un bouquet de fleurs, une boîte de chocolats, une bouteille de vin. Les premières fois, j'essayai de lui parler, de lui demander où était Jeremy, si elle allait bien, mais son unique réponse consistait à attendre sans un mot le temps que je dénoue sa ceinture et fasse glisser sa robe de chambre. Elle avait les yeux fermés mais elle ne dormait pas, et j'étais certain qu'elle avait conscience de tout ce qui se passait.

Elle avait un corps étonnant, toujours moite, très chaud (comme fiévreux) mais elle sentait bon et sa peau était lisse au toucher, presque incroyablement douce. Quand je l'embrassais, ses lèvres étaient très humides. Parfois je la prenais sur le canapé, dans le salon, alors que la porte donnant sur l'arrière de la maison était ouverte et l'enfant dehors, quelque part. Je me demandais ce qu'il comprenait, s'il savait que j'étais là, s'il observait. Parfois je la plaquais à même le sol et la prenais avec violence (quelque chose, dans sa passivité, réclamait cette rudesse) et alors, cela me procurait du plaisir de penser que le garçon risquait de voir. Je lui relevais les jambes, genoux pliés, de façon à pouvoir la clouer à terre et m'enfoncer en elle. Je faisais ce que bon me semblait : elle était toujours totalement docile, allongée face contre terre, poussant parfois des cris ou des geignements étouffés, plaintifs et bizarrement enfantins. Il arrivait que je doive parcourir toute la maison à sa recherche. Une fois, je la trouvai allongée à plat ventre sur le lit : elle ne fit pas un geste, n'émit pas un son tout le temps que j'étais là. On aurait dit que je m'accouplais à un cadavre... Pourtant j'étais certain qu'elle avait conscience de ma présence et de ce que je faisais. Quel que soit l'état dans lequel je la trouvais, quoi que je fasse, elle n'émettait jamais un son en dehors de ces curieux petits bruits. Quand j'en avais terminé, je m'en allais et rentrais chez moi sans un mot, tout imprégné de son odeur chaude et suave, pareille à un mélange de miel et de sang. Chaque fois que j'allais chez elle, j'étais excité : je la désirais si violemment que c'en était presque douloureux, si bien que la prendre me procurait à la fois du plaisir et un soulagement intense.

Plus tard, cependant, je me sentais vaguement dégoûté, comme si je m'étais exposé à je ne sais quelle contamination, comme si je m'étais sciemment laissé souiller. Certains jours, j'étais en colère contre elle, je lui en voulais d'être aussi désarmée, aussi offerte ; mais les autres jours, quand je la trouvais habillée de pied en cap, guindée, presque exagérément polie, feignant que rien ne s'était jamais passé entre nous, j'avais envie de la jeter à terre et de la prendre de force. Peut-être l'avais-je eue la veille, peut-être en portait-elle encore les meurtrissures sous ses vêtements, mais elle ne laissait rien paraître. Nous nous installions au salon, buvions du thé, puis elle allait chercher Jeremy à qui j'offrais de petits cadeaux pour gagner sa confiance, pour entamer sa suspicion, bien que désormais, je ne fasse plus que semblant. L'enfant acceptait de se laisser corrompre mais n'indiquait jamais qu'il reconnaissait son corrupteur. Mrs Olerud (je l'appelais toujours Mrs Olerud, jamais Karen, bien que je sache qu'elle se prénommait ainsi) encourageait l'enfant, tentait de l'amener à s'ouvrir, comme si j'étais un médecin, ou un quelconque spécialiste, venu lui dispenser des soins. Si cette attitude avait le moindre effet, il était négatif : Jeremy semblait considérer sa mère avec autant de suspicion qu'il m'en témoignait. Jamais il ne se comportait mal. Il venait quand on l'appelait, restait figé, roide, pendant que je lui parlais, mangeait les bonbons que je lui apportais, l'un après l'autre, mais sans manifester le moindre plaisir. Il n'était pas vraiment là ; peut-être en fait n'était-il que l'animal aux aguets dont il avait l'air, à l'aise dans les fourrés humides du jardin, tel quelque enfant-loup. Il était fascinant à observer, dans les limbes où il végétait, totalement hermétique à la communication, mais je savais que quoi que je fasse, jamais je ne le comprendrais. Je revenais, encore et encore, mais pas pour le voir lui. J'avais besoin de ces matins où Karen Olerud était perdue dans sa transe, nue sous sa robe de chambre, m'attendant ou attendant quelque autre individu imaginaire dont je prenais la place, l'espace d'un instant, subrepticement.

Il existait quelques règles tacites. Dès que j'en avais terminé avec elle, je savais que je devais m'en aller. Je me rhabillais très vite et repartais par où j'étais venu, sans un regard en arrière. Je savais que je ne devais pas lui parler, comme si j'avais affaire à une somnambule qu'il ne fallait pas réveiller. Je pouvais faire tout ce que je voulais, du moment que je ne disais rien. Cela faisait également partie de son jeu, je le savais, que je n'évoque jamais ni ne donne aucune indication révélant que je me rappelais ce qui se passait entre nous les jours de transe. C'était sa vie parallèle à elle. Je me servais d'elle, mais elle se servait de moi aussi. Et c'était elle qui jouissait du privilège d'inventer les règles : elles étaient déjà en place avant que j'apparaisse seulement dans le tableau. Je me contentais de m'y soumettre. Il se pouvait que je fasse partie d'un rituel qu'elle avait mis au point avec son mari, ou quelque autre homme qu'elle avait connu ; il se pouvait que j'assouvisse un fantasme qu'elle avait conçu à force d'années d'isolement. À l'époque, cela m'importait peu. En dépit de tout, en dépit des moments où j'éprouvais du dégoût de moi-même, quand je rentrais chez moi en voiture avec son odeur sur ma peau, je la désirais.

Un après-midi, je la trouvai nue sur son lit. Elle avait bu ; elle resta immobile quand je m'allongeai à côté d'elle ; elle ne réagit pas quand je commençai à me mouvoir en elle, de plus en plus excité. Sa passivité m'exaspérait dans ces moments-là. J'étais persuadé qu'elle savait que j'étais là, aussi je tentais de la provoquer, de lui arracher un signe prouvant qu'elle m'avait perçu, mais rien de ce que je pouvais faire ne changeait son attitude : elle restait figée, silencieuse, inerte.

Finalement, je dus m'endormir à côté d'elle, à peine quelques minutes. En me réveillant, j'éprouvai une sensation, quelque chose comme un souvenir, mais un souvenir que je ne parvenais pas à resituer : un mélange de tiédeur, de senteur et d'un léger effluve biscuité, un sentiment de détachement total, comme si rien n'allait plus jamais avoir d'importance, rien de ce qui était déjà arrivé, de ce qui arrivait à présent, de ce qui arriverait peut-être à l'avenir. Mais c'était plus que cela. La sensation que je percevais dépassait la somme de ses composantes. Je regardai Karen Olerud et fus submergé par une vague de violence et de désir. J'avais envie de la posséder, une fois pour toutes; j'avais envie de lui fendre le corps et d'en aspirer l'essence, envie de la boire, de m'emparer d'elle. Elle était là, les bras le long du corps et les jambes écartées, telle une poupée que quelqu'un aurait lâchée là, comme si elle ne pouvait pas bouger de son propre chef. Elle semblait dormir à présent. Je m'approchai d'elle et glissai ma main entre ses jambes. Elle était encore trempée. J'approchai la main de mon visage et humai: son odeur était suave, unique en son genre; j'étais sûr que si j'avais pu la dépouiller de son enveloppe, Karen Olerud aurait eu cette même odeur à l'intérieur, où que je touche et goûte. Je lui écartai les jambes et me glissai en elle. Je voulais faire l'amour avec elle une dernière fois, et ensuite, au moment où je jouirais, je lui appliquerais l'oreiller sur le visage et j'appuierais, je la sentirais se débattre pour survivre puis renoncer et décliner tandis que j'allais et venais en elle. J'avais la certitude que si j'agissais ainsi, quelque chose allait être libéré, quelque chose que je pourrais absorber en moi.

Elle dormait toujours. Quand je pris l'oreiller, elle remua et tourna la tête; au même instant, je perçus un bruit, comme quelqu'un qui cognerait doucement, à coups répétés, quelque part dans la maison. Un moment s'écoula avant que je retrouve ma lucidité. J'avais envie de poursuivre mon va-et-vient, d'achever ce que j'avais entrepris, mais je craignais que Mrs Olerud se réveille ou que Jeremy surgisse en courant dans la chambre et nous surprenne. Je ne l'avais pas encore vu ce jour-là, quand je m'étais glissé par la porte de derrière. Je m'étais dit qu'il devait être dehors, en train de jouer dans le jardin, tapi sous un buisson, ou de ramper dans les hautes herbes le long de la palissade, de traquer les souris. À présent, il devait être rentré. La porte de la chambre était restée ouverte: peut-être était-il monté et nous avait-il vus, nus sur le lit de sa mère. Peut-être s'était-il blessé et cherchait-il à alerter quelqu'un, allongé dans le vestibule, les deux jambes cassées, en se cognant la tête contre la balustrade.

Comme je me rhabillais, le bruit cessa. Je traversai le palier : la porte de la chambre de l'enfant était ouverte mais il n'y avait personne dans la pièce. Puis, au bout d'un moment, les cognements reprirent, un peu plus fort que précédemment. Cela venait d'en bas, de la cuisine. Je descendis précipitamment.

Jeremy était assis par terre, environné de nourriture : pain de mie en tranches, flaques colorées de jus d'orange, bouts de viande dégorgeant de l'eau et du sang clair. Le réfrigérateur était ouvert : apparemment, l'enfant s'était assis et en avait tiré tout ce qu'il pouvait atteindre, éparpillant le tout autour de lui, faisant rouler les bouteilles à terre et exploser les briques de carton qui tombaient. Il faisait chaud, si bien que le réfrigérateur avait déjà commencé de dégivrer : j'aperçus du poisson baignant dans de l'eau encore gelée sur une assiette à motif de saule pleureur, des giclées de yaourt, du givre ruisselant en filets au flanc des bouteilles et des pots. Et voilà qu'il martelait le lino trempé à l'aide d'un pain de margarine, soulevant des gerbes de lait, de jus de fruit et de givre fondu qui lui éclaboussaient le visage et les vêtements.

Qu'est-ce que tu fabriques ? demandai-je.

Il leva la tête vers moi. Son visage était emplâtré de graisse et de sang : je compris qu'il avait mangé des aliments crus à même le sol, pioché beurre et viande à pleines mains dans les récipients, lapé le lait renversé.

Tu avais faim, constatai-je pour moi-même plus que pour lui.

Il émit un petit reniflement et montra du doigt la porcherie devant lui. On aurait dit un animal. À nouveau, l'idée me frappa que son territoire n'était pas la maison. On aurait dû le laisser dehors, à creuser pour se trouver des larves et des vers dans les buissons, à gober le contenu des œufs d'oiseaux. Tout du moins aurait-on dû le mettre dans un enclos, une de ces cages grillagées pour lapins et poulets.

Je le regardai faire tandis qu'il approchait le visage du sol et commençait à laper une flaque de jus d'orange à même le lino.

Je me dis alors qu'il jouait la comédie : il savait précisément ce qu'il faisait et le faisait pour la galerie, tout comme sa mère savait ce qu'elle faisait quand elle restait nue dans sa chambre, à lamper du gin en attendant que j'arrive. Et tout à coup, j'en eus assez de ces jeux. J'en eus assez de l'enfant et de sa mère comateuse, assez des bibelots, des cadres en métal argenté, de la robe de chambre à fleurs. J'en eus assez de toute cette histoire. Je tournai les talons pour m'en aller et ce fut alors que je vis le couteau, le scintillement infime à la périphérie de mon champ de vision, la lueur argent qui surgit d'entre les coquilles d'œuf broyées et les traînées de sang. Le garçon faillit m'atteindre, m'entailler la jambe d'un revers brusque et précis du bras. J'esquivai en pivotant et lui fis face au moment où il revenait à la charge, tendis le bras et arrêtai sa main à mi-course, par hasard plus que par adresse. L'espace d'un instant, je le dévisageai avec surprise : je m'attendais à un signe quelconque, un éclair au moins de colère ou de haine, mais il n'y avait rien. Sans lâcher sa main, je lui extirpai des doigts le couteau que je laissai tomber. Le visage de l'enfant était vide : on n'y lisait rien, aucune peur dans son regard, pas plus qu'il n'y avait eu de colère. Il se bornait à me fixer, froidement, et je compris que son geste lorsqu'il avait tenté de me poignarder était délibéré, mûri. Je le retins d'une main ferme, mon poing enserrant son avant-bras.

Je me rappelai toutes les fois où il m'avait ainsi observé, pendant que je lui parlais ou que je lui proposais des bonbons ; il m'observait, tel un animal des bois, étonné par le fait même que j'existe. Je me rendis alors compte qu'il m'observait depuis le début : même lorsque je ne le voyais pas, il était là. Il avait dû se sentir trahi en voyant sa mère m'attirer sur le canapé, en nous voyant disparaître dans la chambre. Il avait dû écouter les petits cris et les gémissements qu'elle poussait, se demander ce que je lui faisais, et à présent il cherchait à se venger. Il n'avait perdu son sang-froid à aucun moment : il avait établi un genre de plan et tendu un piège à mon intention. Je souris.

Tu es vraiment très malin, lui dis-je. Tu n'es pas aussi bête que tu fais mine de l'être.

Il me regardait. Je crois que je décelai alors un éclair de mépris, comme s'il avait deviné ce que j'allais faire avant que je le sache seulement moi-même. Si ce fut le cas, il n'en était pas plus effrayé pour autant : son regard ne quitta pas mon visage tandis que de la main gauche je lui prenais le pouce, après quoi, d'une saccade que je trouvai grisante, je le rabattis en arrière et le sentis craquer. Son visage trahit la souffrance mais il n'émit pas un son. Il ne cria pas, ne se débattit même pas, il se contenta de gémir un peu, sur la fin, tandis que je lui brisais les doigts un à un, le maintenant fermement par le bras et l'accompagnant dans sa chute quand il commença à s'affaisser, pâle comme un mort, les yeux vitreux, les jambes cédant sous lui, comme s'il souffrait de vertige. Quand j'en eus terminé, je le laissai tomber à terre et il resta inerte au milieu des flaques de jus d'orange et de jaune d'œuf. Je pense qu'il avait dû s'évanouir. Je restai là, debout au-dessus de lui, l'oreille aux aguets : pas un bruit de l'étage, pas un son hormis le souffle de l'enfant. Pendant un moment, l'extrême proximité de tout cela m'étourdit : l'odeur suave et écœurante, les cheveux dorés du garçon, ses doigts brisés, l'image de cette femme à l'étage, encore endormie, tiède, moite et vulnérable. L'idée me traversa l'esprit de remonter et d'achever ce que j'avais commencé, mais je me ressaisis et m'en allai, me glissai par la porte de derrière comme toujours, traversai le jardin sans être vu et me fondis dans l'obscurité grandissante.

Je rentrai chez moi juste après le lever du soleil. J'avais roulé des heures ; à présent un jour crayeux éclairait les murs, s'amassait puis glissait doucement, s'ébauchait peu à peu puis se désagrégeait. Le jardin était paisible, mais je décelai une odeur d'urine aux abords de la pelouse, à l'endroit où un renard s'était introduit par une brèche dans le mur. Les ombres profondes étaient noires, épaisses, semblables à des couvertures entassées sous les poiriers et les cotonéasters ; bien que le soleil soit déjà vif, ces nappes d'obscurité allaient s'attarder des heures durant, telles des trappes masquant une nuit qui jamais ne se dissoudrait totalement, je ne sais quelles limbes froides, humides et incompréhensibles. J'ouvris la porte qui donnait sur l'arrière de la maison et marquai un temps d'arrêt en voyant quelque chose voleter un peu plus loin : une simple feuille et non pas ce que ç'aurait pu être, le fantôme que j'espérais chaque fois que j'étais de retour. Je traversai le vestibule et gagnai la cuisine, cherchant un signe de cette autre vie qui animait la maison dès que je tournais les talons, mais je ne vis que la table jonchée de miettes, les tasses et assiettes empilées sur la paillasse de l'évier, telles que je les avais laissées. Parfois, en rentrant à la maison au petit matin comme ce jour-là, j'imaginais que les choses avaient changé pendant mon absence : un couteau sur la planche à pain, que je ne me rappelais pas avoir laissé là, un livre ouvert, retourné face contre la table, une tasse débordante de thé et d'eau de vaisselle au fond de l'évier. Les preuves que je recherchais n'étaient pas nécessairement sophistiquées, ou détaillées. J'étais capable d'échafauder toute une après-vie à partir d'une demi-rondelle de citron ou d'une goutte de confiture oubliée sur la nappe. Il m'aurait fallu si peu pour me convaincre que mère était toujours dans la maison, que même si je ne pouvais la voir, elle reprenait possession de cet espace dès que je partais, effleurait du doigt la tranche de ses livres préférés dans la bibliothèque, s'installait dans le jardin d'hiver, buvait du thé à la lueur de l'aube, comme elle le faisait toujours lorsqu'elle ne pouvait pas dormir. En dépit de sa mort, en dépit du fait que je n'arrive jamais à déceler des preuves de sa présence, mère reste la seule personne qui soit totalement réelle à mes yeux. Vivante, elle était intimement liée à la matière même de cette maison, elle s'y fondait, en prenait les couleurs et les textures, comme ces motifs ornant les murs et les rideaux qu'elle avait posés des années auparavant, jeune mariée, qui se fanaient imperceptiblement au jour, devenaient plus ténus, prenaient une unité de ton, un aspect fondu.

Je fis du café. Je ne pouvais rien avaler et je me sentais nerveux, comme si j'étais passé à côté de quelque chose, quelque chose d'important que j'avais omis de prendre en compte. Je tâchais de découvrir de quoi il s'agissait, de le débusquer (j'étais sûr que cela se rapportait au garçon), mais au lieu de trouver une réponse, je ne cessais de revenir à une image que j'avais en tête, quelque chose ayant trait à une souris, à la cuisine, au petit matin, aux premières lueurs du jour. Le souvenir mit un moment à prendre forme, puis il devint clair, bien que je ne voie pas le lien qu'il entretenait avec ce qui venait de se passer. Il remontait à des années, à l'époque où j'avais à peu près huit ou neuf ans. C'était juste après le petit déjeuner : je devais être malade, à moins que c'eût été un de ces jours où mère décidait que je n'avais pas besoin d'aller à l'école, qu'elle allait me donner du travail elle-même. Elle avait emporté mes affaires de classe et moi, je tâchais de lire. J'aimais travailler à la table de la salle à manger, plutôt qu'au grand bureau de la bibliothèque d'où je ne voyais pas le jardin. Les livres que mère me donnait étaient ardus : elle m'assignait toujours des tâches trop avancées pour mon âge, en partie parce qu'elle surestimait mes capacités, mais aussi parce qu'elle pensait que j'avais besoin d'être poussé et mis à l'épreuve pour mûrir. C'était typique de sa générosité détournée, ce refus de croire que je puisse être bloqué et renoncer, or elle avait souvent raison : quelle que soit la difficulté, j'apprenais généralement quelque chose de nouveau. C'était agréable, certaines fois, d'être là à cette vaste table, absorbé dans mes devoirs, à demi conscient que quelque chose se matérialisait dans la pièce chaque fois que mon attention se fixait ailleurs : une forme faite de senteurs et d'ombres, une présence que j'en venais à attendre, née des effluves de gâteau et du cuir des fauteuils, des épices alignées sur les étagères de la cuisine et du faible relent d'aspergille qui émanait des livres rangés sur les rayonnages de la bibliothèque depuis des années. Cette habituée de la maison était fugace et mystérieuse, voire un peu sinistre dans la façon qu'elle avait d'attendre que tout le monde soit occupé avant d'apparaître, à demi formée, dans la lumière. Dès que je relevais la tête, elle disparaissait, s'éclipsait d'un prétexte. Je gardais la tête basse et m'efforçais de la percevoir à demi, sans lui accorder toute mon attention, comme on cherche à capter du regard quelque chose qui se situe à la lisière du champ visuel, sachant que cette chose s'évanouira si on la fixe. J'aimais la savoir là. J'aimais le fait d'avoir un secret et j'aimais la façon dont cela changeait tout, révélait de nouveaux détails dans les livres que je lisais : les croquis écorchés d'ailes d'oiseaux, de lézards, les noms des polyèdres, des angles et des ères géologiques s'associaient pour former un vague contenu de manuel, moitié algèbre, moitié taxinomie, qui surgissait dans mes rêves chaque fois que je m'assoupissais sur ma chaise pour mieux me réveiller, à peine quelques minutes plus tard.

Peut-être avais-je somnolé ce matin-là avant de me réveiller en sursaut sans bien me rappeler où j'étais. Tout ce dont je me souviens, c'est d'avoir légèrement tourné la tête et vu la souris : ce ne fut pas une forme au début, tout juste une légère palpitation à la lisière de mon champ visuel, le genre de petit mouvement presque réflexe qui capte aussitôt l'attention. On aurait dit que la souris s'était trahie du fait même de son envie de passer inaperçue. Je me glissai à bas de ma chaise et approchai de l'endroit où elle gisait sur le flanc, agitée de soubresauts tout en me regardant : le poison avait pris possession de son corps, les mouvements étaient totalement automatiques, involontaires. Seuls ses yeux étaient vivants. Mère m'avait expliqué comment les poisons de ce type agissaient : ils détruisaient les organes internes, si bien que l'animal mettait un certain temps à mourir à mesure que le foie était atteint d'une succession d'hémorragies. Le poison était ainsi conçu pour provoquer des saignements internes, ce qui évitait les souillures. Comme je me penchais et observais l'animal, je fus frappé de constater qu'en dépit de sa souffrance, en dépit de sa quasi-paralysie, la souris n'avait pas renoncé, elle semblait incapable d'accepter que la mort était inévitable. Quand mère m'avait expliqué que les animaux se trouvaient des endroits paisibles, où mourir à l'écart, je m'étais toujours figuré qu'ils se savaient mourants et l'acceptaient, presque gracieusement. À présent, je me rendais compte que ce n'était nullement le cas : ils se traînaient dans un recoin dans l'espoir de survivre, ils savaient seulement qu'ils étaient affaiblis donc vulnérables, une proie facile, et leur instinct leur dictait de se trouver une cachette où tenter de surmonter ce dont ils étaient atteints. Je m'étais trompé en m'imaginant qu'ils recherchaient la solitude afin de mourir en paix. Les animaux ne savent pas ce qu'est la mort : pour eux, la mort c'est la fin inattendue de la vie, quelque chose à quoi ils résistent d'instinct, sans aucune raison valable. À cet égard, leur existence a un côté presque mécanique.

Je restai là un moment, penché sur la souris, à tâcher d'évaluer dans quelle mesure elle comprenait ce qui se passait, et si elle avait conscience de ma présence. Mais, par-dessus tout, j'attendais de la voir mourir, de voir ce qui se passait quand la vie finissait par se tarir; s'il s'agissait d'un phénomène progressif ou s'il y avait un instant où l'animé devenait inanimé, où la lueur s'éteignait en quelque sorte. Cela mit un bon moment. La souris était sans doute déjà là depuis quelque temps quand je l'avais remarquée, mais malgré cela, elle bougeait encore vingt minutes plus tard, bien qu'une certaine vacuité, un manque de présence se lise alors dans ses yeux, ce qui m'étonna. Je m'étais imaginé que le corps mourait d'abord, puis que l'esprit déclinait, se consumant peu à peu comme une cigarette qui s'éteint. Or voilà qu'apparemment, l'esprit était le premier à disparaître et le corps, lui, durait, tâchant de se raccrocher à quelque chose qui n'existait plus.

À partir de ce moment-là, je perdis tout intérêt pour les animaux écrasés et les oiseaux morts que je trouvais dans les bois. À partir de ce moment-là, j'eus envie d'étudier le vivant. L'immobilité de la mort, son irréversibilité ont une certaine beauté. Mais au bout de quelque temps, j'en vins à vouloir plus que l'accès à un cadavre. Je voulais inciser l'être vivant, voir le cœur battre et comment le sang circule, je voulais être à la fois le témoin et le célébrant d'un genre de cérémonie, sentir le pouls palpiter dans les organes, regarder la vie se tarir dans les yeux du sujet de mon choix. Je pensais qu'à un moment donné, l'esprit refluait et je voulais savoir comment cela se passait, quel aspect cela avait. Je voulais voir comment la dissolution de la vie se manifestait, en ne laissant que de la matière inerte.

Ce fut une progression naturelle que de substituer le vivant au mort. Mère ne découvrit jamais ce que je faisais, bien sûr: je tenais secrètes ces expériences, les menais dans les bois, ou dans l'une des granges abandonnées qu'il y avait un peu plus loin sur la route, dans ce qui était autrefois la ferme du père Baker. Au début, je n'étais pas très sûr de la marche à suivre. Je connaissais les principes techniques, mais les animaux et les oiseaux vivants que j'arrivais à capturer m'intimidaient. J'obtins de francs succès avec les pièges de fabrication maison que j'avais appris à confectionner dans un livre sur la taxidermie trouvé à la bibliothèque publique. Je les posais dans la parcelle de bois derrière la maison, puis j'y retournais plus tard, parfois le même soir, ou de bonne heure le lendemain matin, quand personne d'autre n'était levé. Souvent ils étaient vides, mais de temps à autre, je trouvais une souris ou un campagnol qui se démenait dans la boîte, cherchait frénétiquement à fuir. Quelquefois, l'animal était mort. S'il s'agissait d'un oiseau, il pouvait s'être infligé des dégâts, ailes écartées et dépenaillées, plumes cassées. Il ne m'arriva qu'une fois ou deux d'attraper des oiseaux : je les relâchai aussitôt. L'idée de disséquer un oiseau me répugnait.

Ma première dissection d'un sujet vivant fut celle d'une grosse souris. Le plaisir de l'inciser, sachant qu'elle était toujours vivante, que la vie s'écoulait en même temps que le sang entre mes doigts, fut presque bouleversant. J'avais étudié les méthodes de dissection dans les livres de la bibliothèque. La plupart concernaient l'incision des corps en vue de la taxidermie, mais j'en avais trouvé un au rayon de la biologie qui décrivait en détail des méthodes que l'on pouvait sans mal adapter aux êtres vivants : des dissections grossières pour les plus gros animaux, qui pouvaient se pratiquer avec des couteaux de cuisine ordinaires ; des dissections de haute précision, visant à retirer ou mettre en évidence organes et glandes à l'aide d'aiguilles emmanchées et d'éclats de vitres ; des dissections courantes (portant sur tout, du chien au ver de terre) requérant bistouris, aiguilles de dissection, écarteurs, curettes et ciseaux, le genre d'instruments qu'on trouve facilement dans la panoplie de dissection d'un étudiant en biologie. Ce ne fut pas un problème d'amener mon père à m'en offrir une. Quelques jours après que j'en eus fait la demande, le facteur m'apporta un élégant coffret en bois contenant tous les instruments dont j'avais besoin, et plus. Ils étaient si beaux que je les sortais et les manipulais pour le seul plaisir de les tenir en main.

Il me fallut beaucoup pratiquer pour en arriver au point où je pus ouvrir un animal et le maintenir un moment avant de sentir sa vie se tarir. Les lapins s'y prêtaient le mieux : ils duraient longtemps et ils étaient faciles à attraper. Quand je travaillais, je connaissais une forme supérieure de grâce, la sensation d'entrer en contact avec quelque chose, une connexion, tandis que le sang refluait le long de la lame, ruisselait sur mes doigts et mes paumes, se répandait sur la planche et séchait, l'électricité sombre se tarissant presque immédiatement, bien avant que les organes noircissent et figent. J'étais au point, à présent ; je savais détacher proprement la chair des os, et tout cela recelait quelque chose d'excitant, comme un voile qui tombe, une révélation involontaire. Épinglé sur la planche de dissection, drogué à l'aide des alcools de la cave à spiritueux de mon père, l'animal se débattait à peine. L'étrange gravité de la chair me touchait : j'étais soumis à une sombre attraction, une interaction entre mon poignet agile et cette chose (esprit, vie, *élan vital**) en suspens, là. Quelquefois, je parvenais à ouvrir un corps vivant assez soigneusement pour voir le cœur battre, voir les poumons encore pleins d'air, lire la perception consciente dans les yeux. Cela ne durait qu'un bref instant, mais c'était un instant qui touchait à la perfection. Plus tard, lorsque venait le moment de me débarrasser de la dépouille, j'allais l'enterrer derrière l'appentis et posais une pierre sur la sépulture, en signe de respect. L'animal m'avait donné quelque chose que jamais il n'aurait été à même de comprendre : pendant un instant, j'avais contemplé de l'intérieur la vie elle-même, et je savais qu'un jour j'en découvrirais l'essence.

Je restai longtemps chez moi. J'ignorais si Karen Olerud irait porter plainte auprès de la police. Je me disais qu'elle n'y était sans doute pas allée, pour éviter des questions gênantes sur le motif de ma présence chez elle, mais je n'avais aucun moyen d'en être sûr. Des semaines durant, on eût dit que le temps

* Les mots en italique suivis d'un astérisque sont en français dans le texte. *(NdT)*

s'était arrêté. Le jardin était immobile et silencieux sous une épaisse couche de neige précoce, et l'attente n'arrangeait rien, mais personne ne vint et je ne fus pas dérangé. Tout était immuablement tel qu'auparavant : la chambre de mère fermée à clé, figée, simple présence derrière la porte ; la bibliothèque pleine de livres ; les patères du vestibule festonnées de ses manteaux et écharpes. C'était une chose que je ne manquais pas de faire, aux changements de saisons : en été je sortais son châle et les imperméables légers qu'elle portait pour aller jardiner ; fin octobre, je descendais ses gros manteaux d'hiver et ses écharpes, et je laissais ses gants sur l'étagère du vestibule, comme si elle était encore là et qu'elle risque d'en avoir besoin. Je savais qu'elle avait disparu, mais ce n'était pas une raison pour l'oublier. C'était une forme d'après-vie, au moins, que sa survie dans mon esprit, son existence préservée à l'aide de petits gestes et rituels. C'était la seule chose dont je pouvais être sûr. Outre le temps qu'il faisait. C'est singulier, mais j'ai toujours cru que, d'une certaine façon, les morts ont partie liée avec le temps qu'il fait, comme si c'était eux qui commandaient à la neige, comme s'ils étaient présents, d'une certaine façon, dans ces bourrasques qui arrivent de loin, cherchant à me débusquer, comme des esprits essayant de communiquer.

L'été fut le plus humide que l'on ait vu depuis des années durant ces quelques derniers mois où mère agonisait. Elle semblait apprécier l'humidité, on aurait dit que cela la retranchait du reste du monde, comme si le village était plus éloigné que jamais. Quand les averses tombaient dru, sombres, c'était à peine si nous distinguions le bout du jardin, et encore moins la route et les champs au-delà. Parfois, il pleuvait toute la journée, alors la perception du temps qui passe changeait : la vie secrète de la maison reprenait, une vie lente tout en chutes de suie, bruits de vers à bois et hypothétiques fantômes dans l'escalier. Mère me demandait de la redresser dans son lit et se mettait à lire, jetant de prestes coups d'œil en direction de son reflet dans le miroir lorsqu'elle pensait que je ne voyais pas : se regardant mourir, je suppose. Je crois qu'elle trouvait le processus intéressant, en même temps que cela l'épouvantait d'assister à la transformation de la femme qu'elle avait été en l'ombre grotesque qu'elle devenait. Je la voyais constater les changements de son apparence, mais je me sentais tenu de faire comme si elle n'avait qu'un gros rhume, sans plus, si bien que j'allais et venais toute la journée, lui apportais livres, thé, petits gâteaux au citron ou plateaux de sandwiches qu'elle laissait se dessécher et se racornir sur la table de chevet. Les quelques dernières semaines, je dus l'aider à aller jusqu'à la salle de bains où elle se lavait avec soin, puis revenait, dans son peignoir de soie, s'asseoir à la coiffeuse, se choisir un parfum et se maquiller un peu, se peigner. Je devais prendre garde à ne pas la regarder dans le miroir, à ne pas voir ce qu'elle-même y voyait. C'était une autre des conventions que nous nous étions inventées. Si je regardais directement son visage, je contemplais la femme qu'elle se sentait encore être, en deçà de la maladie, mais si je la regardais dans le miroir, je voyais la femme qu'elle-même voyait : ce visage fané, pincé, ses yeux caves, l'ombre noirâtre autour de la bouche. Je me sentais coupable lorsqu'elle surprenait mon regard, comme si je l'avais délibérément trahie. Pour détourner son attention, je parlais alors du jardin : des fleurs encore épanouies, des oiseaux que j'avais vus dans le pommier.

Jamais, jusqu'alors, je n'avais imaginé mère enfant. Jamais je n'avais pensé à elle telle qu'elle était avant de se marier. La femme que mon père dépeignait dans ses anecdotes me semblait irréelle, ne serait-ce que parce que mère elle-même en niait l'existence. Mais à présent qu'elle était mourante, cela m'intriguait. Je la questionnais et il arrivait qu'elle réponde ; elle était heureuse de parler de son enfance ou d'évoquer les moments que nous avions passés ensemble. Mais elle n'aborda jamais les premières années de son mariage. La plupart du temps, sa conversation consistait en vagues souvenirs évoqués au hasard, décousus et incomplets, si bien que je n'étais jamais vraiment sûr de leur exactitude. Rien de ce qu'elle me raconta ne semblait différent des souvenirs que je conservais de ma propre enfance ; tout cela faisait partie d'un seul et même continuum, celui de la neige dans les bois, sobre et dure blancheur, d'une poignante saveur d'intérieur domestique, toute en lumières et chaleur illusoires, ou au mieux, irrémédiablement délimitées. Tout cela était enfermé dans le passé, un phénomène purement mental. Je crois qu'elle ressentait la même chose, et que cela la troublait. Pendant ce temps-là, le médecin venait et repartait, prescrivait de nouveaux médicaments, faisait halte dans le vestibule pour discuter et demander comment j'allais (il lui avait été interdit, sans un mot, de débattre avec moi de cette maladie, tout comme il m'avait été interdit tacitement de le questionner, lui, ou d'exprimer de l'inquiétude). Rien n'aurait davantage blessé mère que des conciliabules à la porte de sa chambre, le médecin et moi nous apitoyant sur son sort, admirant son courage ou complotant pour la placer dans un hôpital. On avait peine à croire qu'elle soit mourante ; son corps, lui, était malade, et cela se voyait : une ombre noire lui cernait les yeux, sa peau dégageait une odeur d'une ténébreuse suavité, teintée de douceur, comme s'il n'y avait plus rien, là, en deçà de la surface, comme si elle allait s'affaisser sur place pour peu que je la touche. Mais tout cela n'était que physique. Je n'arrivais pas à puiser en moi la force de croire que sa mort aboutirait à un anéantissement total ; je pense que dès le début j'acceptai la mort de son corps, mais une autre partie de moi était persuadée que son intellect, ou son esprit, ou je ne sais quoi d'autre qui échappait à la définition, ne s'éteindrait jamais vraiment. Des années auparavant, mère avait entrepris de restreindre sa vie : elle n'adressa quasiment pas la parole à mon père au cours des deux ou trois ans qui s'écoulèrent avant qu'il meure ; par la suite, elle était devenue encore plus secrète et distante, comme retranchée dans une banquise ou derrière une paroi de verre. En quelques semaines, elle se coupa de tous ses liens. Les gens qui venaient à la maison du vivant de mon père, qui avaient été ses amis au même titre que ceux de mon père, en furent désormais bannis. Ils s'en accommodèrent ; je suppose qu'ils pensaient qu'elle avait besoin d'être seule avec son chagrin. Mais en vérité, elle n'eut pas de chagrin. Au contraire, elle parut plutôt soulagée de la subite absence de mon père, comme si c'était là une chose qu'elle avait attendue toute sa vie. Ce qu'elle voulait, c'était être seule, se dépouiller de tout ce qui s'était accumulé au fil d'années de mariage et de vie sociale. Au moment où elle tomba malade, elle en était venue à se condenser en l'essence d'elle-même, et il me semblait impossible que cette essence puisse se perdre.

Pendant la maladie, nous nous établîmes une routine. J'apportais des fleurs du jardin, je disposais des brocs d'eau glacée à côté du lit, des coupes de fruits, ma sélection quotidienne des livres dont elle pourrait avoir envie. Je me levais de bonne heure, lui montais son petit déjeuner, l'aidais à se laver, puis je rangeais ses affaires le temps qu'elle se maquille. Je sentais qu'il fallait que je sois très efficace le matin. Ce déroulement devait varier le moins possible, sans quoi la maladie aurait pu nous imposer des moments d'intimité physique gênants, que nous aurions l'un et l'autre trouvés absolument insupportables. Ce faisant, nous discutions beaucoup : nous nous livrions à de petites comédies, faisions des jeux de mots, racontions des mensonges, parlions de nous-mêmes à la troisième personne, toutes choses propres à créer une distance, à résister à la force qui nous poussait l'un vers l'autre. Mais je devais faire vite. Mère avait toujours été quelqu'un de très pointilleux (qualité que j'admirais entre toutes chez elle) et je savais quelle torture c'était pour elle de devoir s'en remettre à autrui, fût-ce moi, pour sa toilette, pour ce qui avait trait au *physique*. Je la laissais seule une bonne heure avant le déjeuner (nos journées étaient organisées autour des repas, bien que ni l'un ni l'autre ne mangions grand-chose) puis je nous montais un plateau chacun et je m'installais en face d'elle, à la coiffeuse, en me rappelant ces moments où, enfant, je me tenais là, la regardant s'habiller, admirant ses parfums. À cette époque, nous jouions à un autre jeu avec le miroir : les gens qui s'y reflétaient étaient des inconnus et nous leur parlions, par reflets interposés, tels des conspirateurs, nous flirtions légèrement avec eux, comme les gens mariés flirtent parfois avec des inconnus dans une réception, se mettent à l'épreuve, sans jamais quitter tout à fait du regard leur véritable partenaire. Ce temps-là me manquait, mais jamais je ne cherchai à le ranimer : le miroir était un terrain dangereux, désormais, et nous évoluions autour de son champ argenté comme s'il s'agissait de quelque piège qui nous attendrait dans l'angle de la pièce.

À mesure que l'été avançait, nous en vînmes à passer tout notre temps dans cet unique lieu. Je commençais à avoir l'impression que nous étions pris ensemble dans les rets poisseux et douceâtres de la mort qui s'ébauchait. Nos conversations, nos gestes et mouvements soigneusement mesurés étaient devenus lisses. Nous ne nous distinguions plus l'un de l'autre. Le soir, quand je regagnais ma propre chambre, je la sentais encore là, dans le noir, et le monde extérieur était en suspens, silencieux, tel un cinéma fermé. À la fin, je craignais de trop m'accoutumer à notre chaleur et notre odeur mêlées, au fait de m'éveiller exactement au même instant qu'elle, sachant ce qu'elle voulait, d'entendre sa voix avant même qu'elle ne parle. On aurait dit que j'avais été inclus par erreur dans le cocon qui se tissait autour d'elle en vue de quelque métamorphose absurde et compliquée. Le processus étendait même sa complicité à la maison elle-même : les objets devenaient partie prenante de l'événement, les coupelles chinoises du vestibule, les livres de la bibliothèque, les cartons de verroterie et de guirlandes au grenier, les couverts dans les tiroirs de la cuisine… tout semblait plus brillant et pesant, plus figé, comme les pièces d'un jeu d'échecs ou les instruments d'un rituel ésotérique. Quand j'étais seul, en train de préparer les repas ou de tuer le temps pendant qu'elle dormait, j'avais le sentiment de prendre part à un processus désormais irréversible. J'avais le sentiment d'être enfermé avec elle, que nous gisions, tels des fossiles, écrasés sous le poids de siècles d'eau et de limon, écrasés et simplifiés, réduits à notre seule enveloppe.

Pendant quelques semaines, elle se dégrada sans bruit. Nous continuâmes de notre mieux, nous appliquant à ignorer ce que nous pouvions. Un après-midi, pendant qu'elle dormait, je sortis marcher dans les bois. Cela faisait des jours que je n'avais pas quitté la maison, si bien que l'air frais fut un plaisir exquis et coupable. Je n'allai pas très loin : à aucun moment je ne m'éloignai de plus de huit cents mètres de la maison. Il faisait chaud : j'empruntai un de nos anciens itinéraires, m'arrêtai à quelques-uns des endroits où nous avions fait nos trouvailles les plus intéressantes. Je ne dus pas m'absenter plus d'une heure, mais à mon retour, je trouvai le bureau du rez-de-chaussée sens dessus dessous, une coupelle en morceaux par terre, plusieurs livres sortis des étagères, un des chandeliers du linteau de cheminée était tombé dans le foyer. Je crus que quelqu'un s'était introduit dans la maison et montai en courant pour voir si mère allait bien. Elle gisait par terre à côté du lit, un livre à la main. En allant la prendre dans mes bras, je décelai un curieux effluve biscuité s'élevant de sa robe de chambre. Elle était endormie, ou inconsciente. Je l'allongeai sur le lit et la couvris. Elle avait le visage moite; son corps dégageait toujours une odeur sucrée et farineuse mais en deçà affleurait un relent d'autre chose, le genre de bouffée chaude qu'on perçoit en entrant dans une animalerie ou un zoo, un subtil mélange d'œuf et de fumier. Ce n'était pas véritablement désagréable, mais cela me tracassa. J'eus le sentiment qu'il s'agissait d'un signe, de la première manifestation d'un nouvel état, d'une éventuelle transformation.

Elle dormit longtemps et en s'éveillant, elle avait l'air beaucoup plus mal en point. Tout d'un coup, la mort était pleinement présente dans la pièce, on ne pouvait plus feindre de l'ignorer. Jusqu'à ce moment-là, je ne m'étais pas rendu compte de ce qui se passait. Je m'étais imaginé qu'elle changeait, devenait quelqu'un de nouveau, ou concédait de sa présence en échange d'un état plus subtil, mais à partir de ce jour-là l'odeur de mort se fit plus forte, jusqu'à emplir la pièce, polluant l'eau dans la carafe, saignant entre les draps. J'apportais des fleurs fraîchement coupées chaque matin: en milieu d'après-midi, tous les pétales étaient tombés. De même, à partir de là, elle se mit à souffrir de façon visible. Pour la première fois, totalement désorienté, j'envisageai de la tuer. J'avais lu des choses à propos de l'euthanasie car je ne voulais pas être pris au dépourvu si elle venait à en faire la demande. Je ne la lâchais pas du regard, guettant le moindre signe d'appel: il aurait suffi d'un mot ou d'un geste pour que je lui applique un oreiller sur le visage et l'y maintienne jusqu'à ce qu'elle cesse de respirer. Mais elle ne donna pas de signal. Une partie d'elle-même, j'en suis sûr, était consternée de la façon dont son corps continuait à vivre, incapable de lâcher prise, comme tous ces animaux que j'avais observés enfant, son regard braqué sur une chose située au-delà de ma personne, quelque chose que je ne pouvais voir.

Un matin, alors que je débarrassais son petit déjeuner, elle désigna la coiffeuse.

Voile le miroir, maintenant, demanda-t-elle.

Sa voix restait bien vivante, claire, l'unique partie d'elle-même qui ne soit pas diminuée.

Je la regardai, surpris.

Je ne veux pas me voir dans cet état, reprit-elle.

Elle était calme, comme d'habitude, ne manifestait aucune émotion.

Voile ce miroir.

Je secouai la tête.

Tu es très bien, protestai-je. Seulement fatiguée, aujourd'hui.

Elle sourit.

Je suis fatiguée tous les jours, répliqua-t-elle. Couvre ce miroir. Je veux m'imaginer telle que je suis. Pas comme ça.

J'acquiesçai d'un signe de tête.

C'est bon, répondis-je. Je vais faire ça tout de suite.

Je descendis son plateau et pris de la ficelle dans le placard sous l'escalier, puis je trouvai un vieux châle et m'en servis pour voiler le miroir, le fixai avec la ficelle, sans pouvoir me défaire de l'idée que nous restions là, figés sur la surface polie, en un dernier regard. La chambre était maintenant plus sombre; peut-être le fait d'avoir ainsi masqué la lumière fut-il à l'origine du changement, toujours est-il qu'à dater de ce jour-là, elle commença à décliner, perdant le contact avec moi, sombrant ou émergeant au gré de quelque chose qui tenait du sommeil mais semblait plus lourd, moins perméable. Je restais à côté du lit et la regardais. Déjà elle devenait confuse, moins nettement définie; lorsqu'elle dormait, je la sentais péricliter.

La dernière chose dont je me rappelle nettement fut le matin de sa mort. Elle avait dormi longtemps… ou plutôt, flotté à fleur de surface des médicaments que le médecin avait apportés pour elle, flotté aussi librement qu'un nageur sous-marin, dérivant avec la marée, devenant le courant. Soudain elle ouvrit les yeux et me regarda. Parfois, lorsqu'elle s'éveillait du sommeil des médicaments, elle semblait surprise de me voir, comme si elle n'arrivait pas vraiment à situer qui j'étais. Mais ce jour-là, elle me reconnut tout de suite : elle tendit la main et m'effleura le bras, comme pour attirer mon attention.

Quand tu le verras, dis-lui, lança-t-elle d'une voix claire, sans que son élocution soit en rien empêchée.

J'acquiesçai d'un signe de tête.

À qui, mère ? demandai-je.

Elle secoua la tête.

Dis-lui, c'est tout, répéta-t-elle.

Puis elle émit un son : un genre de sanglot, mais c'était davantage que cela, plus mûri, presque articulé, comme un mot dans une langue étrangère que je ne compris pas, puisé en quelque profondeur ténébreuse, humide, peut-être le début de la décomposition, de l'anéantissement. De quoi qu'il se soit agi, cela transcenda la femme que je connaissais. Il n'y avait rien de mère là-dedans. Elle tenta de se ressaisir mais n'y parvint pas ; un moment plus tard, elle poussa un cri, se vrillant sur elle-même en un effort pour s'arracher à cette emprise. Elle resta ainsi, figée, quelques instants sembla-t-il, cherchant à se libérer de quelque chose… et comme je ne pouvais rien faire, que je ne pouvais agir, je me contentai de regarder jusqu'à ce qu'elle retombe en arrière et sombre dans l'absence.

Il était onze heures. Je remontai le drap pour lui couvrir le visage et quittai la pièce. Je restai quelques minutes dans le vestibule, cherchant à décider que faire, puis je sortis marcher. Il pleuvait. La route menant au village était couverte de flaques sombres, huileuses, et les troupeaux dans les prés s'étaient regroupés pour s'abriter sous les chênes. Je ne vis personne sur la route si bien que, pendant un moment, j'eus la conviction que Mère et moi étions les derniers habitants de ce monde. Je marchai jusqu'à l'orée du village en laissant la pluie ruisseler dans mes cheveux et couler sur mon visage, me rincer de quelque chose, d'un dernier vestige d'existence ordinaire. Quand je regagnai la maison, il était midi. Je passai des vêtements secs, puis préparai quelques sandwiches et les montai, ainsi qu'un verre de lait et une pomme, pour aller tenir compagnie à mère.

Tard, cet après-midi-là, je tirai les rideaux et restai à côté d'elle, silencieux. Je me surpris à tendre l'oreille, comme si j'imaginais qu'elle allait se mettre à parler, reprendre une de ces histoires qu'elle racontait des années auparavant, sur le ton qu'elle adoptait lorsqu'elle avait dû s'interrompre, lorsque mon père était entré et avait coupé son récit, ou que le téléphone l'avait obligée à descendre... le ton qui me donnait à comprendre que l'histoire pouvait être répétée à l'infini, pouvait toujours être reprise, exactement au même endroit, et que rien ne saurait y mettre un terme. Les pétales du bouquet que j'avais disposé à côté du lit étaient tombés... Fraîches la veille, voilà que les fleurs s'étaient effeuillées sur la table de chevet et le sol, encore souples, encore presque vivantes.

Quand ce fut le moment, quand je me sentis prêt, je quittai mes vêtements, les pliai sur le dossier de la chaise, devant la fenêtre. La nuit commençait à tomber. Mère gisait, telle que je l'avais disposée, les bras le long du corps, le drap rabattu sur le visage à présent. J'allumai la lampe pour voir les flacons sur la coiffeuse, qui scintillaient dans la lumière dorée. Mère s'était constitué cette collection de parfums au fil des années : elle en ajoutait de nouveaux à mesure qu'ils étaient mis en vente, mais elle n'en avait jamais fini aucun, jamais jeté aucun. Il y avait là des essences tombées en désuétude des années avant ma venue au monde, aussi bien que des classiques de toujours qui n'avaient jamais cessé de se faire. Cette coiffeuse m'avait toujours fasciné. Une fois, lorsque j'étais enfant, mère m'avait trouvé là, devant le miroir, le visage poudré, la bouche balafrée de rouge à lèvres, en train de m'asperger le cou et les poignets de Chanel. Je n'ai aucun souvenir de cet après-midi-là ; elle me raconta des années plus tard que je ressemblais à un bébé vampire, les dents maculées de rouge à lèvres luisant pareil à du sang frais. Elle ajouta qu'elle avait été surprise de voir mon reflet dans la glace : normalement, il n'aurait rien dû y avoir, là, tout juste un vide à l'emplacement de ma tête, une absence métaphysique.

À présent, je me tenais, nu, devant le miroir voilé. Je pris les flacons l'un après l'autre et m'imprégnai le corps, lisant les noms sur les étiquettes et choisissant chaque fragrance avec soin : une pour le pli du coude, l'autre pour le creux de la clavicule, une troisième pour la peau entre le pouce et l'index, ou l'arrière du genou. Au début, je distinguais nettement chaque odeur, mais au bout d'un moment, elles se mêlèrent toutes les unes aux autres, sous l'effet de la chaleur de ma peau, jusqu'à ce que j'aie l'impression que j'allais moi-même m'évaporer, me muer en odeur, en pure vapeur.

Je soulevai le drap. Le visage de mère était presque livide à présent, et on aurait dit que déjà il manquait quelque chose : pas seulement la couleur mais la vie, l'expression et la vitalité qui la caractérisaient. Elle ressemblait aux animaux que je trouvais autrefois sur la route, plus tout à fait grandeur nature, déjà en train de s'abîmer depuis l'instant même où elle avait cessé de respirer. Je lui brossai les cheveux et la parfumai. J'envisageai le maquillage : un peu de rouge à lèvres, peut-être un soupçon de poudre. Cela semblait de mise, de même, je le savais, qu'elle aurait plus d'allure avec son plus beau rang de perles et ses dormeuses, ces boucles d'oreilles classiques ornées d'une seule perle. J'hésitai longtemps avant de pouvoir me décider à lui ôter sa chemise de nuit, mais je savais que la cérémonie l'exigeait. Je tenais à ce qu'elle soit nue pour cette occasion, notre dernière nuit ensemble. Au matin, j'entreprendrais les formalités normales des médecins et des employés de pompes funèbres, mais pour le moment, dans le silence de notre maison barricadée, je voulais m'allonger à côté d'elle et dormir, sous le drap blanc, la réchauffer de la chaleur que mon sang communiquait à mon corps vivant, elle et moi égaux devant la mort. Quand j'eus fini de la maquiller, j'appliquai la même légère touche de rouge à lèvres, le même nuage de poudre sur mon propre visage, puis je m'allongeai à côté d'elle, les bras le long du corps, les yeux clos. Un silence absolu régnait dans cette chambre de malade, mais dehors un oiseau lança un appel, un coup de vent bouscula les branches du houx. Je restai là un long moment, à écouter, attendre que l'histoire reprenne, ou atteigne quelque fin naturelle. À mon réveil, c'était le matin. Je savais que j'avais rêvé mais quoi que j'aie pu voir pendant mon sommeil, je ne me souvenais de rien.

II

LILLIAN

Après l'incident avec Karen Olerud, je restai quelques semaines chez moi, m'absorbai dans mes recherches. J'aurais pu travailler là indéfiniment : la maison était calme, j'avais tout ce qu'il me fallait et personne ne venait jamais. Il m'arrivait de travailler toute la nuit dans le bureau du premier étage. Là, seul, environné des livres de mère, j'avais une conscience accrue de tout ce qui m'entourait ; ma peau était tendue comme celle d'un tambour ; le moindre son se répercutait le long de ma colonne vertébrale ; je remarquais le moindre courant d'air, la moindre variation de température. Je sentais le cerf se mouvoir dans les bois, ou se couler le long des haies ; j'entendais les chiens et les renards japper à des kilomètres de là. À trois heures du matin, je sortais et allais me poster dans le jardin. Je levais la tête vers le ciel ; je goûtais l'air frais de la nuit et j'avais l'impression d'être le seul survivant de l'univers entier, l'unique observateur qui déclenchait tous ces événements. Au moins mes visites chez Karen Olerud avaient-elles eu pour effet de me rendre encore plus conscient de l'isolement qui était le mien dans cette maison, mais je n'avais aucune envie de retourner là-bas. S'il m'arrivait de marquer une pause, en plein milieu de la journée, au souvenir de sa chair humide, je chassai aussitôt l'image de mon esprit. Je ne souhaitais plus rien de physique. Je voulais transcender le corps. De temps à autre, je prenais de ces médicaments que mère avait laissés à sa mort ; je m'allongeais dans son lit, à demi inconscient, et dérivais entre rêve et réalité, sentais mon corps se dissoudre, mon esprit vaciller au bord d'un autre état, sur le point de se muer en quelque chose de nouveau.

J'aurais pu continuer ainsi à tout jamais si je n'avais décidé de retourner à la bibliothèque de Weston, un après-midi où je faisais mes achats. C'était une petite bibliothèque : la plupart des rayonnages étaient chargés de romans populaires et de récits de crimes authentiques, avec quelques enclaves de biographies, jardinage, ouvrages domestiques, autoformation, astrologie, et un éventail inexplicablement vaste de livres sur les chiens ou les voitures anciennes. Le secteur des ouvrages de référence se situait à l'écart : on y trouvait les livres de grand format et ceux concernant l'histoire locale ainsi qu'une gamme d'encyclopédies et de dictionnaires. À mon arrivée, il n'y avait personne dans ce secteur. J'attrapai un livre sur une étagère et l'ouvris. Je fus frappé par le silence, et par le sentiment de m'être déjà trouvé là longtemps auparavant : non pas une sensation de *déjà vu*[*], mais une bribe de souvenir perdu, l'image à demi esquissée d'un jour d'été, longtemps auparavant, alors que je devais avoir douze ou treize ans. Tout à coup, je me revis dans cette salle même, en train de compulser les dictionnaires, d'y chercher les mots "âme", "naissance" ou "parole" en différentes langues, d'essayer d'en comprendre l'étymologie, la perception sous-jacente que les gens avaient de ces notions. J'étais sûr, à l'époque, que le langage correspondait au monde, que les vérités essentielles étaient véhiculées par le choix d'un mot : si un mot existait, alors il avait une raison d'exister. Si vagues et frustrantes que puissent être les définitions, le simple fait que toutes les langues disposent d'un mot pour dire "âme" signifiait qu'il existait forcément quelque chose qui correspondait à ce mot.

À ce moment-là, j'avais déjà commencé mes expériences sur les animaux vivants que j'attrapais dans les bois pour les ouvrir et chercher à l'intérieur cette chaleur ou ce rythme évanescent qui contienne en soi l'essence. J'en étais venu à comprendre la beauté de l'anatomie : tout était finement structuré, chaque animal était une machine gorgée de liquide, toute en tissus et filigranes, une machine que l'on pouvait démonter et examiner, jusqu'au plus petit de ses composants. Jusqu'alors, je n'avais pas compris cela. Le processus de décomposition m'avait trouvé passif, un simple observateur, incapable d'intervenir, mais la première dissection fit de moi un participant. Je sentis que j'avais pénétré dans un domaine secret, un domaine qui s'ouvrait sous le bistouri et les écarteurs. Longtemps, j'en fus satisfait. Il n'était pas impossible, je le sentais, que par quelque effort de volonté, j'arrive à découvrir la vérité.

Et voilà que d'un seul coup, tout changea. Quoi que je fasse, il y avait quelque chose qui me filait entre les doigts, quelque chose qui esquivait la pointe de la lame. Je commençai à envisager d'autres perspectives, de nouveaux horizons. Je ne savais pas où l'âme résidait, mais voilà que tout à coup, je soupçonnais que ce n'était pas dans le corps en tant que tel. Et pourtant... si ce n'était pas là, alors où ? Si ce n'était pas dans la chair, dans le sang, ou dans les synapses du cerveau, il fallait bien que ce soit ailleurs. Peut-être n'était-ce pas physique du tout. Peut-être s'agissait-il d'un processus, comme la pensée ou la conversation. Si les composants du corps étaient les organes, les veines, les cellules, alors ceux de la pensée et du langage étaient les mots et la grammaire. C'était précisément ce que mère m'avait toujours dit : une créature sans langage était une créature sans âme. Pour connaître l'âme, il fallait que je connaisse le langage. Cela semblait si évident, je m'étonnai de ne pas y avoir pensé plus tôt. À présent, je tenais ma véritable vocation. Si je voulais disséquer l'âme, j'allais devoir recourir à une nouvelle méthode et développer d'autres compétences.

Ce brusque souvenir changea ma vie. Je compris, en cet instant, que ma véritable vocation avait débuté là, à la bibliothèque de Weston, parmi les rayonnages de livres sur la pisciculture et les expéditions polaires. Ce fut une impulsion totalement sentimentale qui décida de mon sort, une nostalgie injustifiée, mais tel était le chemin qui me mena à Lillian et aux jumeaux. Je peux toujours me dire que si cela n'était pas arrivé, ç'aurait été autre chose et c'est juste, mais ce qui compte, c'est le cheminement du destin, l'ordre intrinsèque des choses qui nous pousse de l'avant si bien que nous faisons tel choix plutôt que tel autre, or chacun de ces choix, si minime qu'il paraisse, est potentiellement décisif.

Je me mis à fréquenter la bibliothèque une fois par semaine. Je m'installais dans le secteur des ouvrages de référence et prenais des notes abondantes, fouillant au hasard dans les étagères, cherchant un lien qui me révèle le secret, sachant qu'il ne pouvait y avoir de façon systématique d'explorer la question, qu'une méthode ou un plan quelconque imposerait sa propre logique artificielle au travers des renseignements mêmes que je trouvais. Je savais que si j'adoptais une idée spécifique ou une démarche méthodique pour aborder le sujet, je passerais à côté de certaines choses et accorderais un poids immérité à d'autres, aussi lisais-je presque sans aucune discrimination, attrapant volumes d'encyclopédies, ouvrages de référence, livres d'histoire ou de mythologie, faisant des photocopies, passant des journées entières à déchiffrer d'obscurs commentaires sur l'Ancien Testament ou la magie sympathique. Quand je tombais sur une référence à un texte qui ne m'évoquait rien, je demandais à Miss Patterson, l'unique bibliothécaire à plein temps, de me le faire venir. Miss Patterson me prit d'emblée en sympathie : frêle, d'âge mûr quoique faisant assez jeune, elle était toujours impeccablement vêtue, twin-sets classiques et simple rang de perles ou de pierres semi-précieuses. Elle avait les cheveux très noirs, quoique prématurément striés de gris çà et là ce qui, en sus de ses lunettes cerclées d'or, lui donnait un air studieux, une allure légèrement éberluée. Parfois elle ressemblait à une jeune grand-mère qui viendrait juste de poser son tricot pour ranger quelques livres, les autres jours on aurait dit une jeune femme déguisée en vieille dame qui masquerait un corps ferme aux courbes épanouies, une énergie souple, derrière l'apparence d'une féminité respectable. En général, elle traitait ceux qui venaient à la bibliothèque en visiteurs d'un lieu foncièrement privé : elle se montrait courtoise mais distante, répondait patiemment aux questions, avec une précision impressionnante, mais sans jamais donner à ses clients le sentiment qu'ils étaient totalement les bienvenus. Elle traitait chaque requête de façon détachée. Rien ne devait être pris trop au sérieux.

Avec moi, ce fut différent dès le début. Par moments, je percevais le regard approbateur dont elle me couvait tandis que j'étais installé dans le secteur de la consultation ; elle semblait croire que je travaillais à quelque chose d'important, que sa bibliothèque avait désormais l'honneur de recevoir un véritable érudit. Parfois quand je déposais une requête, ou que je sollicitais un prêt interbibliothèques, elle me demandait si mes travaux avançaient. Bien que je ne lui aie jamais fait part de la nature de mes recherches et qu'elle ne sache rien de plus que les titres des ouvrages que je commandais, elle s'intéressait activement. Je crois qu'elle n'attendait qu'une chose : que je lui touche un mot de mes travaux, que je la mette dans la confidence, que je l'associe d'une quelconque façon, mais mes réponses étaient toujours impersonnelles et je m'abstenais soigneusement de manifester quoi que ce soit qui puisse encourager son intérêt. Et cependant, mes journées à la bibliothèque, et même ces menus propos conventionnels, ces instants d'admiration flagrante, me donnaient l'impression d'avoir un but, de me diriger quelque part. Parfois, tandis que je rentrais chez moi en voiture, j'éprouvais un curieux sentiment de plaisir, de satisfaction. D'une certaine manière, si peu que j'aie véritablement appris, ces heures de recherches donnaient à mes travaux un semblant de réalité, de quasi professionnalisme.

Le trajet aller et retour jusqu'à la bibliothèque représentait ma seule sortie de la semaine. Je m'y rendais par la route principale, mais au retour, je prenais toujours l'itinéraire secondaire, par la colline, moins passant. Le soir, dans la nuit de plus en plus dense, je me sentais lié à la terre, comme si la voiture était en prise directe avec un courant fait de racines de chêne et pétrole. Mes phares sondaient le crépuscule, détectaient la silhouette d'une chouette dans un buisson, allumaient les yeux d'un renard en amont sur la route, si bien que je me sentais inclus dans quelque chose, quelque existence ancienne, païenne, dissimulée au fil des ans, engloutie dans des noms de lieux distordus, enterrée sous des chapelles, des supermarchés, des lotissements de maisons fines comme du papier à cigarette. Je ressentais la joie et la malveillance de cette existence. Je l'imaginais diverse et encagoulée, esprit multiple, pareille aux *genii cucullatii* mentionnés dans un livre sur la Grande-Bretagne païenne : ces sombres créatures des fossés et lisières que les Romains avaient adoptées comme compagnons de Mercure, le plus subtil et le moins prévisible de leurs dieux, le messager inconstant. Je voulais savoir ce qu'ils avaient en tête, ces Encagoulés. Je voulais comprendre comment ils opéraient, d'où ils tenaient leur pouvoir, ce qui les différenciait des autres déités, pour qu'ils soient ainsi capables de tout, et à l'abri, semblait-il, de tout châtiment, voire de tout jugement. Si les esprits existaient, sous quelque forme que ce soit, me disais-je, alors ils devaient être pareils : impersonnels, neutres, enracinés dans le physique, totalement en retrait des préoccupations humaines.

La fille était installée tout au fond du secteur de référence, une pile d'ouvrages (une vingtaine, peut-être même plus) étalée devant elle sur la table. Je la pris d'abord pour une étudiante, dans son gros pull tricoté à la main, sa robe d'été légère et ses bottines de chantier pataudes ; elle avait les cheveux longs, ondulés, et elle était jolie, d'une beauté à teint pâle et lèvres rouges, qui évoquait une enfant menue pas très bien maquillée. Mais je ne pus m'empêcher de remarquer, à mesure que l'heure tournait, que sa façon de procéder était encore moins méthodique que la mienne. Elle ne cherchait pas, ne comparait pas : elle se contentait de tourner les pages, de regarder les images, délaissait tout à coup un livre pour en prendre un autre sans aucun rapport, courbée au-dessus de la table, tête baissée, les cheveux devant le visage, ou bien elle se redressait subitement et regardait autour d'elle, comme si elle venait de se rendre compte de l'endroit où elle se trouvait. Elle me surprit une fois en train de la regarder mais je détournai très vite la tête. Je sentis qu'elle continuait à me fixer (je perçus nettement son attention vague et flottante se concentrer sur moi, et quand je tournai à nouveau les yeux vers elle, je constatai qu'elle me fixait toujours, sans aucune gêne, comme si je n'étais qu'une image de plus d'un de ses livres). Je détournai le regard et fis mine de travailler. Lorsqu'à nouveau, je jetai un coup d'œil dans sa direction, elle avait relevé les genoux en appui contre le bord de la table et carrée dans sa chaise, suçait son index en regardant un album grand format de photos en noir et blanc. Elle n'avait rien pour écrire, je le voyais, pas de carnet ou de bloc-notes, contrairement aux autres étudiants qui faisaient de très rares apparitions en salle de lecture. À mieux y regarder, je constatai que sa robe était une cotonnade fine, vaporeuse, presque transparente, imprimée d'un motif bleu et blanc représentant des chats ou des chatons stylisés, quelque chose qu'une fillette pourrait porter. Elle avait les cheveux propres, mais les ongles sales. Elle sentit que je l'observais à nouveau, mais cette fois, garda les yeux rivés sur son livre. On aurait dit qu'elle me laissait la regarder, que nous jouions à un jeu, en inventant les règles au fur et à mesure. De temps à autre, elle se mettait à feuilleter son ouvrage, puis s'arrêtait lorsqu'elle trouvait une photo à son goût. Elle l'examinait avec soin pendant un instant, parfois dix minutes et plus, puis elle poursuivait. Pour autant que je puisse le constater, il n'y avait aucun point commun entre les ouvrages qu'elle avait sélectionnés. Tous étaient des albums grand format, mais ils traitaient de sujets variés (ouvrages sur la mode, recueils de photos de Cartier-Bresson et Richard Avedon, monographies sur les toiles de Stanley Spencer ou Vermeer, un historique de la revue *Time-Life*, des livres sur les oiseaux, l'aviation, la pêche, la flore et les voyages, bandes dessinées et livres de cuisine).

Elle était plus jolie que je me l'étais d'abord figuré, presque belle, mais il y avait quelque chose de déconcertant chez elle. Elle pouvait avoir vingt ans aussi bien que treize. Tandis qu'elle se laissait regarder, l'idée me vint que quelque chose était en train de se construire silencieusement entre nous, une sorte de tension agréable, une attente, comme si le plus léger signal allait suffire à déclencher quelque chose. Tout cela avait un côté stimulant et dangereux en même temps, comme le fait de flirter avec une enfant. L'espace d'un long, vertigineux instant, je la crus sur le point de lever la tête, de me regarder et d'engager la conversation. Mais il ne se passa rien. Peut-être attendait-elle que ce soit moi qui le fasse, peut-être m'imaginais-je tout cela, mais ce jour-là, je n'eus pas l'occasion de tirer la chose au clair. J'étais encore en train de me creuser la tête, de tâcher de trouver quelque chose à dire, quand Miss Patterson fit son apparition, une pile de livres dans les bras : je me replongeai précipitamment dans mes recherches (après, toutefois, que nos yeux se furent croisés et qu'elle m'eut fait comprendre d'un regard qu'elle avait lu, ou croyait avoir lu dans mes pensées).

Quelques minutes plus tard, un homme arriva et se planta face à la fille, de l'autre côté de la table. Quand elle leva la tête et le vit, son visage se transforma aussitôt en un masque blême effrayé et consterné. L'homme était débraillé et négligé, chaussé de tennis noires et vêtu d'un costume bleu ciel froissé qui devait sortir d'une friperie. Il avait les mains dans ses poches de veste, comme pour cacher quelque chose, et l'air de ne s'être ni lavé ni rasé depuis deux ou trois jours. Je vis que Miss Patterson rassemblait son énergie, dans l'attente du premier prétexte qui lui donnerait l'occasion de les jeter dehors l'un et l'autre, mais ce ne fut pas nécessaire : dès qu'elle aperçut l'homme, la fille se leva, abandonnant les ouvrages étalés sur la table, et quand il rebroussa chemin en direction de la sortie, elle suivit, bras ballants, tête basse. Je me souviens que je fus déçu qu'elle ne jette pas un coup d'œil en arrière. Miss Patterson les suivit du regard jusqu'à ce qu'ils soient dehors puis, sitôt la porte de la bibliothèque refermée derrière eux, se dirigea vers ma table.

Sales gens, fit-elle.

J'opinai.

J'espère qu'ils ne vous ont pas dérangé.

Pas du tout, répondis-je. Qui sont-ils, d'ailleurs ?

L'homme, je ne le connais pas, déclara Miss Patterson. La fille est venue quelques fois. Je suppose qu'elle fréquente la bibliothèque dans le seul but de se mettre au chaud.

Elle hocha négativement la tête.

Je ne crois pas qu'elle sache seulement lire, reprit-elle. Elle ne fait que regarder les images. Une fois, je lui ai demandé si elle voulait s'inscrire, elle ne m'a même pas répondu.

Elle est peut-être timide, suggérai-je.

Je voulais mettre un terme à la conversation pour pouvoir partir, et si possible voir où la fille était allée.

Non. (Miss Patterson semblait très convaincue.) Vous avez vu le regard que l'homme lui a adressé ? Moi je crois qu'elle se cachait pour lui échapper. C'est pour ça qu'elle était ici. Elle se cherchait un endroit au chaud, où il ne la trouverait pas.

Je hochai vaguement la tête et commençai à rassembler mes affaires.

Vous partez déjà ? demanda Miss Patterson d'un ton presque alarmé.

J'ai bien peur d'être obligé, répondis-je. J'ai rendez-vous.

Elle hocha la tête, un sourire pincé aux lèvres.

À la semaine prochaine, alors, conclut-elle.

Puis elle regagna sa table.

Dehors, il faisait plus beau que je ne m'y attendais. J'étais sûr que la fille aurait disparu depuis longtemps et je me serais giflé d'avoir laissé Miss Patterson me retenir. C'est alors que, sur le trottoir, devant l'église Trinity Church, je les vis, elle et lui, ainsi que deux autres hommes, formant un petit groupe compact pareil à un clan de conspirateurs. L'homme de la bibliothèque était en train de parler et les deux autres l'écoutaient, hochaient la tête en signe d'approbation ; ils semblaient s'en remettre à son autorité. J'en conclus qu'il était le meneur du groupe. Seule la fille avait l'air de ne prêter aucune attention à ce qu'il disait. Les autres hommes, tous deux plus grands et un peu plus jeunes que celui de la bibliothèque, portaient le même genre de tenue et paraissaient encore plus sales et mal rasés que leur compagnon. Au bout de quelques instants, ils eurent l'air de tomber d'accord. L'un des deux plus jeunes tendit un billet au meneur, visiblement à contrecœur. L'autre empocha l'argent, prit la fille par le bras, lui fit traverser la rue et l'entraîna au pub King's Head. Les autres leur emboîtèrent le pas. J'attendis qu'ils soient à l'intérieur, puis je traversai la rue et entrai à leur suite dans le bar.

L'homme qui était venu à la bibliothèque était en train de commander des boissons. De près, il paraissait plus petit : mince et noueux, dans les trente-cinq ans, me sembla-t-il, avec les épaules légèrement voûtées et de longs cheveux gras. Il avait les mains noires et gercées, mais cela ne masquait pas à quel point elles étaient petites et bizarrement féminines, étroites au niveau de la paume, avec des doigts délicats, effilés, aux jointures menues comme celles d'un oiseau. Ses deux compagnons s'étaient installés à une table près de la fenêtre, de chaque côté de la fille qui se tenait immobile, tête basse, les cheveux devant le visage, les mains croisées sur les genoux.

Quand les consommations arrivèrent, l'homme se tourna vers moi et leva son verre de blonde. Il avait la voix la plus détestable que j'aie jamais entendue : plutôt aiguë, faussement douce et obséquieuse.

Je me demande si je dois boire ça ou me contenter de le regarder, lança-t-il.

Je hochai le menton, mais sans un mot. Il sourit en agitant légèrement la tête, puis s'éloigna, les trois pintes à la main, en répandant un sillage de gouttes sur le parquet. Je remarquai qu'il n'y avait pas de boisson pour la fille.

Je commandai un café et m'installai à une table près du bar.

Un instant plus tard, l'homme se levait à nouveau et s'avançait vers moi, un léger sourire fixe plaqué sur les lèvres. Je crus qu'il revenait me parler, peut-être même me demander de l'argent, mais il passa sans s'arrêter et entreprit d'insérer une poignée de pièces dans la machine à sous, quelques mètres plus loin. L'homme qui avait donné le billet se leva et vint se poster à côté pour regarder, mais le premier n'eut pas l'air de s'en apercevoir tant il était concentré sur son jeu. Apparemment, il était en veine : chacun de ses succès s'accompagnait d'une carillonnade, puis la machine égrenait une version à l'orgue de Barbarie de *We're in the money.* Quand quelque chose s'annonçait, elle entonnait les premières mesures de l'ouverture de Guillaume Tell et crachait des poignées de gros jetons dorés que l'homme ramassait avidement pour les réinsérer dans la machine. Son compagnon commença à s'agiter.

Arrête ça, Jimmy, fit-il. Tu vas encore tout reperdre.

Jimmy fit non de la tête sans lever les yeux de la machine. Il appuya plusieurs fois sur un bouton et Guillaume Tell se mit en route, suivi d'une avalanche de jetons. Le joueur se tourna vers son compagnon, un grand sourire aux lèvres.

Je paie la tournée de cacahuètes ! lança-t-il en ramassant ses gains avant de retourner au bar.

Je jetai un coup d'œil à la table près de la fenêtre. La fille était toujours dans la même position, tête basse, les mains croisées, en train d'écouter quelque chose, une voix, un son qu'elle seule entendait, très loin de là. Le troisième individu, plus jeune et mieux vêtu que les deux autres, lui demanda si elle voulait boire un verre, mais elle n'eut pas l'air d'entendre. Elle n'avait pas levé la tête depuis que j'étais entré dans le pub, pourtant elle savait que j'étais là, j'en avais la certitude. Tout en l'observant, je m'imaginai qu'elle était en train de m'écouter, moi, comme si mes pensées pouvaient traverser l'espace bien éclairé du pub et la rejoindre à l'insu des autres (d'ailleurs pendant un instant, je me dis qu'elle écoutait vraiment mes pensées, qu'elle les avait entendues quand nous étions à la bibliothèque et les entendait à présent, tandis que je l'observais, mais qu'elle n'était pas en mesure de me le faire savoir, par crainte des réactions de ses compagnons). Jimmy et son ami étaient toujours au bar; Jimmy commandait de la bière blonde et du whisky, proposait d'offrir un verre au serveur et déversait en riant une poignée de pièces sur le bois ciré du comptoir. Ce fut peut-être le bruit des jetons sortis des poches de Jimmy, à moins que le jeune homme assis à côté d'elle n'ait dit quelque chose, toujours est-il que tout à coup, la fille leva la tête et me vit qui l'observais de loin. Je restai parfaitement immobile et soutins son regard. Je m'efforçais de lui expliquer par la pensée qu'elle pouvait quitter ces gens et venir avec moi... et je suis sûr qu'elle comprit, car elle esquissa un léger sourire triste et hocha négativement la tête en un geste imperceptible.

Je me levai. Le plus jeune des trois hommes m'avait repéré, à présent. Perplexe, il regarda la fille.

Qu'est-ce qu'il y a? demanda-t-il.

Elle reprit aussitôt sa posture initiale, tête basse, les cheveux devant le visage. L'homme me regarda d'un air soupçonneux puis jeta un coup d'œil vers ses compagnons, au bar, qui venaient de commander leurs consommations. Jimmy, un verre à la main, l'observait.

Qu'est-ce qui t'arrive? demanda-t-il.

Avant que l'autre ait le temps de répondre, je me levai, finis ma tasse de café et sortis. J'attendis quelques minutes, pour voir si la fille me suivait, mais comme elle ne venait pas, je regagnai lentement ma voiture et rentrai chez moi.

Pendant les jours qui suivirent, je fis le même rêve, à quelques détails près, une voire deux fois par nuit. Je marchais, le soir, sur un chemin qui traversait un bois très vert, à cette heure du jour où la lumière se fait plus douce (disons une soirée de la fin juin). Je distinguais un peu du bois : vaste et aéré, planté de part et d'autre de hêtres élancés et d'érables communs. Un épais tapis de cerfeuil sauvage bordait le chemin ; l'herbe haute était étoilée de fils de la vierge ; tout restait tiède de la chaleur de la journée. Des ombres bleues s'étalaient au pied des arbres, mais la lumière était surtout verte : d'un vert un peu aqueux, où l'on décelait çà et là des traces de cette odeur qu'il y a dans les vieilles bouteilles, les vieux bidons. C'était cette heure de la soirée où l'on a parfois l'impression d'être épié, où quelque chose remue, à quelques mètres de là dans le sous-bois, et où l'on tourne la tête presque à temps pour voir ce qui devait être un animal, ou un oiseau, disparaître entre les feuilles. Je me sentais calme dans ce rêve. Je cheminais lentement, je savourais le quasi-silence, l'odeur du cerfeuil sauvage, la fraîcheur qui arrivait. Je me sentais calme et j'avais le sentiment d'aller rejoindre quelqu'un, honorer un rendez-vous prévu de longue date, plus loin sur le chemin. Je crois qu'au début du rêve, je marchais déjà depuis longtemps, d'abord content puis… tout à coup… un peu inquiet, sans percevoir de raison à cela… inquiet ou peut-être soucieux, pas malheureux, ni effrayé, rien d'aussi marqué. Au bout d'un moment, je me rendis compte que ce qui me mettait mal à l'aise, c'était l'absence de chants d'oiseaux, à cette heure de la journée où ils auraient dû s'en donner à cœur joie. J'essayai alors de me rappeler si j'en avais entendu plus tôt, quand je m'étais mis en route. Il me semblait que oui, mais je n'en étais pas sûr ; à ce moment-là, le chemin s'élargit et déboucha dans un grand pré. L'herbe y avait été coupée. Elle était sèche et les brins de chaume craquaient sous mes pas. À l'autre bout du pré, j'apercevais une maison en bois à l'ancienne, sombre, à l'air inhabitée, un peu délabrée avec son toit abîmé, et pourvue d'un grand auvent en façade.

J'avançai dans cette direction, convaincu qu'il n'y avait personne dans la maison, mais curieux d'en voir l'intérieur. À chaque pas, je prenais un peu plus conscience du calme qui régnait jusqu'à ce qu'enfin, arrivé au pied de l'auvent, je me trouve plongé dans un silence total et oppressant. Les fenêtres de la façade étaient couvertes de poussière, presque noires, et quelques vitres cassées laissaient entrevoir une noirceur encore plus épaisse à l'intérieur. Une vieille brouette traînait dans la cour. La peinture, autrefois verte, s'écaillait à présent et le bois mis à nu était noir, strié de moisissure.

J'étais tellement sûr qu'il n'y avait personne dans la maison qu'il me fallut un moment pour remarquer l'homme, assis sur un siège branlant, sous l'auvent. Et même alors, je le pris d'abord pour une sorte de silhouette factice, peut-être une sculpture, ou un mannequin de vitrine. Je me dis ensuite qu'il était mort, depuis longtemps, à l'époque où la maison était encore en bon état, et qu'il était resté là des années, à attendre que je le découvre. Je calculai qu'il devait être mort de vieillesse étant donné qu'il avait la peau ridée et sombre, que sa barbe et ses cheveux gris étaient longs, emmêlés. Pourtant ses vêtements étaient propres, comme s'ils avaient été nettoyés et changés peu auparavant. Je n'avais pas peur. Je gravis les marches et m'arrêtai au bord de l'auvent pour observer ce que je croyais être son corps sans vie. Je remarquai que son visage avait quelque chose de familier mais je n'aurais pas su dire quoi. Il avait les yeux fermés, de fines paupières ridées, comme celles d'un oiseau, et des lèvres fines aussi, fines et étroites, qui esquissaient un petit sourire me sembla-t-il, comme s'il avait pensé à quelque chose de drôle et sans doute un peu amer, ou peut-être triste, pendant ses derniers instants. Ses dents, je le voyais, étaient noires, abîmées.

Je cherchais à retrouver de qui il s'agissait quand ses yeux se rouvrirent, tout à coup aussi larges et bleus que des œufs de rouges-gorges, clairs, pleins de vie, d'un éclat un peu dangereux. Je reculai car je m'attendais presque à ce qu'il m'agrippe de son long bras osseux, tel un des monstres des contes de fées que me racontait mère. Il resta parfaitement immobile. Je compris alors qu'il ne pouvait rien bouger d'autre que les yeux. Il était réduit à l'impuissance complète.

Ce fut cette constatation qui décida de ma réaction. Comme si j'avais toujours su qu'ils s'y trouvaient, je sortis de ma poche deux petits cailloux bleu azur et les levai à la hauteur de son visage, pour qu'il puisse les voir. Il avait l'air de batailler pour garder les yeux ouverts, comme si même ce léger effort était trop pour lui, mais il vit les cailloux et hocha la tête, avec une expression qui semblait résignée. Je ramassai les deux cailloux au creux de ma main gauche puis, de l'autre, j'arrachai l'œil droit du vieil homme et le mis dans ma poche. Son corps se raidit légèrement, mais ce fut tout. Tandis que les cailloux devenaient moites et chauds dans ma main gauche, j'extirpai l'autre œil et le glissai dans ma seconde poche. Les orbites de l'homme étaient noires, à présent, et vides, comme la vieille maison, dans son dos. Il ne saignait pas et ne bougea pas non plus ; on aurait dit qu'il n'éprouvait aucune douleur. Alors, lentement, avec grand soin, comme si le monde entier en dépendait, je déposai mes cailloux à l'intérieur de son crâne et regardai ses paupières s'abaisser et se clore. Pendant un instant, je crus que mes cailloux avaient disparu, qu'ils basculaient pour l'éternité dans cette noirceur, que les yeux ne se rouvriraient plus, et que je devrais rester là pour toujours, en compagnie de ce vieil homme aveugle… mais au bout d'un moment, les paupières s'ouvrirent, lentement, à grand-peine. L'homme avait bel et bien l'air de souffrir, à présent ; ses yeux s'ouvrirent cependant et semblaient maintenant plus clairs et plus bleus que jamais, l'air joyeux, animés. Il n'y eut pas d'autre changement : le corps de l'homme ne bougea pas du tabouret branlant, sa bouche était toujours aussi fine et abîmée, et pourtant je me sentais submergé par sa joie, tout comme j'avais ressenti sa douleur et son désarroi auparavant. Au même moment, je me rendis compte qu'il me chassait, qu'à l'aide de son regard bleu neuf il m'indiquait que j'étais libéré de mon obligation à son égard, que le charme qui nous maintenait là l'un et l'autre était à présent rompu. Je regardai une dernière fois ces yeux étincelants, puis je tournai les talons, descendis les marches de l'auvent et m'éloignai à travers pré comme j'étais venu.

Chaque fois que je m'éveillais de ce rêve, je repensais à la fille de la bibliothèque et je me rappelais le regard qu'elle m'avait adressé ce jour-là, dans la salle du King's Head. Il y avait quelque chose d'important chez elle, je le savais, mais je n'arrivais pas à définir quoi. Tout ce que je savais, c'était que je la reverrais un jour, car tel était le message.

Plusieurs semaines s'écoulèrent avant que je revoie les vagabonds. Les journées prenaient un air automnal et je continuais à me rendre à la bibliothèque, en voiture à travers les collines, en contemplant les bois qui se paraient d'or et de pourpre. Miss Patterson s'intéressait toujours à mes travaux ; de temps à autre, sa curiosité se faisait envahissante. En fait, je crois qu'elle en était arrivée à se prendre d'un intérêt malsain pour moi. Elle abandonnait tout ce qu'elle avait en train dès que j'arrivais et me demandait si j'avais besoin de quoi que ce soit, de quelque chose de précis. Je restais poli, mais je lui fis clairement comprendre que je souhaitais être seul et me concentrer sur mon travail. Ce qui n'eut guère d'effet. La distance que je marquai ne fit que l'attirer un peu plus.

Un soir, alors que je traversais le cimetière de Trinity Church pour regagner ma voiture, je vis le nommé Jimmy et le plus jeune de ses deux amis, assis sur un banc au fond de l'enclos, à côté du portillon qui donnait sur Cuthbert Street. Il allait falloir que je passe devant eux pour rallier le parking. Il avait plu un peu plus tôt, et le banc devait être mouillé, mais ils n'avaient pas l'air de s'en soucier. Ils se partageaient une bouteille de cidre et fumaient des cigarettes. Quand ils m'aperçurent, le plus jeune se leva et se précipita vers moi, la main tendue.

Une petite pièce ? demanda-t-il d'une voix un peu empâtée par l'alcool.

Je fis non de la tête et continuai sans m'arrêter en direction du portillon. Jimmy était resté assis, mais il leva la tête à mon approche et m'adressa un sourire crispé.

Une petite pièce, monsieur, lança-t-il à mi-voix, d'un ton doucereux.

À nouveau, je fis non de la tête.

Je vous connaîtrais pas, des fois ? fit-il plus haut, avant de se lever pour me dévisager.

Je m'arrêtai car il barrait ma route.

Je ne crois pas, répondis-je. Maintenant, laissez-moi passer.

Ce fut une erreur, bien sûr. Lui recherchait l'affrontement. Quelque part en lui, au plus profond de son être, il s'attendait au mépris, à voir confirmée sa croyance selon laquelle le monde entier était braqué contre lui. Il cherchait un adversaire ; il guettait le moindre signe de répugnance ou de dégoût pour pouvoir riposter, manifester sa rébellion. Rien qui puisse m'inquiéter. Depuis des années, j'avais sur moi, dans ma veste, des armes et outils de petite taille, en prévision d'une situation de ce genre. Je n'avais aucune intention de jouer les victimes, surtout pas face à ce genre de racaille. Ce soir-là, j'avais un cutter dans ma poche, et j'étais prêt à m'en servir.

Pas la peine d'en faire un plat, fit Jimmy.

L'autre s'était détourné et se tenait derrière moi. Il regardait, guettait le moment d'entrer en scène.

Vous pourriez avoir un peu de respect pour les autres, reprit Jimmy, sur quoi l'autre enchaîna doucement, d'un ton triomphant :

C'est tout ce qu'on demande. C'est pas grand-chose, hein ?

J'attendis. Inutile de poursuivre la conversation ; s'ils devaient attaquer, ils allaient le faire tout de suite. Je glissai la main dans ma poche et empoignai le cutter. Ils étaient deux, mais ils avaient bu et n'avaient plus tous leurs moyens, alors que moi j'étais en pleine possession des miens. Le cutter allait les prendre au dépourvu : les gens comme Jimmy s'imaginent toujours être plus forts que les autres, non pas parce qu'ils ont le physique, mais parce qu'ils se croient prêts à aller plus loin. C'est la règle première des conflits humains : celui qui est prêt à faire le plus de mal, peu importe ce qu'il encaisse lui-même, finira vainqueur. C'est l'une des qualités qui nous différencient des animaux, cette disposition à faire fi de toute prudence. Face à un véritable affrontement, la plupart des animaux vont faire des concessions. Si les chances paraissent compromises, l'un des deux lâchera pied ou le combat sera suspendu par consentement mutuel. Les humains sont les seuls animaux prêts à se battre pour remporter une victoire à la Pyrrhus.

Je n'avais, bien sûr, aucune raison de me battre. Il restait toujours la possibilité de résoudre la situation de façon pacifique. Naturellement, je n'avais aucune envie de gaspiller mon énergie à me bagarrer dans un cimetière avec des vagabonds. Si les deux hommes avaient attaqué, je me serais défendu et je suis sûr de savoir qui s'en serait le mieux tiré. S'il n'y avait pas eu la fille, je me serais sans doute éloigné pour couper court… mais dès que je la vis, je compris que je tenais le moment que j'attendais. Le hasard n'existe pas. Elle ne s'en rendit sans doute pas compte, mais le fait qu'elle arrive à ce moment-là obéissait à une raison précise.

Elle apparut tout à coup. Jusqu'alors, je ne l'avais pas vue, mais elle devait être là depuis le début, dissimulée dans les massifs, en train de regarder. J'ignore si elle était avec eux ou si elle tomba sur nous à l'improviste, en sortant de sa cachette. Malgré le temps qu'il faisait, elle portait sa robe d'été légère et des sandales en plastique. Comme dans un scénario préétabli, son arrivée détourna l'attention de Jimmy. J'en profitai pour livrer mon attaque. Avant qu'il puisse se défendre, j'avançai et lui balafrai le visage d'un coup de cutter. Le sang jaillit.

L'homme poussa un hurlement de douleur et de rage. Je le lacérai à nouveau, lui empoignai le crâne et le frappai, fort, d'un seul élan. Il tomba à genoux, le visage entre les mains. Je me retournai pour affronter l'autre homme, mais il battait en retraite. Comme je m'en doutais depuis le début, il n'avait aucun goût pour le combat. Il n'était resté là que pour faire plaisir à Jimmy. Je fis deux pas vers lui, le cutter au poing, mais il tourna les talons et fila en laissant son ami à ma merci.

Je regardai la fille. À ce moment-là seulement, je remarquai qu'elle avait le visage fortement tuméfié et une vilaine entaille au-dessus d'un œil, le genre de plaie qu'on voit à un boxeur à la suite d'un coup de poing vicieux.

Ça va ?

Elle ne répondit pas.

Je surveillais Jimmy d'un œil. Il essaya de se relever mais n'y parvint pas. Il avait peur. Il devait avoir du sang dans les yeux, et je crois que cette vue et cette sensation lui ôtèrent toute envie de continuer à se battre. Je me tournai à nouveau vers la fille. Elle fixait Jimmy d'un regard horrifié. Je compris qu'elle allait être tenue pour responsable de l'incident : dès que je serais parti, Jimmy allait se venger sur elle. Je tenais pour certain que les ecchymoses et l'entaille qu'elle avait au visage étaient le fait de cet homme. Cela jouait en ma faveur, bien sûr ; il me serait plus facile de la persuader de s'enfuir, si tant est qu'il faille user de persuasion.

J'essayai de la prendre par le bras mais elle recula. Elle avait l'air, à présent, d'un animal blessé, effrayé. Tout était porteur de menace pour elle. Elle avait aussi peur de moi que de Jimmy. Je ne comprenais pas. Elle devait quand même se souvenir de moi. Savoir qui j'étais et pourquoi j'étais venu.

Écoutez-moi, lançai-je, je veux vous aider.

Elle leva la tête. Son visage était sale et mouillé. Sa robe, déchirée à l'épaule. Elle ne semblait pas avoir compris ce que je venais de dire, à moins qu'elle n'ait pas entendu, et l'idée me vint tout à coup qu'elle était peut-être sourde.

Vous entendez ce que je dis ? demandai-je.

Elle ne répondit pas, mais au bout d'un moment elle acquiesça.

Vous pouvez me dire où vous habitez ?

Elle secoua la tête. Pour la première fois, elle eut l'air de se détendre un peu. Je compris que mes questions aidaient, que quelque chose dans le fait que je lui parle lui donnait envie de m'accorder confiance.

Vous avez un endroit où aller ? repris-je.

À nouveau, elle secoua la tête. Et tout à coup je compris, sans savoir comment j'aboutis à cette conclusion mais avec une certitude absolue, que la fille était muette. Tout mon être en fut submergé de joie.

Dans ce cas, venez avec moi, lui dis-je. Je peux vous aider.

Une bouffée d'espoir anima brièvement ses traits. Je voyais bien qu'elle avait envie de croire ce que je disais, qu'elle était à bout. De toute évidence, ce n'était pas la première fois que Jimmy la battait. Il le faisait sans doute régulièrement, chaque fois qu'il était en colère, ou vexé, ou qu'il s'ennuyait. J'imagine qu'elle savait aussi bien que moi que, si elle restait là, il lui passerait la pire raclée qu'elle ait jamais reçue, non parce qu'elle était responsable, mais qu'elle avait assisté à sa déchéance. Il y avait de grandes chances qu'il en arrive même à la tuer, parce qu'elle avait été témoin de sa disgrâce.

Venez, fis-je. Vous pourrez vous laver et manger quelque chose de chaud. Et ensuite, vous déciderez ce que vous voulez faire.

Je rentrai la lame du cutter et le remis dans ma poche. Jimmy ne représentait plus une menace.

Venez, répétai-je, sinon il va falloir que je vous laisse là.

Elle hésita encore un moment ; peut-être avait-elle presque compris, alors, que je n'avais aucune intention de l'oublier là ou de la laisser décider quoi que ce soit. Ce fut peut-être ce qui la décida, elle.

Vous serez en sécurité, ajoutai-je.

Elle détourna le regard vers le fond du cimetière, où l'autre homme avait disparu entre les massifs. Elle devait le croire encore là, en train d'observer. Puis elle regarda à nouveau Jimmy, toujours agenouillé dans l'allée, le front au sol. Je pense qu'à ce moment-là, elle renonça à quelque chose et abandonna son sort aux éléments. Quelques minutes plus tard, elle était assise, tête basse, les cheveux devant le visage, à côté de moi dans la voiture, et je la ramenais chez moi, le cœur battant à tout rompre à l'idée de ce trésor nouveau et inattendu que j'allais dévoiler, ouvrir et explorer.

Elle s'appelait Lillian. D'après ce que je compris, c'était le seul mot qu'elle sache écrire. Elle ne resta pas longtemps avec moi, et je pense désormais à elle comme à un fantôme qui habita un temps la maison, puis s'éclipsa sans bruit en me laissant avec les jumeaux, comme si elle m'avait été envoyée dans ce seul but. Peut-être était-ce le cas. D'emblée, elle fut pour moi une totale énigme. Il n'y avait aucun moyen de savoir ce qui se passait dans sa tête. La plupart du temps, je soupçonne qu'elle avait l'esprit vide, ou aussi vide qu'il est possible et, même si, je le savais, elle m'entendait quand je parlais, j'étais convaincu qu'elle avait la capacité de décrocher complètement et de rester là, à quelques mètres, totalement seule en elle-même, comme la vieille étrangère de la maison au bord de la route, qui se tenait chez elle toutes lumières éteintes, déconnectée du reste du monde. J'appelais parfois Lillian par son prénom et elle se retournait, étonnée et incertaine, peut-être même un peu affolée, comme si elle n'était pas tout à fait sûre que ce mot la désigne exclusivement. Elle souriait alors, contente d'elle-même, contente de cette petite confirmation de sa présence. Lors de tels instants, il était difficile de penser à elle comme à un individu. Elle avait l'air d'un chiot adopté depuis peu, sur le qui-vive, tout à son désir d'être remarqué ; mais elle faisait preuve de tact aussi, à sa façon, et rendait sa présence aussi légère que possible, comme si elle craignait de lasser mon hospitalité.

Je n'appris jamais rien de son passé. Elle entendait, mais ne pouvait pas parler ; elle savait un peu lire, je crois, mais pas écrire. Une fois que j'eus gagné sa confiance, elle me griffonna son nom sur un grand bout de papier, puis se dessina à côté, pour illustrer le mot. C'était ainsi que fonctionnait son cerveau, je pense. Elle voyait des images. Elle écrivait lentement, de la main gauche, le bras replié de telle sorte que son coude pointait vers l'extérieur. Elle ressemblait alors encore plus à une enfant, mais je ne crois pas qu'elle était mentalement déficiente. On aurait dit qu'elle vivait dans un espace différent du reste du monde. J'oubliai vite l'idée qu'elle puisse partager mes pensées ou comprendre mes intentions. Pourtant je la surprenais en train de me regarder, par moments, et alors on aurait dit que l'esprit, derrière ce regard, était plus pénétrant à sa manière que l'intelligence la plus incisive.

Le premier soir, je soignai l'entaille au-dessus de son œil, je la fis se laver et l'installai dans une des chambres d'amis. Elle rechignait tellement à s'octroyer une place ou à profiter de quoi que ce soit, que le lendemain matin je la retrouvai endormie par terre dans la cuisine, tout habillée, les genoux remontés vers la poitrine et les coudes nichés au creux, comme cette princesse momifiée que j'avais vue un jour dans un album. Pendant trois jours, elle ne sortit quasiment pas de la cuisine (le premier endroit où je l'avais amenée le soir de son arrivée). Elle semblait se figurer que sa place était là et qu'elle n'avait pas droit au reste de la maison. Quand j'étais avec elle, elle semblait en permanence à l'affût de mes réactions, dans l'attente du moment où je la laisserais seule, et j'en vins à penser qu'elle avait peur. Elle n'était pas encore sûre que je ne lui ferais aucun mal. Je ne compris ce qu'elle avait en tête que plus tard, en jetant un coup d'œil par une des fenêtres de l'étage, quand je la vis sortir dans le jardin dès que j'eus le dos tourné et aller uriner tout au fond, vers le tas de compost. Par la suite, je fis davantage d'efforts pour lui montrer qu'elle était la bienvenue. Je lui présentai petit à petit le reste de la maison : hormis la chambre de mère, que je fermais à clé, je fis comprendre à Lillian qu'elle pouvait aller et venir à sa guise, où elle voulait, toucher les objets et s'en servir, qu'elle pouvait remplir la bouilloire et se faire du thé, et s'asseoir à table pour boire.

Comme elle n'avait rien d'autre que les vêtements qu'elle portait, je décidai que sitôt ses ecchymoses disparues, je l'emmènerais faire des achats dans une autre ville, assez loin pour éviter d'être reconnu. Elle aurait pu utiliser les affaires de mère (elle était à peu près de la même taille, quoique beaucoup plus menue) mais je ne trouvai pas cela correct, du moins pas dans un premier temps. Qui plus est, je tenais à faire un événement de cette expédition en ville, pour gagner la confiance de Lillian et si possible découvrir un peu d'elle. Je ne pouvais pas risquer d'être vu en sa compagnie à Weston, bien sûr, et j'étais sûr que si je l'emmenais là-bas, elle me soupçonnerait de vouloir la ramener à Jimmy. Naturellement, je n'avais aucune intention de faire une chose pareille. À partir du moment où j'avais compris qu'elle était muette, un plan s'était formé dans mon esprit. Un plan parfait, élégant. En tout état de cause, il fallait d'abord que je gagne sa confiance avant de pouvoir le mettre en route.

C'est ainsi qu'au bout de quelques jours, alors qu'elle commençait à se sentir à l'aise, je lui annonçai que j'allais sortir lui acheter d'autres vêtements et que, si elle voulait, elle pouvait m'accompagner. Je lui expliquai que ce ne serait pas à Weston mais que nous irions ailleurs, plus loin, où il y avait de meilleures boutiques, et que si elle voulait, nous pourrions déjeuner dans un beau restaurant. Nous étions à table dans la cuisine, en train de prendre le petit déjeuner ; elle adorait les toasts et en mangeait le plus souvent possible, tartinés d'une épaisse couche de beurre, et pendant qu'ils étaient encore chauds, elle étalait de la confiture ou de la marmelade, puis coupait le tout en fines lamelles qu'elle mangeait ensuite une par une, avec une délectation évidente, voire exagérée. C'était un rituel auquel elle se livrait, je crois, pour se porter chance, comme si un moment agréable le matin allait déteindre sur tout le reste de la journée. Pendant que je lui exposais mon projet, elle continua son ouvrage de *confezione*. Je m'efforçai de dépeindre cette sortie de la façon la plus attrayante possible bien que je m'attende plus ou moins à une réaction réservée. Au contraire, elle fut ravie.

Je crois que ce fut l'un des plus beaux jours de sa vie. Elle eut l'air de tout apprécier : le trajet en voiture, le centre commercial, les gens. Les plus petits détails l'enthousiasmaient et lui plaisaient : des vaches dans un pré, le terrain de jeux des enfants, un lac où se faisaient des promenades en canot. Le front contre la vitre, elle regardait le monde filer comme un film à l'accéléré. Elle contemplait les vitrines comme si elle venait d'arriver au paradis. C'était amusant, cette liberté innocente qu'elle avait. Les choses lui plaisaient, mais elle ignorait complètement qu'il fallait payer pour les obtenir, qu'il s'agissait d'instruments de pouvoir. Ce matin-là, nous entrâmes dans plusieurs belles boutiques de vêtements. Quand nous arrivions, son allure amusait les vendeuses, certaines jouaient la carte du snobisme, nous prenaient de haut, pendant que nous choisissions sur les portants des robes, des jupes, des pulls, puis que Lillian allait les essayer, ressortait en gambadant de la cabine pour me faire voir, guetter mon approbation. Chaque fois, c'était moi qui choisissais. J'avais envie de prolonger la première impression qu'elle m'avait faite, cette image de gamine, mi-femme mi-enfant. Je suppose que je trouvais cela érotique ; mais c'était un style qui lui allait bien, en plus, qui exprimait l'essence même de sa personnalité. Je lui demandais de temps à autre ce qui lui plaisait et quand je choisissais un article, je l'élevais à sa hauteur pour le lui montrer, de façon à pouvoir observer sa réaction, mais elle ne manifestait pas de préférences, pas d'opposition à l'image que je lui composais. Elle était totalement innocente et en même temps intensément physique, caressait le tissu, le lissait sur son corps mince, me tendait les chemisiers en soie et les pulls en mohair pour que j'en palpe la texture. Comme les séances se prolongeaient, l'amusement des vendeuses se muait en étonnement, puis en embarras, à mesure que le total des achats s'élevait et qu'il devenait évident que cette femme-enfant n'était ni ma fille ni ma femme. Quand venait le moment de payer, je réglais en liquide. Je ne voulais laisser aucune trace, rien qui puisse prouver que nous étions venus. Comme l'argent changeait de mains, les jeunes femmes bien vêtues, apprêtées, qui s'occupaient systématiquement de nous se forçaient à masquer leur réprobation, en même temps que leur courtoisie extrême et forcée clamait qu'elles n'étaient pas dupes de notre petite mascarade. Lillian ne se rendit compte de rien. Elle était ravie de sa journée, ravie d'elle-même.

Une fois la voiture remplie de sacs et de cartons, j'emmenai Lillian déjeuner. Cette fois encore, elle ne fit rien pour dissimuler sa joie. On aurait dit qu'elle n'était jamais allée au restaurant de sa vie. Peut-être était-ce le cas. Rétrospectivement, je me rends compte que tout ce que nous fîmes ce jour-là était nouveau pour elle. Quand arriva le moment de commander, je lui pris un avocat aux crevettes en entrée, suivi de noisettes d'agneau accompagnées de petites pommes de terre nouvelles et d'un assortiment de légumes. Dès que le pain arriva, elle entreprit d'en tartiner chaque tranche d'une épaisse couche de beurre ; du coup, quand on apporta le plat principal, je dus redemander du beurre pour qu'elle puisse ensevelir ses pommes de terre sous de grosses noix fondantes de matière grasse et du pain pour qu'elle nettoie son assiette de toute trace de sauce de la viande. Elle mangea tout, y compris la verdure. Les gens nous épiaient du coin de l'œil, clients et serveurs échangeaient de longs regards gênés en coulisse, comme si nous nous livrions en leur présence à je ne sais quel rituel bizarre et légèrement obscène. Comme dessert, je commandai pour Lillian une composition extravagante de pêches et boules de glace dans une grande coupe et tout en buvant mon café, je la regardai, ainsi que le reste de la salle, avec un détachement amusé.

Mais la touche finale, le moment qui scella notre complicité, survint tandis que nous regagnions la voiture. Nous longions un grand magasin où se vendaient de l'électroménager, des ordinateurs, des téléviseurs, des magnétoscopes, toutes sortes d'écrans multicolores disposés en rangs serrés dans la vitrine pour que les gens constatent qu'il y avait là tout un monde qui se passait d'eux pendant qu'ils déambulaient dans l'éclairage tamisé du centre commercial à la recherche de ce qui leur dispenserait le bien-être. Quoi de plus merveilleux que de pouvoir s'acheter ce qu'on veut? Quoi de pire que de voir les autres acheter à notre place? Un homme de haute taille portant une casquette de base-ball et un pantalon rouge vif, planté devant la vitrine, fixait d'un regard avide l'étalage de téléviseurs, comme quelqu'un qui se trouverait aux portes du paradis sans pouvoir y entrer. Lillian alla se poster à côté de lui. Il lui adressa un bref regard, puis revint à la vingtaine d'images de Hedy Lamarr costumée en Dalila, qui s'apprêtait à couper les cheveux de Samson. Lillian était captivée. Elle tourna la tête vers moi pour me faire signe de venir voir… et je compris, à cet instant précis, que bien qu'elle ne réclame rien, elle désirait une télévision plus que tout au monde. C'était étrange. Mère n'avait jamais voulu que nous ayons un téléviseur à la maison, et j'avais respecté son souhait, même après sa mort, même si je m'étais parfois dit qu'il serait intéressant de voir des documentaires sur la nature, des émissions scientifiques ou les informations. Alors, bien que je sache très bien que mère aurait désapprouvé au plus haut point, je pris Lillian par le bras et l'entraînai à l'intérieur du magasin en abandonnant l'homme à la casquette de base-ball à sa faction solitaire. On trouva un vendeur et pendant que je l'écoutais expliquer les différentes tailles d'écran, l'effet de son spatial, la télécommande et toutes les autres fantastiques options proposées, Lillian avait l'air totalement déroutée. Apparemment, elle n'arrivait pas à concevoir qu'on puisse tout simplement entrer dans un magasin et acheter un téléviseur, voyant quoi je demandai au démonstrateur de nous mettre un bon magnétoscope avec. Une fois la transaction terminée, j'informai le vendeur que je viendrais chercher le matériel dès que j'aurais récupéré ma voiture. Puis je me tournai vers Lillian et lui annonçai que la télé était à elle, rien que pour voir la mine qu'elle faisait. Je me dis que mère ne se formaliserait pas à condition de connaître la raison précise de l'irruption de ces machines à la maison.

Cette nuit-là, quand nous fûmes partis nous coucher chacun de notre côté, Lillian vint se poster à ma porte et me regarda longuement. Elle était nue et avait l'air d'une frêle enfant abandonnée. Le pouce dans la bouche, elle me regarda dans la pénombre jusqu'à ce que je me redresse calmement et rabatte les draps. Elle n'hésita pas une seconde. Comme elle se glissait à mes côtés, je compris qu'elle m'offrait là le seul cadeau qu'elle puisse faire, en échange de ce qu'elle avait dû percevoir comme une générosité quasi impériale. Dans mes bras, elle était menue et fragile et je dois avouer que je ne savais trop que faire, aussi ce fut elle qui me guida, qui m'attira dans la moiteur de son corps d'enfant. Je n'avais toujours aucune idée de l'âge qu'elle pouvait avoir mais bien qu'à l'évidence, elle sache ce qu'elle faisait, j'avais l'impression agréable et excitante de faire l'amour avec une enfant. Je n'avais pas imaginé que mes sensations seraient aussi intenses, que je la désirerais autant, au point d'être presque submergé par mon propre désir. La question première et déterminante qui préside à tous les échanges humains consiste à savoir qui contrôle les opérations. C'est un point si unanimement entendu que c'en est devenu un cliché… mais sa réalité n'en demeure pas moins intacte, quel que soit le nombre de gens qui le partagent. Bien sûr, le contrôle peut être assuré de multiples façons, mais il importe de ne pas le perdre, et ce n'est pas toujours le plus fort qui commande. Le faible dispose de stratagèmes nombreux et variés, certains inconscients, d'autres mûris. Pendant un instant, l'échange dans lequel je venais de m'engager avec Lillian resta en suspens dans la balance : j'aurais très facilement pu tomber sous le charme de son corps menu, de sa sensualité délibérée, de sa profonde innocence. Aujourd'hui, ce que je me rappelle le mieux de cette nuit-là, c'est la jubilation que j'éprouvai à la prendre sans ménagement, pour la deuxième fois, et à la faire tressaillir, s'agripper à moi dans sa souffrance, sachant que je pouvais faire d'elle ce que je voulais, et que c'était son choix, et non le mien, qui avait fait d'elle ma chose.

Une sorte d'entente s'établit donc. Elle avait plaisir à entretenir la maison, à faire du rangement, à préparer des repas simples, à sortir les poubelles et faire la vaisselle. C'était une vie éminemment domestique. Elle voulait prendre soin de moi, je suppose. Elle voulait que je sois heureux. De mon côté, je continuais à la désirer avec la même intensité que la première nuit. Je n'arrivais pas à me retenir de la toucher. Je la trouvais dans la cuisine et je la couchais sur la table ou dans l'escalier et je la prenais là, sur place, je retroussais la jupe ou la robe que je lui avais achetée, j'ôtais sa petite culotte blanche en coton pour pouvoir la pénétrer, et elle s'agrippait à moi, poussait de petits halètements tout en ondulant en un mouvement de va-et-vient, les jambes étroitement nouées autour de moi. Je savais que son accueil était certainement motivé, du moins en partie, par sa gratitude à mon égard pour ce que je lui avais donné, mais je crois qu'elle éprouvait pour moi une affection sincère, à sa manière. Jamais elle n'aurait imaginé mener une telle vie, aussi ne pouvait-elle s'empêcher d'aimer celui qui la lui offrait. En ce qui me concernait, je sortais de temps à autre et rapportais de petits cadeaux, des babioles ou des jouets qu'elle acceptait avec le même ravissement, la même gratitude, si coûteux ou insignifiant que soit le cadeau.

En début de soirée, nous regardions la télévision. J'avais installé le poste dans sa chambre et nous le regardions ensemble. C'était Lillian qui choisissait les émissions. Nous aimions les retransmissions américaines, surtout celles où les gens se montraient spontanés et naturels sur le plateau, sans donner dans le larmoyant, les émissions diffusées entre quatre et sept heures le soir, les feuilletons d'une demi-heure qui mettent en scène des familles à la vie bien réglée, aux enfants intelligents, qui vivent dans de jolies banlieues moyennes. Je pense que c'était l'idée que Lillian se faisait du paradis : un jeune garçon en train de pédaler au petit matin dans une rue déserte en jetant les journaux sur le pas des portes ; des vieux assis sous l'auvent, à la tombée du jour, à Saratoga Springs ou à Boise, dans l'Idaho ; des femmes en train de confectionner des tartes dans des cuisines spacieuses, environnées de chiens et d'enfants précoces. C'était les intérieurs qui nous plaisaient tout autant que les gens ; chaque pièce faisait partie en soi de l'histoire. Nous en raffolions pour leur taille et leur luminosité surnaturelle, pour les bois que l'on devinait en arrière-plan, à quelques pas de là, les cerfs blottis dans l'ombre, les coyotes dans les collines.

Les maisons abritaient toujours au moins trois enfants. Ces derniers étaient raisonnables, parfois trop intelligents pour leur bien-être ; ils tiraient constamment de petits enseignements de leur vie ; ils avaient toujours les meilleures répliques. J'aimais les moments où ils faisaient des choses ensemble, *en famille**, des choses qu'ils avaient visiblement mis des années à répéter et peaufiner, des petits numéros, quelques pas de danse accompagnés d'une chanson, de curieux enchaînements ritualisés qui sous-tendaient un infini respect de soi, un insatiable appétit d'appréciation. C'était ce qui faisait leur force, bien sûr : ils savaient apprécier. Ils s'appréciaient eux-mêmes et apprenaient à apprécier les autres. Les numéros étaient là pour signifier au public : regardez-nous, voyez comme il est facile d'être honnête, libre, spontané, de ne choisir que le meilleur et voilà tout, d'embrasser le monde selon les termes que l'on pose soi-même. Même quand les enseignements à tirer étaient rudes ou qu'il fallait résoudre une situation épineuse, ils étaient toujours prêts : le gamin de douze ans avec son maillot rayé et sa casquette de base-ball, la fille avec ses taches de rousseur et son grand sourire charmeur, le garçon qui avait tenté d'esquiver les responsabilités... ils se ressaisissaient pour dire ce qu'il fallait dire, faire ce qu'il convenait de faire, sacrifier leurs propres envies au bien-être général. C'était là le vrai sens de la démocratie. Lillian et moi regardions sans rien dire, un sourire involontaire aux lèvres, heureux un instant de voir que le monde pouvait aller si bien, aussi bien qu'il est censé aller à Noël ou à l'époque des vacances lorsqu'on est enfant, quand tout le monde vaque aux mêmes travaux et fait un gros effort.

Mais, chose curieuse, c'étaient les informations que Lillian préférait. Elle pleurait en voyant des enfants mourir de faim en Afrique ou des corps joncher les rues des bidonvilles d'Amérique du Sud, mais elle ne manquait jamais un journal télévisé. Elle semblait douée d'une infinie compassion, qui englobait tous les autres sans distinction, du bébé souffrant de malformation cardiaque aux centaines de milliers de victimes de la dernière catastrophe naturelle. Mais elle était friande par-dessus tout d'histoires vécues. Un soir, nous suivîmes la libération d'un otage américain. Pendant quelques instants, on eut l'impression qu'il n'allait rien se passer : les caméras étaient toutes regroupées, se filmaient les unes les autres dans ce qui ressemblait à la salle de conférence d'un hôtel, peut-être tout juste et hâtivement reprise à un séminaire de fous furieux de la formation personnelle ou de commerciaux de la climatisation. Tout à coup, l'homme apparut : haute silhouette barbue, maigre comme il se devait, entouré d'hommes en uniforme, l'air mal à l'aise, et qui détonnait avec sa chemise écossaise et ses baskets. Les flashes l'aveuglèrent un instant, mais il continua à scruter la foule, comme s'il espérait y repérer un visage connu : un ami, une épouse, une fille. On l'avait probablement informé de ce qui l'attendait, mais j'imagine qu'autre chose devait prendre le dessus maintenant qu'il était libre de ses mouvements, un besoin brut de marquer l'instant, de le célébrer ou de le consacrer d'une façon ou d'une autre. Puis il s'assit et commença à répondre aux questions. Ce qu'il disait n'avait aucune importance ; simplement, la parole était l'unique célébration qu'il lui restait, le plaisir de parler et d'être entendu, de parler sa propre langue et de voir des gens lui prêter attention au lieu de lui cracher dessus ou de le frapper au visage à coups de crosse. C'était cela qui me captivait chaque fois : non pas le bonheur de l'homme libéré, la souffrance des victimes, la joie ou la culpabilité des survivants, mais le fait que cela se déroule toujours en public, au milieu d'inconnus, parmi des gens qui ne faisaient que leur travail, journalistes, soldats, cameramen ou les simples badauds qui s'étaient immiscés dans le champ, momentanément détournés de leur propre existence. J'étais toujours étonné par la facilité avec laquelle ils parlaient de ce qui leur était arrivé, ces otages, ces victimes, ces survivants. J'étais toujours étonné de leur besoin de parler, de la façon dont ils adaptaient leurs tournures de phrases en fonction des attentes : formules lapidaires, platitudes, clichés.

L'otage avait passé trois ans en captivité. La majeure partie du temps, il était enfermé dans une petite pièce aveugle ; parfois on lui imposait de porter une cagoule, parfois on le battait ; les dix-huit premiers mois, personne ne lui avait adressé la parole et on lui interdisait de parler. S'il posait des questions, on le battait. Il n'avait jamais vu le visage de ses ravisseurs qui venaient masqués ou cagoulés lui apporter à manger. Cela l'avait parfois réconforté : il pouvait se dire qu'ils craignaient qu'il les reconnaisse un jour, une fois libéré. Mais d'un autre côté, s'était-il dit, ces masques avaient peut-être une tout autre fonction. Ce pouvait être un moyen d'établir une distance entre les terroristes et leur prisonnier, d'éviter le contact humain pour qu'une fois le moment venu de l'abattre, ils puissent le faire sans scrupules. L'otage n'avait su qu'il devait être libéré que lorsque ses ravisseurs l'avaient abandonné à l'angle de deux rues dévastées par les bombardements, quelques jours plus tôt, avant la conférence de presse.

Tout en écoutant, je me demandais à quoi il avait pensé pendant ses trois ans de détention. Au début, j'imagine que sa famille lui manquait, sa maison, sa baignoire, sa cuisine, son lit. Peut-être qu'ensuite, il s'était mis à repenser à la ville de son enfance, à son premier amour, aux jours qu'il avait appréciés, aux moments dont il avait honte. Je l'imaginais en train d'examiner sa vie, de se la repasser mentalement comme un vieux film, un film qu'il avait déjà vu mais sans prêter autant d'attention aux détails. Peut-être que par moments, pendant ces semaines d'examen intérieur, il se sentit libéré, à même de faire enfin la paix avec ses morts ou de comprendre les motivations de ceux qui l'avaient blessé des années auparavant, sans raison. Il avait sûrement appris sur lui-même au cours de ces semaines. Et pourtant, tout aussi sûrement, il devait être passé à un état moins cohérent, à une succession décousue de vagues souvenirs et demi-réflexions, et je me demandais si à la fin, il avait choisi de laisser son expérience le changer, ou s'il rentrait décidé à retrouver son ancienne vie, telle quelle. Qu'est-ce qui lui avait manqué ? Quelles promesses s'était-il faites aux heures sombres, convaincu qu'il était qu'on allait l'abattre ? Quelles promesses avait-il formulées dans les moments d'espoir où il croyait qu'on allait le relâcher ? J'avais envie de savoir. Je m'imaginais dans sa situation, en train de penser aux plaisirs à venir : l'odeur des livres neufs, le goût du café, la neige sur un sapin, un chant d'oiseau. C'étaient là les plaisirs que j'imaginais pour lui, mais ses plaisirs imaginés à lui devaient être tout autres et, sur le moment, je ne souhaitais rien tant que savoir en quoi ils consistaient. Par-dessus tout, j'avais envie de savoir comment il s'était parlé durant sa captivité, ce qu'il avait dit, comment il l'avait dit, quels choix linguistiques il avait faits. Je voulais savoir s'il lui était jamais arrivé de se soupçonner lui-même de sciemment bâtir un mensonge, le mythe d'une vie rangée, d'user de mots et de silences pour rendre les choses attrayantes, propres et nettes. Sûrement, c'était inévitable. Dans de telles circonstances, une illusion bien ordonnée est forcément préférable à la réalité anarchique du monde.

Je regardai Lillian. La mine ébahie, elle contemplait le visage en gros plan de l'homme mais, pour une fois, elle n'était pas en larmes. Elle avait l'air heureuse. Elle avait l'air irrépressiblement heureuse.

L'hiver était là. La maison était à nouveau calfeutrée, voilée de neige, invisible depuis le village. Lillian et moi nous rapprochâmes, et à mesure que notre relation prenait son essor, je me sentais aussi plus proche de tout, plus en phase avec le monde. Il y avait des endroits de la maison que je n'avais jamais vraiment compris : le placard de la chaudière, les étagères sous l'évier où mère entreposait cirage et produits pour le four. Un après-midi, comme le soleil perçait, Lillian étendit le linge dehors et le laissa toute la soirée. Le gel raidit nos vêtements qui semblèrent acquérir une vie à eux. Ils mirent un long moment à dégeler, debout dans l'évier de la cuisine, ou constellant le sol de l'office de gouttes glacées. Toute cette nuit-là, on aurait dit que la maison était peuplée de fantômes de nous-mêmes, des formes qui seraient les nôtres si nous devions sortir dans le froid et nous en aller.

Personne ne savait que Lillian était avec moi. J'avais cessé de fréquenter la bibliothèque de Weston et, bien que je sois sûr que Miss Patterson se demandait où j'étais passé, je tenais pour aussi certain que jamais elle n'aurait soupçonné de ma part quoi que ce soit d'anormal. À présent, au lieu de passer une journée par semaine à la bibliothèque, j'allais faire des achats, j'errais des heures dans les travées du supermarché où je ne faisais auparavant que passer pour prendre des plats tout prêts et les denrées de première nécessité. À présent, avec Lillian à la maison, j'accordais plus d'intérêt à ce rituel hebdomadaire. De nouveaux produits se mirent à me tenter, subitement, l'odeur des fruits frais, le crépitement d'un emballage, le volume dense que prennent les choses emballées sous vide ou rangées serré par quatre ou six. J'achetai des oranges en filet, des yaourts exotiques, des fruits tropicaux, des paquets de dattes, des bocaux ventrus de confiture de griottes et de miel d'acacia. J'achetai toutes les variétés de beurre de cacahuètes. J'achetai des loukoums, des pointes d'asperges et du gingembre confit. J'achetai certains aliments qu'à mon avis Lillian allait aimer, le genre de choses qu'on achèterait pour des enfants, sucrées, mousseuses, des choses qu'on tartine de Nutella ou de Marmite. Je cherchais des choses qu'elle n'ait encore jamais goûtées : papayes, perdrix, crabe farci. Mais surtout, j'achetais des choses pour leur nom, pour ce qu'on lisait sur l'emballage, pour la santé ou le plaisir qui y était annoncé... plus c'était cousu de fil blanc, plus je me précipitais sur le produit.

Dans le même esprit, je me mis à lui acheter des savons et des talcs, des parfums en atomiseurs, des shampooings aux fruits ou aux herbes, parce que le nom me plaisait, ou le dessin sur le flacon, ou le bon goût de l'étiquette. Je mettais longtemps à comparer, réfléchir, renoncer, retourner, céder. Les savons me fascinaient : il y en avait tant de différents... le discret, le visiblement trop cher, le pur et simple, le transparent, le médical, l'exotique. Concombre. Aloès. Elancyl. Germe de blé.

Si quelqu'un m'avait observé, il se serait sans doute amusé… mais les supermarchés dispensent une certaine sécurité, l'impression que quoi qu'on fasse on ne nous demandera aucun compte à la sortie, du moment qu'on passe à la caisse. Les gens s'y rendaient en promenade, stupéfaits par la quantité de choses qu'on pouvait acheter. Chaque semaine, un nouveau rayon faisait son apparition : vêtements pour enfants, vidéos, romans d'amour, limonades alcoolisées. Un après-midi, je regardai un vieil homme examiner un étalage de timbres de collection pour essayer de décider ce qu'il allait acheter. Les paquets étaient rangés par thèmes et par pays, ou présentés par lots mélangés de cinquante ou cent pièces. Le vieil homme décrocha tous les paquet de la tringle un par un, après quoi il les approchait tout près de son visage, soulevait ses lunettes et regardait le contenu par en dessous. Puis il reposait le paquet par terre pour passer au suivant. Finalement, une fois qu'il eut examiné tout l'étalage, il remit les paquets un à un et s'en alla. Plus tard, je le vis fouiller dans les livres pour enfants. J'eus l'impression que c'était un déshérité, quelqu'un qui voulait simplement côtoyer les produits, les toucher, s'imaginer l'achat, pour se sentir exister pleinement. Il avait pris un panier ; prendre un panier est toujours signe de pauvreté, réelle ou potentielle, plutôt que pousser un grand chariot bien rempli. C'était un homme mince, aux épaules voûtées, constellées de pellicules. Quand je m'approchai pour voir quel livre il s'apprêtait à choisir, je remarquai l'odeur de sueur aigre et de cheveux gras. À ce moment-là, il perçut ma présence et se retourna. Je détournai le regard mais trop tard : il ramassa son panier et s'éloigna d'un pas roide, vexé et humilié. J'eus le sentiment de l'avoir dépouillé d'un droit fondamental, d'une dignité humaine vitale, d'une perception de soi en tant qu'individu viable dans un monde de slogans et de formules accrocheuses, de mots vides de sens qui exprimaient cependant nos rêves et aspirations les plus précieux.

À mon retour, je trouvai Lillian au lit. Elle avait l'air inquiète et malheureuse, et tous les cadeaux que je lui rapportais n'y changèrent rien. Au début, je crus qu'elle était malade. Elle était pâle et avait perdu l'appétit depuis un ou deux jours. Je lui demandai si elle voulait une tasse de thé et elle acquiesça. Je partis donc pour la cuisine en me demandant ce que je pourrais faire pour qu'elle aille mieux. À mi-chemin de l'escalier, je compris ce qui se passait. Je remontai les marches quatre à quatre et entrai en coup de vent dans la chambre. J'étais sûr de mon intuition. Je savais, maintenant, pourquoi elle avait l'air si inquiète.

C'est très bien comme ça, dis-je.

Elle se redressa dans le lit, me dévisagea, comme un animal qui sent qu'il a fait une bêtise et s'attend à être puni.

C'est très bien comme ça, répétai-je. Vraiment. Ce n'est pas un problème. Pas du tout.

Pendant un instant, elle n'eut pas l'air convaincue. Elle se demandait sans doute si j'avais vraiment compris. Je hochai gaiement la tête. Voyant alors que je savais, elle sourit.

Je m'approchai du lit et posai les mains sur ses épaules.

Ça va aller, lui dis-je. Tu verras. Tout va bien se passer.

Je le croyais vraiment. Je croyais vraiment dire vrai. Je n'avais aucune raison de m'inquiéter, après tout. Pour autant que je le sache, Lillian n'avait pas de famille. Quant à Jimmy… ma foi, je supposais qu'il allait tout simplement disparaître. Son comportement dans le cimetière révélait de toute évidence qu'il était foncièrement trouillard, que c'était le genre d'homme qui se sent puissant s'il a une femme à battre ou des amis veules qui le suivent, comme ceux que j'avais vus au pub. J'avais déjà eu affaire à ses semblables, des gens qui dormaient à la dure dans le cimetière ou le parc, qui y passaient leurs journées à boire du cidre, assis au milieu des tombes ou vautrés dans l'herbe, des hommes qui se battaient dans les coins sordides de la ville, qui se tapaient dessus avec de grands gestes d'ivrognes, qui urinaient derrière l'église… des êtres déchus à un rang quasiment sous-humain, presque incapables de formuler une pensée cohérente. Ils parlaient, bien sûr, mais leurs propos n'étaient guère qu'un flot de sons, un tir nourri de bruits et de jurons, aussi insignifiants que les jets d'urine qu'ils laissaient sur les murs de l'église. Leur existence n'avait pas de poids, et ils le savaient. Leur unique pouvoir résidait dans le fait qu'ils n'avaient rien à perdre. Rien n'avait aucune valeur à leurs yeux.

Pendant un certain temps, rien n'indiqua que Jimmy ait remonté la piste de Lillian jusqu'à moi. Puis, un matin, comme il avait neigé de bonne heure, j'allai dans le jardin pour sortir les poubelles. C'était un matin radieux, froid. La neige commençait à durcir et à se transformer en glace, mais je vis que quelqu'un avait marché dans l'allée, du portail d'entrée jusqu'à l'angle de la maison, en laissant des empreintes noires nettes. Il devait être venu pendant la nuit ou au petit matin, quand la neige était encore fraîche. À présent, les traces étaient passées, elles commençaient à perdre leur contour dans la glace. Elles étaient étonnamment petites, on n'aurait pas dit des empreintes d'homme du tout, plutôt le genre de traces que laisse un animal... mais je me souvins alors des mains de Jimmy, si petites, si délicates. J'acquis la certitude que c'était lui mon visiteur et je me demandai ce qu'il avait vu, ou s'il avait pris quoi que ce soit. Le fait, plus grave, qu'il nous ait découverts m'alarma : s'il avait pu remonter notre piste jusqu'à la maison, d'autres pourraient le faire. Je n'imaginais que trop bien les problèmes et le danger qu'encourrait l'avenir de l'expérience, si les soi-disant autorités découvraient une Lillian enceinte sous mon toit.

S'il s'était agi d'un incident isolé, je l'aurais chassé de mes préoccupations. Il n'était pas nécessaire, pour l'heure, de prendre des mesures. Après tout, rien ne prouvait que ce soit vraiment Jimmy. Bien que j'aie immédiatement conclu que ces traces étaient les siennes, je me rappelai que mon visiteur nocturne pouvait aussi bien être n'importe quel vagabond cherchant un endroit pour dormir ou quelque chose à voler. Je passai la maison en revue à la recherche de traces d'effraction, et l'appentis pour voir s'il s'y était introduit. Il ne manquait rien, aucun signe ne révélait la moindre tentative de vol, si bien que je réussis à chasser cet incident de mes pensées. Noël approchait et je commençais à réfléchir à ce que j'allais acheter à Lillian. Je voulais en faire un événement. J'avais même envisagé de lui offrir un des bijoux de mère, ou un de ses parfums, mais cela semblait trop sacrilège... autant aller à Weston acheter quelque chose. Faute de mieux, je pourrais en profiter pour voir si Jimmy y était encore ou si mes soupçons ne reposaient sur rien. Je décidai de m'y rendre en voiture ce matin-là.

Lillian dormait encore. Elle n'avait pas l'air à sa place, dans mon lit, tel un frêle animal, une main levée vers la bouche, comme si elle voulait sucer son pouce et parvenait tout juste à s'en empêcher. Je la regardai un moment : c'est un réel plaisir que de regarder quelqu'un dormir, d'écouter sa respiration, de se demander à quoi il rêve et ce qui se passe dans ses rêves, dans les longs intervalles pendant lesquels l'absence prend le dessus. J'aurais donné beaucoup pour pénétrer son esprit, ne serait-ce qu'une heure, pendant son sommeil. Je crois que j'aurais préféré voir ses rêves que ses pensées. Je sentais qu'il y avait là un potentiel, l'éventualité d'une vraie lumière, d'un vrai mouvement, une acuité qui faisait probablement défaut à ses réflexions. À bien des égards, en fait, je soupçonnais Lillian de n'être absolument pas une créature pensante : elle regardait des photos, la télévision, elle pleurait devant les émissions tristes, elle souriait à la vue d'une image sentimentale ou d'une beauté conventionnelle, mais rien ne trahissait vraiment une réaction de la pensée. Je ne l'en aimais pas moins pour autant. Par moments, elle était presque belle, dans son sommeil, ou lorsqu'elle regardait dans le vague, et je crois que sa simplicité accentuait cet effet. Par moments, je le sais, j'éprouvais pour elle une authentique affection et désormais, plus que jamais, elle m'était précieuse, en raison du rôle qu'elle allait jouer dans l'œuvre de ma vie.

Je passai la matinée à Weston, à traîner d'une boutique à l'autre, à acheter des cadeaux par-ci par-là, pour Lillian et pour moi. J'aurais voulu pouvoir l'emmener pour qu'elle choisisse ce qu'elle souhaitait, ou pour la regarder essayer la robe que je lui offrirais plus tard, en rentrant à la maison. J'aurais voulu savoir si elle était prête à choisir elle-même ou si elle continuait à compter sur moi pour choisir les choses à sa place. J'aurais voulu acheter des vêtements de maternité pour elle, et des affaires pour le bébé.

C'était une journée radieuse, étincelante de neige, chaude au soleil et glaciale à l'ombre. Je pris le chemin qui traversait le cimetière de l'église Trinity : il n'y avait pas trace de Jimmy et ses amis. Je m'arrêtai un moment puis déambulai entre les pierres tombales, secouant les branches de houx chargées de neige gelée que je regardais tomber en paquets. Je me rappelai la joie que j'éprouvais, enfant, à l'arrivée de l'hiver, quand l'air devenait coupant et que les flaques gelaient sur notre chemin. Ce jour-là, j'éprouvais les mêmes sensations qu'à l'époque, et je me rendis compte que je n'avais pas été heureux à ce point depuis la mort de mère. Je sentais mon corps solide et réel, comme s'il était en verre ou en métal. Je sentais que la présence de Lillian dans la maison était liée à ce bien-être, à cette sensation d'intégrité physique totale, et l'envie me vint de lui acheter quelque chose de particulier.

On prend un plaisir tellement simple et net à faire des achats superflus : on arrête son choix, parmi les merveilleuses myriades de possibilités, puis on paie. Rien n'est inaccessible, rien n'existe qui ne puisse être possédé. Ensuite, une fois que l'achat est fait, l'objet devient étrange, exotique, presque incongru. C'est un plaisir tellement innocent et parfait que cet instant de possession. Certains objets sont plus gratifiants que d'autres : les articles en verre, par exemple, ou en soie, en bois poli, tout ce qui est métallique ou minéral, tout ce qui a trait à l'eau. Le mieux de tout, ce sont les boucheries ou les poissonneries à l'ancienne, où on peut acheter un lapin, un faisan entier, ou rapporter chez soi un saumon lourd et luisant, fraîchement pêché en mer, l'œil encore allumé d'une étincelle. Ou les animaleries, avec leurs aquariums pleins de scalaires ou de scatophages, leurs cages étouffantes, sombres, où grouille la touffeur puante des cochons d'Inde, leurs serres d'intérieur bleutées, où serpents et lézards tentent désespérément de se fondre dans le décor.

Je ne remarquai rien d'extraordinaire jusqu'au moment où je regagnai ma voiture. J'étais repassé par le cimetière : cette fois non plus, les vagabonds n'étaient en vue ni dans les massifs où s'amassait l'obscurité, ni sur le banc près du portillon. Je n'aurais sans doute rien remarqué du tout si un froissement dans la haie n'avait attiré mon attention au moment où j'arrivais au parking.

En me retournant, je constatai que ce n'était qu'un merle, mais aussitôt, je sentis que quelqu'un épiait. Je n'aurais su dire d'où cela venait : c'était une impression générale, comme celle que l'on a, enfant, quand le maître d'école affirme que Dieu nous surveille. Rien ne trahissait la moindre présence : le parc était paisible, silencieux. Pourtant j'étais sûr que quelqu'un ou quelque chose m'observait. Je me figeai sur place et attendis. Mon impression ne dura pas plus de quelques secondes, peut-être une demi-minute, puis le merle s'envola du massif dans un froissement sonore de feuilles, une pluie de flocons de neige jaillit de l'endroit qu'il venait de quitter, et mon impression se dissipa. L'instant d'après, je me disais que tout cela n'avait été qu'une illusion, un artifice de la lumière. Mais je me sentais mal à l'aise et je ne me détendis complètement qu'en rejoignant la route qui quittait la ville, entre les haies saupoudrées de neige fraîche scintillante et les champs qui semblaient vastes et nus, comme ceux d'un paysage hollandais, où rien ne bougera ni ne changera plus jamais.

Quelqu'un était venu pendant mon absence. Une série d'empreintes fraîches menaient du chemin jusqu'à l'entrée du garage. En descendant de voiture pour ouvrir, je remarquai une petite flaque d'un liquide verdâtre visqueux près de la porte, comme si quelqu'un avait tenté de verser de l'huile ou quelque autre substance dans la serrure. Je secouai la porte. Elle était bien fermée, et intacte. Je scrutai le chemin… c'était peine perdue, bien sûr : mon visiteur s'en était allé depuis longtemps. Je n'avais croisé personne en route, mais l'individu en question pouvait très bien avoir pris à travers bois ou par les champs. À l'évidence, Jimmy avait découvert où j'habitais ; il devait avoir deviné que Lillian était encore là, peut-être l'avait-il même vue par une fenêtre. Comment savoir depuis combien de temps il nous épiait, en fomentant on ne savait quel projet de vengeance ? Quand allait-il agir ? Je ne pouvais pas compter éternellement sur sa lâcheté, et il me vint à l'esprit que peut-être il avait enrôlé quelqu'un d'autre, un de ses amis du pub, pour se faire aider. Cela aurait expliqué mon impression d'être épié dans le cimetière. S'il y avait vraiment eu quelqu'un là-bas, ce ne pouvait pas être le même que celui qui avait essayé de forcer la serrure du garage, à moins qu'il ait une voiture ou quelque autre moyen de transport. J'étais sûr et certain que Jimmy n'avait pas de voiture, ce qui impliquait logiquement qu'il ait un complice. J'en conclus que je devais aller le trouver au plus vite. Il fallait que cela cesse. Voilà que pour la première fois, j'avais quelque chose à perdre, et j'étais bien décidé à le défendre, à tout prix.

Je fis encore plusieurs fois le trajet jusqu'à Weston avant de le trouver. Je crus un temps qu'il était vraiment parti, que je m'étais imaginé tout ce scénario ou que j'avais mal interprété des signes qui, somme toute, étaient plus que douteux. Je décidai que si je ne le retrouvais pas, j'abandonnerais mes recherches au bout d'une semaine, après quoi je verrais bien ce qui se passerait. Même si j'avais vu juste, il se pouvait qu'il n'ait eu l'intention que de faire sentir sa présence au moyen de ces petits tours dérisoires et puérils. Mais je n'étais pas disposé à tolérer cela plus longtemps. Je n'étais pas disposé à prendre quelque risque que ce soit.

En fait, je le trouvai le quatrième jour, en retournant à ma voiture. La nuit tombait et le cimetière était désert. Dès que je l'aperçus, je décidai que l'unique solution consistait à agir sur-le-champ et de façon radicale. Les gens comme Jimmy sont imprévisibles : un petit peu trop d'alcool, une dispute avec un de ses acolytes, et il pouvait décider de pousser les choses plus avant. Je n'allais pas laisser un vagabond compromettre mes projets.

Il était assis à sa place habituelle, sur le banc au fond du cimetière, près du portillon. Il portait des vêtements qui semblaient neufs : une chemise blanche propre et un jean, une veste en nylon, une paire de chaussures en cuir marron. Il paraissait lavé et rasé de frais, et avait les cheveux plaqués sur les côtés, avec une raie au milieu bien marquée. Cela lui donnait l'air d'un collégien. Il me vit arriver mais ne chercha pas à s'enfuir. Il y avait une bouteille de cidre à côté de lui sur le banc et un sac en plastique à ses pieds qui semblait contenir une autre bouteille. Il avait l'air ivre. Peut-être son assurance lui venait-elle de là. Il me regarda avec un calme feint, en s'efforçant de ne pas avoir l'air effrayé. Apparemment, il était seul.

Tu es encore là.

On est en pays libre, répliqua-t-il d'un ton mordant.

Je croyais que tu étais parti ailleurs.

J'attends quelqu'un.

Qui ça ?

Une connaissance. (Il s'efforçait de rester laconique).

Ton complice ?

Il releva la tête, surpris, puis détourna les yeux. Il n'eut pas l'air d'avoir compris ce que je sous-entendais, mais son attitude me mit en alerte. Passé les premières secondes, il sembla résigné plutôt que plein d'assurance, comme s'il avait décidé de tirer les choses au clair quoi qu'il advienne. Son ton n'avait rien d'ouvertement menaçant, mais la lueur au fond de son regard était caractéristique. C'était le regard d'un homme qui goûtait le vrai pouvoir, peut-être pour la première de sa vie... non pas le pouvoir de brutaliser une fille désorientée, ou un de ses compagnons à demi abrutis, mais celui que procure le fait de savoir, de voir clair dans le jeu d'un autre homme et de le considérer comme inférieur. Il avait chassé le moindre doute de son esprit : il était certain d'avoir entrevu mon âme dans toute sa hideur et faisait de son mieux pour contenir le plaisir que lui procurait le fait de me savoir aussi mauvais que lui-même. Il voulait faire durer. Il aurait fait n'importe quoi pour conserver cette bribe de pouvoir : il n'avait aucun moyen de savoir que ce qu'il avait deviné à mon sujet était faux. Pour ma part, j'étais curieux de savoir ce qu'il pensait que j'avais fait de Lillian. J'étais déjà sûr qu'il savait qu'elle était avec moi.

Qu'est-ce qui te dit que ton ami va vraiment venir ? repris-je.

Elle viendra, répondit-il doucement. Elle vient toujours.

Je hochai la tête. C'était de Lillian, et non d'un complice, qu'il parlait, et je pense qu'il croyait vraiment qu'elle allait revenir auprès de lui.

Ça fait longtemps que tu attends ?

Un peu. Pas tant que ça.

Apparemment, elle n'a pas l'air d'arriver. Peut-être qu'elle t'a quitté ?

Je crois pas.

Je souris.

Moi je le sais.

Il me regarda d'un air méprisant. J'en fus étonné : le mépris semblait sincère.

Elle reviendra, lança-t-il.

Cela me toucha. Je voyais bien à quel point tout cela comptait pour lui, à quel point il avait besoin d'elle. Besoin du pouvoir qu'il avait sur elle, le pouvoir que lui procurait le fait de savoir qu'il y avait quelqu'un au monde qu'il pouvait dominer. Cela comblait un vide dans la trame même de son être. Il s'y était à ce point habitué que cela faisait partie de lui, c'était le nerf de son identité.

Pas cette fois, repris-je doucement.

Alors, c'est qu'il lui est arrivé quelque chose. (Il releva la tête et me regarda d'un air accusateur.) Je vais vous dénoncer à la police.

Je ris.

Pourquoi la police t'écouterait-elle ?

Il secoua la tête. L'espace d'un instant, je crus qu'il allait se mettre à pleurer.

Peut-être qu'elle est avec vous pour le moment, reprit-il enfin, mais elle va pas tarder à revenir. Tout ce qu'elle veut, c'est votre fric.

Je lui laissai voir à quel point il me faisait peine. Il n'est aucun triomphe qui vaille celui de la pitié. Le courage qu'il affichait jusqu'alors venait de s'effriter sous mes yeux et il en avait conscience. Une bouffée de colère impuissante le saisit et il se leva.

Vous la connaissez pas, lança-t-il. (D'un geste, il désigna les massifs, près du portillon.) Moi, je la prenais là-dedans. On se la partageait avec mes amis. Vous comprenez ? On se planquait là-dedans et on la baisait jusqu'à ce qu'elle en puisse plus.

Il m'envoya promener d'un geste, dans un soudain accès de provocation désespérée.

Je vous connais. Vous êtes tous les mêmes, dit-il. Je sais tout de vous. Allez pas vous figurer que je sais pas ce que vous mijotez. Je vais vous dénoncer à la police, vous entendez?

Il s'éloigna d'un pas mal assuré, oubliant sa bouteille, et se dirigea vers le portillon. Je lui emboîtai le pas. À ce moment-là encore, je crois que je voulais seulement mettre un terme à l'affaire qui m'avait amené, lui faire peur pour qu'il cesse de venir chez moi. Si j'avais pu prévoir ce qui allait se passer, je m'en serais sûrement tenu là. J'aurais envisagé les risques. J'aurais pesé le pour et le contre, et probablement décidé de m'abstenir. En vérité, je crois que ce fut Jimmy qui provoqua tout ce qui lui arriva. Il y avait quelque chose dans la façon dont il battit en retraite qui ne fit que me pousser à le suivre.

Au moment où je le rattrapai, il était debout en haut des marches, derrière l'église. Je tendis le bras pour essayer de l'arrêter, mais je dus trébucher et le pousser, si bien qu'il tomba à la renverse, vacillant avec de grands moulinets de bras avant de s'écraser lourdement à terre, complètement pris au dépourvu. Il avait une expression... une sorte de tristesse, comme s'il était déçu, comme s'il existait entre nous un accord tacite que je venais d'enfreindre volontairement. Ce fut peut-être cette expression qui me décida, ou peut-être simplement une certaine logique qui me poussa à lui décocher un coup de pied quand il essaya de se relever, puis à le frapper à nouveau, d'abord au visage et à la tête puis, à plusieurs reprises, dans le dos et dans le ventre. Je n'ai pas souvenir du nombre de coups que je lui assenai, tout ce que je me rappelle c'est l'exaltation qui m'envahit tout entier tandis que mes coups portaient, que mes pieds trouvaient les pommettes, les côtes, les replis sensibles de l'aine. On aurait dit que quelque chose se déployait le long de ma colonne vertébrale, une vague de puissance, qui se détendait tel un ressort dans mon corps. Il roula sur lui-même pour se dégager; il chercha même à se défendre, au début, mais au bout d'un moment, je pus calculer mes coups en toute liberté, viser la mâchoire et les dents, trouver l'arête du nez, faire éclater les lèvres et les chairs tendres autour des yeux, marteler le dos jusqu'à sentir quelque chose se déplacer et céder. Il cessa de remuer… ou plutôt, il ne remua plus que quand je le frappais, tressautant sous les coups comme un ballot de chiffons. La vitesse à laquelle toute force le déserta m'étonna. Mon ardeur avait alors un peu décru, mais je continuai… calme à présent, méthodique à un point que je n'aurais jamais cru possible. On aurait dit que c'était une chose que j'avais toujours souhaité faire, que jusqu'alors je n'avais jamais perçu la réalité de la chair et des os. Je me les imaginais nets et structurés, comme les corps des illustrations de Vésale, mais ce n'était pas du tout le cas. À ce moment-là, sous une volée de coups de pied bien assenés, quelque chose craqua ou vola en éclats et le corps qui gisait à mes pieds prit un nouvel aspect, plus anarchique, moins divinement ordonné. J'avais alors atteint un calme froid et clinique : c'était captivant de voir le corps de cet homme se transformer en viande. Ses yeux et sa bouche n'étaient plus qu'une bouillie méconnaissable ; une des oreilles, bizarrement, semblait à demi sectionnée, et la tête pendait de côté, comme celle d'une poupée cassée. Et en même temps, il avait l'air totalement détendu.

J'étais fatigué. Maintenant que le flot d'adrénaline était dissipé, je me sentais me vider de toute énergie. Je cessai de frapper. Je savais que Jimmy était encore vivant : je l'entendais respirer, émettre un gargouillement pâteux, comme s'il avait la bouche et la gorge pleines de sang. Je regardai alentour. Il n'y avait personne en vue mais j'eus l'impression d'être épié, tout à coup. Il faisait presque noir, à présent. Le lampadaire s'était allumé, dans la ruelle, diffusant une lumière orange pâle dans laquelle le sang paraissait noir et étale autour de l'homme à terre. Je m'inspectai du regard. Mes vêtements étaient éclaboussés de sang, mais dans cet éclairage ç'aurait pu être de l'huile ou de la boue. Personne, en me voyant, n'aurait pu deviner ce qui s'était passé. Une deuxième vague d'énergie m'envahit : une chaleur lente, et non une violente bouffée comme précédemment, qui monta telle une vague, en un mouvement graduel qui m'emplit tout entier. Je ressentis un profond plaisir, mais qui n'était pas totalement mien, abstrait pour ainsi dire, comme émanant de tout ce qui m'entourait, des massifs, de la lumière, du ciel bleu sombre. Le monde était si écrasant, si mystérieux. Je me souvins d'un jeu auquel je jouais tout seul, enfant. Debout sous un lampadaire orange, comme ce soir-là, je regardais mes vêtements et je me demandais de quelle couleur ils étaient vraiment : étaient-ils gris et bleus, comme ils semblaient l'être à la lumière du jour, ou en réalité, du moins en cet instant précis, de cette autre couleur qui semblait la leur sous cet éclairage ? Le côté absurde de ce souvenir me frappa aussitôt et je faillis m'esclaffer tout haut.

Je regardai Jimmy. Il avait l'air petit et vide, il me fit peine à nouveau. Il n'avait jamais vraiment compris ce qu'il vivait. Il avait sans doute lui-même perçu que son besoin de Lillian était pitoyable, y avait reconnu l'attachement veule d'un homme aux abois pour ce qui vient à croiser son chemin. Il avait vécu toute sa vie sur des sables mouvants. Tous les propos qu'il avait pu tenir n'étaient que fanfaronnades.

Je me penchai sur le corps de Jimmy et scrutai son visage. Il était froid, à présent, et j'étais à peu près sûr qu'il mourrait si je le laissais là, avec ses vêtements légers. D'un autre côté, quelqu'un pouvait le trouver. La seule chose logique à faire, c'était de l'achever, il n'y avait pas d'autre choix. S'il était découvert et qu'il arrive à raconter ce qui s'était passé, il risquait de compromettre l'expérience. Je fouillai ma poche à la recherche d'une arme, mais je m'aperçus qu'elle était vide. Le cutter avait dû en tomber, pourtant j'étais sûr qu'il s'y trouvait quand j'étais sorti de la maison.

Je regardai alentour. Je ne savais pas vraiment ce que je cherchais, un bâton, un bout de corde, je n'avais pas les idées claires. Mes yeux s'arrêtèrent sur le sac en plastique, au pied du banc. Il était resté là, à l'endroit où Jimmy l'avait posé. Quand je regardai dedans, j'y trouvai ce que j'identifiai aussitôt comme la réponse à mon problème et j'en éprouvai une curieuse reconnaissance, comme si Jimmy m'avait sciemment fourni la solution. Le sac contenait une pleine bouteille de whisky de supermarché, au lieu du cidre que j'imaginais, un paquet de cigarettes et une boîte d'allumettes Swan. Tout ce qu'il me fallait était là. Je traînai Jimmy sous le couvert des massifs, vers le portillon, puis je lui arrosai le visage et la poitrine de whisky. Je vidai toute la bouteille, en veillant à ce qu'il en coule autant que possible sur son visage et sa chemise, puis je craquai une allumette et la jetai sur le corps. Le feu prit dans un souffle brusque, avec une flamme bleutée qui vira tout de suite au rouge. Jimmy remua, comme s'il voulait se relever, mais cela ne dura qu'un instant et il retomba, nimbé d'un linceul de feu.

Je reculai. J'étais surpris de la chaleur et de la facilité avec laquelle il s'était embrasé. La chemise, en sorte de synthétique, brûlait et ce fut la première odeur que je perçus. Puis, quelques instants plus tard, autre chose perça : un fumet écœurant de peau et de cheveux calcinés, qui n'avait rien à voir avec ce que j'aurais imaginé. Le visage cloquait et se ratatinait dans les flammes, les cheveux se consumaient et je compris, avant de l'abandonner là, qu'il était impossible qu'il puisse en réchapper.

C'était terminé. Ce fut un peu désagréable, sur la fin, pendant qu'il brûlait, mais je cessai vite d'y penser et m'éloignai aussi nonchalamment que possible. L'idée que quelque part quelqu'un m'épiait me traversa à nouveau, mais au lieu de m'inquiéter, je ne me sentis que plus détaché, comme si ce que je venais de faire était sanctionné par ce témoin invisible. Je me souvins d'une histoire que mère m'avait racontée, à propos d'une expédition dans l'Arctique : les hommes s'étaient imaginé que quelqu'un les accompagnait dans leur marche, mais chaque fois qu'ils se retournaient pour le regarder, l'autre disparaissait. Aux dires des explorateurs, ce phénomène ne les avait jamais mis mal à l'aise ; ils en tiraient même du réconfort dans les moments difficiles. C'était ainsi que je percevais mon complice caché, comme un compagnon furtif à la présence angoissante, mais en même temps, étrangement rassurante.

C'était cette heure magnifique de la nuit où dans l'air frais les étoiles commencent à s'allumer sous la voûte du ciel. Il y avait de la lumière dans les maisons de Cuthbert Street. Je me représentai les gens à l'intérieur, assis à table pour dîner dans leurs salles à manger chaleureuses, l'heure et la saison dispensant la quiétude. Je les imaginais derrière leurs rideaux, gauches les uns envers les autres, précautionneux avec les objets, conscients de leur propre fragilité précieuse. Je savais qu'ils étaient là, mais je me sentais seul au monde ; on aurait dit qu'ils existaient dans un monde parallèle, comme mon compagnon fantomatique. En cet instant précis, j'aurais pu être invisible, tandis que je passais les mains dans une haie trempée pour en ôter le sang et la boue, que je m'arrêtais à chaque lampadaire pour regarder le sang qui maculait mes vêtements et mes chaussures. J'étais sûr que cela pouvait passer sans peine pour de l'huile. Du reste, ça n'avait pas grande importance. Je savais que personne ne me verrait.

Au bout de la rue, non loin du parking, une grande maison se dressait à l'écart des autres, sur son propre parc. C'était une demeure de style néo-classique, peinte en rose et à demi masquée par une haie de cyprès. À l'intérieur, quelqu'un écoutait de la musique ; je reconnus l'œuvre et m'arrêtai pour écouter. C'était Elizabeth Schwarzkopf qui chantait. Une vague d'émotion m'envahit, un mélange de joie et de regret, un sens aigu de la beauté et de la fragilité éphémère du monde. Je compris que je versais dans le sentimentalisme, mais cela ne diminua en rien l'intensité poignante de l'instant. Je poussai la grille en fer forgé et m'avançai dans le jardin pour écouter. Le sol était pavé, comme une cour, mais devant la maison étaient disposés de grands pots contenant arbustes à feuilles persistantes, camélias et rhododendrons, lourds de bourgeons, gainés d'une pellicule de givre. Il y avait un bassin carré en pierre, à l'écart, entouré de dalles de couleurs. Dedans nageaient une trentaine et plus de carpes japonaises, bien trop nombreuses pour un bassin de cette taille, qui se pressaient en foule tels des fumeurs d'opium, rouge et or, formes joufflues en suspens sous l'eau, presque immobiles. Je m'attardai là, dans le jardin de ces inconnus, et contemplai les poissons. Je les trouvais totalement stupéfiants, présences miraculeuses, absurdes, flottant dans ces eaux noires. Je me demandai ce qu'il adviendrait d'eux quand il se mettrait à geler fort, au point que l'eau du bassin prendrait alors qu'ils restaient là, impuissants, dans leurs gangues de glace, ou relégués contre le fond durci, incapables de s'enfouir dans la vase.

Pendant le trajet du retour, il se mit à neiger, faiblement d'abord, puis à flocons denses, drus, qui recouvrirent le pare-brise au point que c'était à peine si je discernais la route. Le temps d'arriver à la sortie de la ville, une couche mince s'était déposée, commençait à blanchir les arbres et les champs nus de part et d'autre de la route, accroissant la distance entre un objet familier et le suivant, jusqu'à ce que le paysage semble encore plus vaste et nu qu'avant. J'étais fatigué, à présent; je distinguais difficilement la route et j'eus du mal à conduire une fois dépassés les derniers lampadaires publics de Weston. À un moment donné, je me garai sur un dégagement et restai immobile dans la voiture, le moteur allumé. Ma montre s'était arrêtée. Il s'était écoulé plus d'une heure depuis l'épisode du cimetière… peut-être deux… mais on aurait dit qu'il s'agissait de minutes. Je fus surpris de me sentir affecté à ce point. Un moment plus tôt, j'étais transporté de joie, plein d'énergie, convaincu que ce que j'avais fait était une nécessité dictée par la logique. À présent, j'étais épuisé et toute cette histoire me semblait arbitraire et absurde. Je descendis de voiture et fis quelques pas dans la neige épaisse: j'avais envie d'être à l'extérieur, de respirer l'air froid et de réfléchir. J'étais garé à l'endroit le plus élevé de la route, sur une crête dominant la vallée en partie boisée. Je distinguais les lumières d'une ferme au bas de la pente, et il me vint à l'esprit qu'il s'agissait d'une maison ayant appartenu autrefois à un ami de mes parents. J'y étais même allé, petit, un dimanche après-midi d'hiver. Un souvenir précis me revint tout à coup, je me revis dans l'entrée, en pantalon de flanelle et nœud papillon, en train d'attendre que quelqu'un vienne prendre ma veste. Ce devait être Noël: je sentais l'odeur des tartelettes aux fruits confits et les doigts me picotaient à cause du froid. Ce fut un souvenir bref et net: un long couloir menait à la cuisine, au fond de la maison, un grand tableau représentant un cheval était accroché au mur à droite de la porte, un escalier en bois se dressait dans l'obscurité. Je cherchais le nom de mon hôte, un homme du même âge que mon père, dont la femme était morte jeune… Thompson, Thomason… quand je revis une lumière s'allumer au-dessus de ma tête et une fille descendre lentement les marches. Helen Thompsett. Elle tenait quelque chose. Je ne voyais pas de quoi il s'agissait, mais je savais qu'elle avait quelque chose à la main. Je ne sais pas pourquoi, mais il me sembla que c'était une bougie.

Aujourd'hui, la maison appartenait à quelqu'un d'autre. J'ignorais complètement ce qu'était devenue Helen. C'était la première fois en vingt ans que je pensais à elle, mais je la revoyais nettement : elle avait les cheveux châtain foncé, noués en queue de cheval à l'aide d'un ruban bleu pâle ; elle devait avoir deux ou trois ans de plus que moi ; elle portait une tenue de fête, en satin bleu. Je revoyais ses yeux, du même bleu dense que sa robe. J'avais été amoureux d'elle quelque temps ; cela avait peut-être même commencé ce soir-là, bien que je la voie très rarement puisqu'elle fréquentait un pensionnat pour filles à l'autre bout du pays et ne rentrait chez elle que pendant les vacances. Je n'avais dû la rencontrer qu'en trois ou quatre occasions, une fois ce soir-là aux alentours de Noël et lors des rares visites qu'elle et son père firent chez nous, mais je la revoyais nettement : rayonnante, mystérieuse, incroyablement belle. L'espace d'un moment ridicule, une bouffée de regret m'envahit, une sensation véritablement physique, pareille à un brusque épanchement de sang ou un accès de vertige. J'eus désespérément envie de revenir à cet instant-là, de la revoir descendre ces marches, de maîtriser le temps. Un jour, enfant, j'avais lu une histoire dans laquelle un jeune garçon avait la faculté de se déplacer dans le temps grâce à un mot magique qu'il tenait d'un savant de la Perse antique. Pendant des mois, j'avais vraiment cru à l'existence de ce mot.

À la ferme, en contrebas, il y avait quelqu'un dans la cour qui se déplaçait avec une torche ou une lampe. La maison était éclairée aussi, c'étaient les seules lumières que je distinguais dans toute la vallée, alors que je savais qu'il y avait deux ou trois maisons un peu plus loin sur le chemin à une seule voie qui menait de la route principale à la ferme. Au-dessus de ces lumières, les bois se voilaient rapidement de neige. Je restai là un moment, à la regarder tomber, et j'essayai de m'imaginer que je replongeais dans le passé. J'imaginai qu'en retournant au carrefour en voiture, je retrouvais ce chemin étroit et qu'ainsi je pouvais arriver jusque dans la cour. Là, mère sortait de la maison en riant doucement, souhaitait bonne nuit aux gens qu'elle quittait pendant que je me retournais pour regarder Helen une dernière fois, trop timide pour parler ou même faire un signe.

Tout se délitait. Mon exultation m'avait complètement déserté et je commençais à prendre peur, à me demander si le corps avait été découvert, si j'avais laissé des indices. Peut-être le cutter était-il tombé de ma poche pendant l'échauffourée et traînait-il là-bas dans le noir, couvert de mes empreintes, à quelques mètres du corps. Pendant un instant, j'envisageai même la perspective grotesque de retourner voir si je l'avais laissé sur place, mais je parvins à m'en dissuader. Je remontai en voiture et repartis, scrutant la nuit au-dessus du volant pour distinguer mon chemin dans la neige. J'étais obligé de rouler lentement : la couche de neige sur la route était épaisse et fraîche, je l'entendais crisser sous les pneus. Je me répétais une liste de mots apprise par cœur des années auparavant, une liste de noms de lieux canadiens. Je m'étonnai de m'en remémorer un si grand nombre. J'aimais alors les noms indiens, parce qu'ils paraissaient anciens et patinés, comme des galets polis par le cours d'un ruisseau, mais certains noms récents étaient beaux, eux aussi, chargés d'une vie neuve, des promesses que les pionniers s'étaient faites à eux-mêmes alors qu'ils parcouraient le pays en petits groupes : Vermilion Bay, Fort Hope, Fort Resolution. J'étais fatigué, à présent, j'avais du mal à me concentrer. À un moment donné, un animal (chien ou renard) traversa le faisceau de mes phares. J'écrasai la pédale de frein, partis légèrement en dérapage, mais il n'y avait aucun risque que je percute la bête : je roulais tellement au ralenti et elle était apparue si loin qu'elle eut le temps de surgir et repartir avant que je puisse même distinguer de quoi il s'agissait.

Ce soir-là, je cachai dans l'appentis mes vêtement maculés de sang et pris un long bain sitôt rentré. Lillian dormait encore quand je me glissai à côté d'elle. Je me souviens m'être dit que c'était une chance qu'elle ait le sommeil aussi profond. Le lendemain, j'inspectai la voiture et lavai quelques traces de sang, puis je retournai à Weston. Je me garai au même endroit que d'habitude et pris lentement le chemin de la bibliothèque. En arrivant à l'entrée du cimetière, je trouvai l'accès barré. Quatre policiers se tenaient là, en uniforme, ainsi que plusieurs autres hommes en civil ; ils inspectaient les lieux, déambulaient en tous sens entre les pierres tombales dans le soleil du début d'après-midi. La neige avait fondu en grande partie, mais elle tenait encore par endroits, sous le couvert de la haie et autour de certains massifs, près des tombes. Une petite foule s'était amassée au portillon pour regarder, des passants allant faire leurs achats, des employés de bureau profitant de leur pause de midi qui espéraient entrevoir l'arme du crime. Une petite tente était dressée près des marches, pour dissimuler le corps, supposai-je. Cela m'étonna un peu, car il me semblait que Jimmy était tombé légèrement plus loin.

Je m'arrêtai et me joignis aux badauds. À ma surprise, personne ne chercha à nous disperser, comme cela se fait dans les films. Je m'attendais plus ou moins à voir un agent bourru mais débonnaire venir vers nous en agitant les bras et nous dire de circuler, qu'il n'y avait rien à voir, que tout était terminé. Mais les hommes du cimetière ne nous prêtèrent aucune attention : ils vaquaient à leur tâche, un peu blasés peut-être, mais avec la méticulosité requise, méthodiques dans leurs façons de faire, comme peut l'être tout professionnel qui se sait observé dans son travail et qui fait nettement la différence entre zèle et intérêt tout en conservant la gravité qui sied à sa fonction. L'un des hommes, apparemment chargé de repérer tout individu d'allure suspecte au sein de la foule, était planté devant le mince ruban de plastique tendu en travers de l'entrée du cimetière. De temps à autre, il jetait un bref regard à une jeune femme debout au portillon et lui adressait de petits sourires timides, qu'elle lui rendait d'un air radieux. Il était plus jeune que les autres et s'était fait pousser la moustache pour se vieillir, mais cela ne faisait qu'accentuer son extrême jeunesse. Cela m'amusa, je l'avoue, malgré mon inquiétude à propos du cutter, d'imaginer ces deux personnes en train de flirter sur le théâtre de mon crime. Je m'attardai quelques minutes, en espérant vaguement que le jeune policier dise quelque chose ; peut-être prenait-il sa faction trop à cœur ou était-il tout simplement timide, toujours est-il qu'il se contenta de sourire encore quelques instants, puis au bout d'un moment, la fille s'éloigna avec ses amis, sans doute pour retourner au travail. Je consultai ma montre. Il était une heure et demie. Je me demandai s'il était acceptable de questionner le jeune policier sur ce qui s'était passé, ou si ce serait faire preuve d'une curiosité exagérée. Je ne tenais pas à attirer inutilement l'attention sur moi, mais la question me semblait inoffensive. Tout à coup, j'entendis une voix près de mon épaule. Je tournai la tête et reconnus la bibliothécaire, Miss Patterson, à côté de moi.

Bonjour, lança-t-elle avec un grand sourire. Ça fait longtemps qu'on ne vous a pas vu.

À son ton légèrement acide, il me sembla comprendre qu'elle ne m'avait pas encore pardonné ma désertion.

Bonjour, répondis-je innocemment. Quel plaisir de vous revoir. La bibliothèque est fermée?

Pas du tout! s'exclama-t-elle avec un rire un peu forcé. Je n'y habite pas, vous savez, bien que j'en aie l'impression, par moments.

Je souris pour signifier que j'appréciais son dévouement, ainsi que son sens de l'autodérision.

Qu'est-ce qui se passe? demandai-je avec une curiosité manifeste et légèrement impolie.

Ah! voilà. (Miss Patterson se rabattit à contrecœur sur le sujet d'actualité.) Il semblerait qu'ils aient découvert un cadavre.

Elle prononça le mot avec une sorte de délectation, comme quelqu'un qui, après toute une vie d'abstinence, se voit accorder quelque plaisir trouble.

Je manifestai la réaction qui s'imposait.

Un cadavre? Ici? Oh pardon, je...

Un corps, coupa-t-elle. Tout le monde a l'air de penser qu'il s'agit d'un meurtre.

Je vois. (Je me tus un instant, le temps de la réflexion.) Et vous savez de qui il s'agit?

Vous parlez de l'assassin?

Du corps.

Ah! (Elle sourit avec une satisfaction lugubre.) Ils pensent que c'était un des vagabonds. Ces vagabonds, vous savez. Ceux qui étaient venus à la bibliothèque, une fois, un jour où vous y étiez.

Ah! oui. (Je hochai la tête. Je ne jugeai pas approprié de manifester intérêt ou compassion à l'égard de la victime. Miss Patterson n'en éprouvait visiblement aucune.)

Et là, que font-ils? demandai-je.

Ils inspectent le cimetière, répondit-elle.

Que cherchent-ils?

L'arme, je suppose.

Ils ont trouvé quelque chose?

Elle fit non de la tête.

Pas depuis que je suis ici. Ça ne présente pas grand intérêt, en fait. Un clochard, voilà tout. Il n'a peut-être pas été assassiné du tout. Vous savez comment sont les gens.

Elle me coula un regard entendu.

De toute façon, je ne pense pas que vous vous intéressiez beaucoup aux affaires d'un clochard mort, ajouta-t-elle.

Je confirmai d'un hochement de tête.

Pas tellement. Mais c'est quand même assez choquant.

Eh bien! moi, voilà comment je vois les choses, reprit-elle. Pour ma part, je trouve qu'en général, ces gens ne causent que des ennuis. Ils viennent à la bibliothèque pour se mettre au chaud et ils font fuir les gens. Ils passent leur temps à demander l'aumône. Ça fera un enquiquinement de moins, voilà tout.

Évidemment, coupai-je d'un ton sec.

Je remarquai que le jeune policier avait saisi au vol la dernière remarque de Miss Patterson qu'il regardait du coin de l'œil. Je pense qu'il avait envie de dire quelque chose, mais cette fois encore, il ne démordit pas de sa réserve professionnelle.

Je m'attardai encore un instant puis je pris congé. Miss Patterson proposa de m'accompagner à la bibliothèque, mais je répondis que je devais retourner chercher quelque chose. Sitôt arrivé au parking, je montai en voiture et partis. Je regrettais déjà ma faiblesse. Même si les policiers trouvaient le cutter, ils n'avaient aucun moyen de remonter jusqu'à moi. Le seul risque évident, c'était que je perde mon sang-froid et que j'attire l'attention sur moi. Dans toutes les enquêtes, le véritable détective n'est autre que le suspect. C'est lui qui fournit les indices, lui qui se trahit. Tant que je garderais mon calme et que je traiterais le problème comme une question de logique, je serais parfaitement en sécurité.

Je gardai l'œil sur les journaux pendant quelque temps, mais les informations étaient rares. La police avait découvert le corps d'un sans-abri dans le cimetière de l'église et soupçonnait un acte malveillant sans pour autant disposer du moindre indice quant à l'identité ou le mobile de l'assassin. Ils interrogèrent les anciens comparses du mort ; pendant un moment, ils semblèrent sur le point d'inculper un des hommes que j'avais vus avec Jimmy, le jour du pub, mais cela ne donna rien et finalement, les comptes rendus se tarirent. J'évitais de laisser les journaux à la portée de Lillian, bien que je sache qu'elle ne pouvait pas les lire et qu'il n'y avait aucune photo de la victime du meurtre. Je tenais à lui épargner tout risque d'émotion forte pour le moment.

À mesure que les semaines et les mois passaient, elle devint bizarre et difficile, comme je ne sais quelle créature que j'aurais pêchée en mer. Son ventre renflé avait l'air incongru et gênant sur un corps aussi mince que le sien, c'était trop localisé, on n'aurait pas dit que cela faisait partie d'elle. Sa peau changea brusquement de couleur et de son habituel blanc rosé vira à une teinte parcheminée. Elle était constamment fatiguée. Je me suis toujours méfié de l'expression *grossesse rayonnante*, et l'apparence de Lillian ne fit que confirmer le bien-fondé de mes doutes. Au lieu de rayonner, son corps entier sembla devenir de plus en plus terne, cireux, d'une suavité écœurante et vague, telle une bougie en train de fondre ou une ligne d'écriture brouillée de taches. Elle n'en demeurait pas moins enjouée. Elle s'efforçait de continuer à s'occuper de la maison, bien que je lui assure que je pouvais m'en charger. Il lui arrivait de passer la journée au lit, à regarder la télévision. Apparemment, son bonheur était trop grand, trop fort, pour qu'un désagrément physique passager parvienne à l'entamer. Je crois que j'étais plus affecté qu'elle de sa métamorphose. Je trouvai dans la bibliothèque de mère un ouvrage décrivant ce qui se passait pendant la grossesse, et un autre montrant comment l'enfant venait au monde, par les méthodes conventionnelles et par césarienne. C'était une découverte inestimable. Le moment venu, j'allais être obligé d'accoucher Lillian moi-même.

Je fis tout ce que je pouvais pour alléger le plus possible l'inconfort des derniers mois. J'ignorais complètement, bien sûr, que j'allais perdre Lillian, mais je suis heureux d'avoir été aux petits soins pour elle, d'être resté à son chevet quand elle était prise de vomissements, d'avoir trouvé des aliments qu'elle parvienne à avaler, de m'être occupé d'elle quand elle était trop fatiguée pour se lever. Cela me réconforte, aujourd'hui, de penser au bonheur qu'elle connut pendant cette courte période. Il y eut des moments, même à la fin de sa grossesse, où je la trouvai belle, malgré tout, des moments où elle paraissait parfaitement en équilibre, baignée d'une fraîche lumière blanche, presque incandescente. Chaque fois que je l'évoque à mon souvenir, je la revois ainsi, telle qu'elle était avant la naissance des jumeaux.

Le jour vint. J'avais attendu ce moment-là avec un mélange de frayeur et d'impatience. D'un côté, j'éprouvais de la crainte pour Lillian et pour l'enfant, de l'autre j'avais envie d'assister à cet étrange processus. J'avais envie de voir comment se comportait un corps qui enfante. Pour être honnête, ce que j'en avais lu me laissait perplexe. Il arrivait que la tête soit trop grosse pour le conduit vaginal; il était parfois nécessaire d'inciser entre anus et vulve pour permettre le passage; ou l'enfant se tournait et se présentait par les pieds; l'accouchement pouvait se révéler tellement difficile qu'une partie de l'abdomen de la femme devait être sectionnée pour libérer l'enfant. Même les naissances sans problèmes pouvaient exiger l'usage des forceps pour extraire l'enfant, au risque de lui endommager le crâne, ou même le cerveau, si le maniement était trop violent. J'avais l'impression que le processus tout entier était trop compliqué, trop incommode pour que les êtres humains aient jamais été censés donner naissance.

J'appréhendais, naturellement, de devoir opérer Lillian le cas échéant ; de toute évidence, une césarienne ou toute autre intervention chirurgicale complexe était hors de question. Cela dit, en fin de compte, la naissance se passa sans grande difficulté. Lillian eut l'air de souffrir, mais elle se montra patiente, stoïque, courageuse même… d'autant que sitôt le premier enfant sorti, je sentis qu'il y avait autre chose, en elle, et je compris que cet enfant que je venais de délivrer avait un jumeau.

En dépit du courage dont elle fit preuve, le fait de donner naissance à des jumeaux endommagea beaucoup l'état de santé de Lillian. Elle n'arrêtait pas de perdre du sang, un sang épais et noir. Je craignais qu'à force elle ne tombe malade ou meure. Au bout de quelques heures, cependant, l'hémorragie cessa, et bien que Lillian soit trop faible et fatiguée pour allaiter les jumeaux, je me débrouillai pour les tirer, elle et eux, de ce mauvais pas. Du moins le croyais-je. Je n'ai aucune idée, aujourd'hui, de ce qui se serait passé si Lillian avait survécu. L'expérience aurait pris une tout autre tournure, bien sûr ; peut-être l'issue n'aurait-elle pas été la même dans d'autres circonstances. Mais on ne gagne rien, jamais, à émettre des suppositions. Il n'y a qu'une voie possible dans la vie, celle qu'on adopte. Aucune autre décision ne pouvait être prise, aucune autre situation ne pouvait se présenter.

Le lendemain matin, Lillian commença à avoir de la fièvre. Les enfants n'étaient pas atteints, mais elle n'était toujours pas en état de les allaiter. Je dus donc continuer à les nourrir de lait maternisé. Par chance, j'avais stocké tout le nécessaire, en prévision d'éventuelles difficultés. J'avais également installé un berceau provisoire dans la chambre d'amis, assez grand heureusement pour accueillir les deux enfants, de sorte qu'ils ne se retrouvaient jamais seuls pendant que je m'occupais de Lillian. Ils se tenaient mutuellement compagnie. C'est peut-être là que débuta leur attachement extrême. Ce n'est peut-être pas la nature, après tout, qui les fit tels qu'ils étaient. Il se peut que ç'ait été les circonstances de ces premiers jours, où ils restèrent aussi proches dans le monde qu'ils l'avaient été dans le sein maternel. Chose étonnante, je n'ai pas souvenir qu'ils aient beaucoup crié, pour des nouveau-nés. Ils semblaient se taire, impressionnés, comme s'ils se rendaient compte, grâce à quelque résidu de perception intra-utérine, de l'état dans lequel était leur mère. J'étais convaincu que Lillian avait contracté une grave infection et j'envisageais de la conduire à l'hôpital. Son état semblait empirer d'heure en heure, et les saignements reprirent. Inutile de dire que ce furent des moments difficiles. Pour la première fois, j'envisageai que Lillian puisse mourir, or c'était une entreprise délicate que de subvenir aux besoins des jumeaux avec du lait maternisé. Je m'étonne aujourd'hui qu'ils aient survécu à cette période.

Je surveillais Lillian de près. Elle présentait des symptômes spectaculaires : douleurs violentes, fièvre, sensibilité de tout l'abdomen. Je ne tardai pas à comprendre que ma première supposition s'avérait : elle souffrait d'une infection, aggravée sans aucun doute par l'hémorragie importante qu'elle avait subie au cours des premières heures. À nouveau, j'envisageai de faire venir un médecin, mais je me persuadai que c'était trop risqué. Cela ne ferait que compromettre le devenir de notre expérience et établirait en outre, via Lillian, un lien entre Jimmy et moi. Cela ne mettait pas seulement une vie en danger, mais tout le reste aussi : mon existence, le bonheur tout neuf de Lillian, notre entreprise au grand complet. En faisant venir du renfort médical, j'aurais peut-être sauvé la vie de Lillian, mais rien de plus. On me l'aurait retirée, placée dans une institution où elle aurait très certainement été malheureuse, peut-être même soumise au genre d'abus qu'elle endurait avant de me rencontrer. Cette fille avait sans doute connu cela toute sa vie. Sans moi, elle serait vulnérable. Où qu'elle aille, Jimmy surgirait et la reprendrait. Des Jimmy, il y en avait des milliers.

Par acquit de conscience, toutefois, je lui demandai ce qu'elle voulait que je fasse. Je lui dis de hocher affirmativement la tête si elle voulait que je l'emmène à l'hôpital, et négativement si elle voulait rester avec moi. Je lui expliquai que si elle allait à l'hôpital, je ne pourrais plus rester avec elle, que quelqu'un d'autre s'occuperait d'elle et des jumeaux. Elle fit non de la tête.

Pendant les deux jours qui suivirent, je me persuadai qu'elle allait s'en sortir. Elle souffrait énormément (c'était flagrant) mais elle semblait avoir la volonté de lutter. J'avais trouvé des antibiotiques dans la pharmacie de mère, que je lui administrai jusqu'à ce qu'il n'y en ait plus. J'ignore dans quelle mesure ils lui firent du bien. Au bout d'un moment, elle commença à décliner et je compris qu'elle n'allait pas s'en sortir. Il ne me restait plus qu'à la soulager le plus possible, et la préparer en vue de ce qui allait arriver.

J'ai toujours admiré la littérature des bouddhistes tibétains. Eux seuls ont compris le pouvoir que prennent les mots dans la manipulation non seulement de ce monde-ci, mais de l'au-delà, et du monde entre les deux, le *Bardo*, les étendues par ailleurs silencieuses des limbes. Quoi de plus approprié, me disais-je, que de recourir au *Livre des Morts tibétain* pour faciliter le passage de Lillian d'une vie à l'autre. C'était, dans un sens, le pouvoir ultime du mot : l'histoire était là pour guider l'âme jusqu'au trépas, pour nourrir sa conscience d'elle-même, tandis qu'elle était arrachée à un état et propulsée vers un autre. C'est ainsi que, le dernier soir de la vie de Lillian, je m'installai à son chevet et commençai à lire. Je lui avais déjà lu des histoires auparavant ; je ne lui avais lu des poèmes et des contes de fées que tout récemment, pendant sa maladie, mais là, ce n'était pas la même chose. Je commençai au commencement et poursuivis tard dans la nuit. Quand elle souffrait trop, je lui tamponnais le visage avec une compresse humide et l'aidais à boire un peu d'eau, mais je ne tolérai pas que la lecture soit interrompue. Je suis convaincu que cela lui fit du bien. Je ne sais pas ce qu'elle comprit, mais il y a plusieurs niveaux, plusieurs façons de comprendre. Elle souffrait énormément, bien sûr, c'était inévitable. Avant de mourir, alors que l'aube allait poindre, elle sombra dans une demi-inconscience ; à partir de ce moment-là, je crois qu'elle ne se rendait plus vraiment compte de ce qui se passait.

Pleurer les morts est une erreur. Je le sais, à présent. Cela n'a aucun sens. Nous nous affairons, oubliant notre propre mortalité, comme si nous possédions une forme unique de présence, une réalité unique, mais ce que nous oublions aussi, c'est la réalité des morts. Comme si les vivants étaient plus réels du fait de leur présence... Cette opinion est pourtant dénuée de toute logique, elle fait la part trop belle à l'éphémère. Quand mère mourut, cela ne la rendit absolument pas moins réelle. Au contraire, cela la fixa à tout jamais dans un instant unique, une attitude parfaite. Quand Lillian mourut, elle me parut aussi réelle qu'elle l'avait été de son vivant. Les mots que je prononçais dissipèrent le flou pour elle au cours de ces dernières heures ; je crois qu'elle comprit ce que je faisais, même si elle ne le saisit pas intellectuellement, et je pense qu'elle en fut heureuse. Je sais qu'elle sourit quand j'en arrivai à ce passage où le corps des disparus devient un arc-en-ciel, puis se retrouve au paradis, parmi les anges. Je crois qu'alors, elle fut prête à mourir. Quelque chose en elle comprenait ce qui se passait et acceptait son sort. Pour ma part, je pus la laisser partir facilement, sans regrets.

Qu'est-ce qu'un scientifique ? Voilà la question la plus importante qui soit. Je ne parle pas des gens qui bricolent à la lisière de la science, qui servent d'autres puissances, le foyer et la famille, l'individu, la carrière professionnelle. Ceux-là parlent d'éthique, mais ils ne possèdent pas la véritable éthique scientifique, qui n'est que dévouement. Le scientifique est celui pour qui toute chose est une hypothèse, celui qui se dévoue totalement à l'expérience. Il ne peut y avoir de réserve. Bien que je puisse affirmer en toute sincérité que je m'étais attaché à Lillian, qu'elle me manqua pendant les semaines qui suivirent sa mort, jamais je ne me laissai aller à compromettre l'expérience en son nom. J'aurais aisément pu l'amener à l'hôpital et confier la responsabilité de sa vie à quelqu'un d'autre. Au lieu de quoi je fis tout mon possible pour la sauver, et quand j'eus échoué, je la laissai partir. Toute autre réaction aurait sous-entendu une trahison de l'expérience et, certainement, de Lillian elle-même. Je ne crois pas, aujourd'hui encore, qu'elle aurait souhaité que j'en arrive là. La nuit qui suivit sa mort, je la revêtis d'une des robes que je lui avais achetées le jour de notre première excursion en ville. Elle avait l'air totalement en paix. Puis je la transportai jusqu'à la tombe que je lui avais creusée, dans la nouvelle plate-bande d'iris, et je déposai son corps menu dans la terre froide. Avant de l'ensevelir, je l'embrassai, une seule fois, sur les lèvres. Elle faisait désormais partie de plus vaste qu'elle-même, plus vaste que nous deux, et je m'attristai un instant de ne jamais avoir pu le lui dire. Je trouvais dommage que jamais elle ne sache quel rôle les jumeaux allaient peut-être jouer dans l'évolution de la pensée. Quel dommage qu'elle n'ait pu entrevoir l'avenir et se rendre compte des possibilités qu'il offrait.

III

LES JUMEAUX

Je compris d'emblée que c'était une erreur de considérer les jumeaux comme *mes* enfants, quelle que soit la réalité biologique. Seule une imperfection du langage assimile parenté et possession, or, en l'occurrence, la parenté était fortuite. Je n'avais pas de lien réel avec les êtres qui occupaient la pièce du sous-sol où ils pleuraient et se souillaient, s'agrippaient à une vie à laquelle j'aurais aisément pu mettre un terme à l'aide d'une bassine d'eau ou d'une longueur de ficelle. Pendant quelques jours après sa mort, Lillian resta une absence palpable dans la maison, une tache qui subsista au-dessus du berceau de fortune avant de s'estomper, presque imperceptiblement. Après quoi elle disparut. Ce fut simple, sans détours. Néanmoins, j'avais conscience que les jumeaux étaient responsables non seulement de sa mort, mais aussi des souffrances qu'elle avait endurées, et cette seule raison suffit à m'affranchir du moindre sentiment instinctif de parenté, du moindre désir de les protéger ou de les élever que j'aurais pu ressentir dans le cas contraire. J'avais lu des choses à ce propos : sur la façon dont, même dans les circonstances les plus inattendues, une sorte d'instinct paternel pouvait s'éveiller à la vue de sa progéniture mais, dès le départ, les jumeaux ne furent à mes yeux, à juste titre, que des animaux de laboratoire. Je m'étais attaché à Lillian, à ma manière. J'avais apprécié sa présence dans la maison, apprécié de m'éveiller dans le noir et de trouver son corps menu à côté de moi, chaud et souple, comme un animal, or, à proprement parler, ils étaient ses enfants à elle. Je n'éprouvai cependant aucune difficulté à poursuivre l'expérience. Le seul problème consistait à les maintenir en vie et en bonne santé pendant les premières semaines, pour qu'ils puissent servir plus tard. Je dus investir beaucoup de temps et d'argent pour aménager la pièce du sous-sol et en faire à la fois leur lieu de vie et un laboratoire adapté à mes observations.

Pour couper court au moindre risque, je dus tout faire moi-même. Je leur fabriquai un parc au sous-sol, pour les y mettre plus tard. Je ménageai une ouverture grillagée dans la porte, installai des magnétophones à cassettes et des caméras vidéo dans la pièce elle-même, de manière à pouvoir les observer en permanence. Je savais que je devais veiller à ce qu'ils soient nourris et propres, en dehors de quoi je tenais à passer aussi peu de temps que possible au sous-sol. Il était essentiel dans l'intérêt de l'expérience qu'ils restent seuls. Grâce au matériel d'enregistrement, je pouvais les observer sans qu'ils perçoivent ma présence, exactement comme les reporters animaliers observent les jeunes chimpanzés en train de jouer. L'essentiel était de créer un environnement adapté, de façon à ce qu'il ne manque rien d'indispensable à leur développement. Je voulais qu'ils soient en bonne santé, pour être sûr qu'aucun facteur externe n'entache mes conclusions. Le fait, par exemple, que Génie n'ait pas réussi à se développer sur le plan intellectuel n'était guère étonnant compte tenu de la crasse et de la misère dans laquelle elle vécut. Les jumeaux, au contraire, auraient tout ce qu'il leur fallait. Tout sauf le langage. Pour éviter tout risque encore possible d'attachement, ou de recourir au langage par mégarde en leur présence, je décidai de leur attribuer une étiquette plutôt qu'un nom : A pour le garçon, B pour la fille. Ainsi, je garderais toujours à l'esprit qu'ils n'étaient, par essence, que des animaux de laboratoire, pas des êtres humains, et certes pas mes enfants.

Les mois suivants s'écoulèrent lentement. Je consignai toutes mes observations, tous les indices de développement, tous les gestes, tous les cris, dans mon livre de bord. Les jumeaux traversèrent vite tous les différents stades du premier âge avec lesquels je m'étais familiarisé dans les livres. Pour formuler les choses comme dans les manuels, ils se développaient normalement : vision, dents, et pour autant que je puisse en juger, ouïe. Bientôt, ils surent marcher à quatre pattes, s'amuser avec leurs jouets, exprimer surprise et émerveillement, peur et plaisir, le besoin de contact. De toute évidence, ils se perçurent l'un l'autre de très bonne heure. Ils vocalisaient librement, comme le font les bébés. Tous les jours, à heures fixes, je leur diffusais de la musique (Mozart et Bach, mais aucun passage vocal ou choral) afin de stimuler le développement de leur intelligence. Pour des raisons strictement scientifiques, les notes que je consignai à ce moment-là sont très détaillées, mais je ne m'intéressais pas particulièrement aux premiers stades : je nourrissais les jumeaux, les changeais, les lavais dans l'attente du moment critique où, s'ils devaient le faire, ils commenceraient à parler. Quand je devais les toucher, je portais un masque chirurgical : d'une part pour éviter toute transmission bactérienne susceptible de les rendre malades, risque encore plus grand du fait de leur situation atypique ; d'autre part pour éviter qu'ils ne voient en moi plus qu'un gardien. Je ne voulais pas qu'ils me perçoivent comme un parent, ou même comme quelqu'un de leur espèce. J'avais lu des choses sur la façon dont toutes sortes d'animaux, canards et oies par exemple, s'attachaient à la première figure parentale venue, quand bien même elle n'appartenait pas à la même espèce que la leur. Il importait que les jumeaux ne me voient pas sous ce jour-là… et il s'avéra que le masque remplit son rôle. En général, quand ils me percevaient, ils ne semblaient pas accorder à ma présence plus de considération qu'à la lumière de la pièce ou à la musique que diffusait la chaîne hi-fi que j'avais installée sur de hautes étagères fixées au mur du sous-sol. Quand je devais les toucher (ce que je faisais le moins souvent possible), ils se mettaient généralement à pleurer ; la plupart du temps, toutefois, ils étaient trop absorbés par l'intérêt qu'ils se portaient mutuellement pour me remarquer. L'attachement qu'ils se vouaient était immense. Je crus à tort que c'était bon signe : peut-être pensais-je naïvement à Poto et Cabenga. Cette expérience-là n'avait jamais fait l'objet d'une observation surveillée, après tout. Si le langage personnel imaginé par ces jumelles se fondait sur les bribes d'allemand et d'anglais qu'elles avaient entendues, c'était simplement parce que ces matériaux s'étaient trouvés à leur disposition. Que serait-il advenu si elles n'avaient rien eu de tel ? Je me demandais si j'allais le découvrir.

Le chant commença un soir tard, juste après l'heure de leur repas, quand j'eus baissé la lumière et quitté la pièce pour qu'ils s'endorment. D'ordinaire, je laissais le magnétophone en marche la nuit, pour pouvoir les enregistrer jusqu'au moment où ils trouvaient le sommeil. Ainsi, s'il arrivait quoi que ce soit d'inhabituel, j'étais au courant même si je me trouvais loin de mon poste d'écoute. Jusqu'à ce soir-là, la cassette n'avait rien révélé de tel : tout juste un cri de temps à autre, ou une série de gazouillements s'élevant par-dessus le chuintement paisible de la bande. Bien souvent, il n'y avait rien : ni bruit, ni mouvement. Pour autant que je puisse en juger sans point de comparaison, les jumeaux étaient silencieux pour leur âge, mais sans excès. Ils avaient vocalisé comme il se doit… du moins comme je m'y attendais. Je n'avais aucune raison de penser qu'ils dissimulaient quoi que ce soit, aucun motif de les croire déficients à un quelconque égard. Pourtant, jusqu'à ce soir-là, j'eus l'impression qu'il y avait chez eux quelque chose non pas d'anormal, mais d'un peu étrange, quelque chose de presque angoissant, et je me demandai ce qu'ils pouvaient bien penser et ressentir, couchés là tous les deux, pas encore endormis mais totalement silencieux, totalement immobiles. Ça n'avait pas de sens, bien sûr, mais dès le départ, je les soupçonnai vaguement d'une sorte de conspiration.

Les événements de cette nuit-là changèrent tout. Au vu de mes notes, je constate qu'ils avaient alors exactement onze mois, ce qui, rétrospectivement, paraît extraordinaire. Je m'étais attendu à ce que le langage, s'il devait survenir, apparaisse un peu plus tard ; plus lentement, en fait, qu'il ne se développe dans un environnement normal. Mais ce soir-là, et lors des cinq ou six soirées qui suivirent, les jumeaux passèrent d'un silence quasi total à un chant presque ininterrompu. Cela vint de nulle part, sans la moindre incitation, le moindre stimulus à ma connaissance. Nourrissons muets un jour, ils s'étaient transformés le lendemain en quelque chose d'extraordinaire qui leur plut et les enthousiasma dès la première minute.

Cela dut commencer peu après mon départ de la pièce. Ils restèrent immobiles quelques instants, puis lentement, presque timidement au début, ils se mirent à vocaliser chacun à sa manière, se relayant pour émettre les phrases d'une mélopée douce, envoûtante qui semblait être, à première écoute, un genre d'improvisation, un échange auquel ils travaillaient ensemble, explorant de façon presque hésitante les possibilités du son. Au début, ce fut expérimental, presque interrogateur, mais au bout d'un temps effroyablement court, le chant se fit plus fort et plus assuré, en même temps qu'il devenait plus complexe, les jumeaux modulant à l'unisson ou en alternance, en un genre de contrepoint, jusqu'à ce que, à la fin de la cassette, ils soient déjà en voie de mettre au point une musique sophistiquée, dialoguée semblait-il. Je dois avouer que le lendemain matin, quand j'écoutai la cassette, je trouvai cette musique absolument magnifique et d'emblée, j'eus la certitude que ces sons recelaient quelque chose, je ne sais quelle logique ou quel motif très éloignés du sens que je connaissais. J'étais convaincu qu'il y avait une structure que je pourrais découvrir, par les moyens habituels, grâce à une analyse lente et minutieuse.

Aujourd'hui, quand je repense à ces premiers temps, je me demande à quel moment les choses commencèrent à se gâter. L'erreur que je fis (et cela m'étonne, aujourd'hui encore) consista à supposer, au niveau le plus enfoui de ma réflexion, que la principale fonction du langage était de véhiculer de l'information. Extérieurement, bien sûr, je comprenais la fonction sociale de la parole. Je savais que la majeure partie des énoncés se révélaient passablement dénués de sens lorsqu'on les soumettait à une analyse. La plupart des gens, les trois quarts du temps, se servent du langage comme d'un outil grossier : en guise de moyen de défense, pour affirmer leur personnalité ou huiler les relations sociales. Un grand nombre d'échanges sont dépourvus de but. Par moments, les gens ne parlent que pour se confirmer qu'ils existent ou pour valider l'existence des autres. Sans le langage, ils risqueraient de tomber dans un solipsisme inconfortable, ignorant où s'arrête une chose et où commence l'autre ; dépouillés de leurs limites, ils se mettraient à confondre leur propre personne avec le monde qui les entoure. Ils éprouvent la nécessité de parler, et le sujet de l'échange importe peu.

Ce besoin de bavarder a quelque chose d'un peu méprisable, bien sûr. Sa laideur agresse : les conversations ineptes que l'on entend dans les restaurants, les files d'attente des théâtres...

toutes tellement inutiles et esthétiquement superflues. Je me souviens qu'une fois, en guise de variante de mes expéditions en voiture, je fis un long voyage en train vers le nord du pays. C'était un jour clair et radieux d'été: pendant une partie du trajet, la voie de chemin de fer suivit le littoral. Installé près de la fenêtre, je contemplais les rochers noirs et la large bande nue de l'estran, les fines flaques d'eau qui s'étiraient sur le miroitement mouillé de la plage que fouillait une nuée d'échassiers cherchant des vers de sable, passant d'une enjambée soigneuse par-dessus les bancs de vase, comme s'ils venaient tout juste d'arriver, tout à coup, dans un monde nouveau, un monde mystérieux et enchanté à leurs yeux, un monde que, tout bien considéré, n'importe quel esprit pensant devait percevoir comme une impossibilité logique. Un évolutionniste fruste dirait que ce monde doit son existence au hasard, à une succession d'accidents, mais même une réflexion fugace confirmera que les probabilités statistiques pour que chacun de ces minuscules accidents du climat et de la génétique se réalise non seulement l'un après l'autre, mais aussi en tant que composante d'un tout complexe et délicat, sont infimes. La seule existence des choses m'apparut, au cours de ce trajet, comme un miracle vertigineux et terrifiant… pourtant les autres passagers du train se comportaient comme si cet événement magique était somme toute banal, ne s'intéressaient ni à la lumière, ni au ciel, à la mer scintillante, et se penchaient de leur siège pour discuter avec leurs compagnons, jouaient à des jeux de langage, digressaient interminablement sur des choses sans intérêt, répétaient leurs sempiternelles anecdotes barbantes aux gens qu'ils ne connaissaient pas, à quiconque voulait bien écouter, exprimaient leurs opinions, se marmonnaient idées reçues et demi-vérités les uns aux autres comme s'ils se transmettaient les enseignements d'une sagesse secrète ou les messages sibyllins d'un oracle. Tandis que le train traversait d'un trait ce paysage miroitant, cerné de merveilles (merveilles dont ils n'avaient aucune raison de croire qu'elles subsistent l'instant d'après), personne ne regardait le monde. Personne ne le voyait. À un moment donné, un oiseau (une mésange charbonnière, je crois) vint voler à côté du train, plongeant et s'élevant, suivant une trajectoire parfaitement parallèle sur deux ou trois cents mètres après quoi elle bifurqua et s'éloigna brusquement dans le jour clair. Personne ne la remarqua. Les gens discutaient : encore et encore, ils discutaient de rien, démystifiaient le monde au fil de leur discours insipide et laid.

Telle est la nature de l'existence sociale. On parle pour s'imposer des limites, pour circonscrire le monde à l'intérieur d'un cadre étroit. Pourtant tous les manuels sur le langage le posent a priori comme un système de communication, traitant de structure et de grammaire, d'échanges signifiants, et se prêtant à l'analyse. On n'y mentionne pratiquement pas la simple émission de sons (quand bien même c'est là ce qui motive la plupart des échanges). Les gens parlent pour émettre des sons, soit. Les bonnes manières exigent qu'ils disent des choses signifiantes, à un niveau ou un autre, mais ils pourraient tout aussi bien grogner, ou hurler à la mort.

Donc, sachant cela, pourquoi ai-je supposé que les jumeaux dialoguaient ? Pourquoi me suis-je un jour mis dans la tête que leur chant puisse être davantage que leur façon d'être au monde, une simple prolongation des cris et des gazouillements qu'ils produisaient lorsqu'ils n'étaient que des nourrissons ? Pourquoi n'ai-je jamais sérieusement soupçonné que leur chant était une façon de se dire à eux-mêmes et l'un à l'autre qu'ils existaient, ou même, plus probablement, qu'il était l'unique stratégie qui leur soit accessible pour jeter un voile sur tout ce qu'ils voyaient et entendaient, sur tous les sentiments, tous les frémissements et les remous du monde qui les entourait, toutes les transformations inattendues de leurs propres corps et esprits ? Pourquoi me suis-je mis dans la tête qu'ils pouvaient avoir un esprit, au vrai sens du terme ? Les oiseaux chantent. Les renards jappent. Les dauphins envoient des messages divers et complexes par-delà des kilomètres d'océan. Cela ne signifie pas qu'ils sont capables de penser. Ce fut une erreur de supposer que le chant de ces enfants puisse être plus signifiant que celui d'un coq à l'aube, ou le rire moqueur d'une mouette.

Néanmoins, ce fut une supposition que j'émis bel et bien, sans raison valable. Je crus que les jumeaux étaient davantage que des animaux... pire : je crus qu'ils étaient doués d'une réalité que ne possédaient pas les gens auxquels j'avais affaire. Pour une raison que j'ignore, je crus qu'ils appréhendaient le monde au travers d'une sensitivité que je ne pouvais qu'imaginer, et cela me troublait. À la fin, j'en arrivai à consigner ouvertement un verdict à propos des jumeaux. L'expérience que je menais n'apportait aucune preuve ni dans un sens ni dans l'autre. Pourtant, en mon for intérieur, je compris à la fin qu'ils se parlaient l'un à l'autre d'un monde que je ne pouvais voir, entendre, ni toucher, et usaient d'un langage d'une telle perfection, en telle harmonie avec leur être, qu'il défiait toutes les analyses que j'aurais pu tenter.

Longtemps, ils vécurent totalement en vase clos, sans jamais se perdre de vue. Ils n'étaient séparés l'un de l'autre que lorsque j'en retirais un du parc pour le nourrir ou le baigner. Dès le départ, ce furent des moments douloureux pour eux deux. A, notamment, criait et se débattait frénétiquement chaque fois que je l'isolais de sa sœur. Au bout d'un moment, ils apprirent à supporter un peu mieux la séparation, mais je ne les laissais jamais l'un sans l'autre plus longtemps que le strict nécessaire. Rétrospectivement, je me rends compte que c'était une erreur, mais il ne me vint pas à l'idée que le fait de les séparer puisse être profitable, et cela me facilitait beaucoup la vie de les laisser ensemble. En grandissant, ils en vinrent à vocaliser sans arrêt lorsqu'ils étaient seuls, modulant l'un pour l'autre leur étrange mélopée et, malgré ma méprise sur la nature du chant, cela m'enthousiasma. Je pris cela pour un bon signe de leur évolution vers le langage. Je ne trouvais pas curieux qu'ils se taisent chaque fois que j'entrais dans la pièce. J'eus peut-être l'impression qu'il ne s'agissait que d'une précaution animale manifeste, sans plus. Je devais encore songer à Poto et Cabenga. L'éventualité que les jumeaux parviennent à élaborer un langage personnel à partir de ce chant me fascinait : si cela devait se produire, je pourrais les laisser seuls quatre-vingt-dix pour cent du temps et observer leur évolution à leur insu, à l'aide de la caméra vidéo et des magnétophones. Ils n'auraient aucun moyen de se rendre compte que leurs efforts pour m'exclure étaient inutiles.

Un après-midi, cependant, je décidai, à titre d'expérience, de sortir un des enfants du parc et de l'emmener dehors, dans le jardin. Ils avaient alors environ quatorze mois et je me dis qu'il devrait être possible de les séparer, ne serait-ce qu'une heure. Mon choix se porta sur B parce qu'elle semblait la plus indépendante des deux. Je voulais voir comment, après ces mois de réclusion, elle réagirait à l'espace et à la lumière du monde extérieur.

Comme d'habitude, elle se raidit quand je la soulevai mais elle ne cria pas et se contenta de se débattre entre mes mains comme un petit animal. Elle détournait obstinément la tête, regardait le parc où A agitait les bras en silence. Cela se passa comme toutes les autres fois où je l'avais sortie du parc pour la baigner ou la nourrir, jusqu'à ce que j'ouvre la porte. Dès que son frère disparut de sa vue, B se laissa aller, inerte, et pendant un instant terrible, je crus qu'elle venait littéralement de mourir dans mes bras. Il me fallut un moment pour me rendre compte qu'elle faisait seulement la morte. Pour la première fois, je ressentis un pincement de rancune en comprenant qu'elle me signifiait par là que je représentais pour elle un danger.

Elle resta molle et silencieuse jusqu'à ce que nous arrivions au pied des marches. Là, elle se raidit à nouveau, puis en jouant des bras et des jambes, elle tenta de se dégager, de s'arracher à ma poigne. Sa force m'étonna. Je la maintins fermement et gagnai la porte qui donnait sur l'arrière de la maison. J'eus toutes les peines du monde à ouvrir en même temps que je maîtrisais B ; je finis par la ceinturer à bras-le-corps contre ma hanche et actionnai la poignée de l'autre main. B hurla, à pleins poumons, puis l'air frais et la lumière nous inondèrent, et elle redressa la tête pour voir ce qui se passait. De l'endroit où nous nous tenions, le jardin était visible : le vert foncé des houx, de part et d'autre de l'allée, les plates-bandes d'iris en pleine floraison, le vert plus pâle des pommiers palissés, contre le mur du fond. Cette brusque profusion de couleurs dut la frapper, à moins que ce soit l'afflux de lumière ; toujours est-il que je la retournai face au jardin, l'empoignai fermement à deux mains et la soulevai à bout de bras pour qu'elle puisse bien voir. J'avais voulu lui montrer le jardin, lui faire connaître un nouveau stimulus, mais elle ne fit que se mettre à crier de plus belle et, comme je la maintenais, elle se laissa retomber dans le même état apathique que précédemment, tel un bébé singe séparé de sa mère. Je la renversai au creux de mon bras et regardai son visage. Elle avait les yeux mi-clos, mais ne voyait rien. Par un effort de volonté, elle s'était fermée au monde. C'était incroyable. En quelques instants, alors que nous étions là, dans la clarté de l'après-midi, elle devint inerte, sans vie, totalement retranchée en elle-même. Pour la première fois, je commençai à me rendre compte que le fait de laisser les jumeaux ensemble et de leur permettre de se développer dans une telle proximité pouvait être une erreur. Ils étaient trop liés. On aurait dit une seule et même personne. Et s'il était vrai que les jumeaux communiquent par la pensée, sans qu'aucun moyen de communication organisé leur soit nécessaire? Leur chant pouvait n'être qu'un jeu, ou bien une tentative visant à dissimuler les véritables échanges qui se livraient sous la surface, échanges tellement subtils que je ne serais jamais capable de les percer.

Rétrospectivement, je me rends compte que ce fut à ce moment-là que je perdis le fil de l'expérience. J'étais intervenu sans nécessité, sous l'emprise d'une supposition illusoire d'après laquelle, en montrant à l'un des jumeaux un monde plus vaste que celui de son frère, je pourrais peut-être provoquer un changement... peut-être une évolution de leur langage, ou une rupture quelconque qui ouvre une brèche par laquelle je puisse m'immiscer à l'intérieur de ce qu'ils vivaient. Je manquai de rigueur scientifique dans ma démarche, je me mis en quête d'une chose qui n'existait pas, et passai à côté de ce qui existait. J'avais perdu de vue le tableau général. Le comportement des jumeaux me troublait: leur évolution était trop rapide, le chant trop complexe, trop sophistiqué, l'attachement qu'ils se vouaient l'un à l'autre était un leurre et je m'étais laissé aveugler. À l'époque, je voulais découvrir dans leur chant un agencement, une structure qui ne s'y trouvaient pas. Je crois aujourd'hui qu'il existait bel et bien une structure, qu'il existait même du sens, mais pas sous une forme que je puisse appréhender. En attendant, j'étais rivé à la grammaire que je comprenais. Je ressemblais à l'homme qui contemple le monde extérieur depuis sa fenêtre : il ne peut pas bouger, il ne peut même pas tourner la tête, et tout ce qu'il voit, c'est un mur de brique, ou un pan de mer, un champ de blé, et il croit que le monde entier n'est qu'un mur de brique, un pan de mer ou un champ de blé. Il ne peut se représenter la diversité, parce que l'unique base dont il dispose pour imaginer un monde, ce sont ses yeux qui la lui constituent. Qu'il vienne à remarquer, en regardant le mur de brique, les transformations de la lumière, la façon dont elle peut être tantôt plus rouge, tantôt jaune, ou s'assombrir, et il comprendra peut-être qu'il existe autre chose qui provoque ces changements, ou bien il arrêtera qu'une des propriétés de ce mur est de changer de couleur plus ou moins régulièrement, et que le reste du monde, le reste de ce mur de brique sans fin, possède la même propriété. Qu'il vienne à entendre, assis là, la tête figée, les yeux rivés au mur, le bruit d'un train, le cri d'une mouette ou un enfant qui chante, et il s'imaginera que ces bruits font également partie des propriétés du mur. S'il pouvait tourner la tête et se regarder lui-même, ou regarder la pièce derrière lui ou le fauteuil dans lequel il est assis, il comprendrait peut-être un peu mieux la nature des choses... mais il ne le peut pas. Il est tellement captivé par le mur qu'il ne voit rien d'autre.

J'étais cet homme, au moins à un égard. J'avais le regard rivé vers une structure, une notion d'ordre qui devait *nécessairement*, pensais-je, être universelle. J'étais comme l'enfant qui dessine un arbre, qui représente un tronc et un feuillage en couronne, un barbouillage de marron et de vert, une vague forme de quenouille asymétrique, coupée net à la base, à l'endroit où le tronc de l'arbre plonge en terre. Si je m'étais concentré sur le tableau d'ensemble, j'aurais ressemblé au peintre botaniste qui observe l'arbre une fois tombé ou qui arrache un brin d'herbe et en dessine les racines, avec les radicelles qui partent de chaque tige. J'aurais découvert une symétrie, un agencement sous-jacent, un monde plus complexe et subtil.

Mais d'un autre côté, je crois que mon erreur tint à une sorte de passivité. Séparer les jumeaux fut un acte générateur de frustration et rien d'autre : jusqu'alors, je n'avais fait aucun rapprochement, je n'avais jamais observé avec assez de soin, je n'étais pas parvenu à voir l'ensemble du tableau. Je croyais que le scientifique est celui qui observe, qui n'intervient pas, se contente de consigner les données et d'attendre que le motif émerge. Si rien ne vient, on peut supposer qu'il n'existe rien de sous-jacent ou rien qui puisse être décrit. Ce fut un manque d'imagination que les grands scientifiques n'auraient jamais toléré de leur propre part. Et même le fait qu'elle fut si spontanée ne rendait pas mon intervention plus acceptable. À mesure que les semaines passaient, que les enfants mettaient au point leur chant, j'avais patiemment attendu sans rien faire, comme quelqu'un qui travaille à un simple puzzle, qui croit que tout peut être étudié selon les méthodes usuelles, que tout peut être décrit à l'aide des termes habituels.

Les jumeaux se mirent à évoluer de façon spectaculaire. Sur le plan physique, ils progressaient plus vite que j'aurais jamais osé l'espérer, compte tenu de leur âge et des restrictions de leur environnement. Mais ce fut leur chant qui connut le progrès le plus flagrant que je remarquai. Leurs vocalises duraient parfois des heures sans interruption, mais elles avaient toujours une fraîcheur, un air improvisé, une liberté qui semblait les ravir. Je ne sais pas précisément si ce plaisir provenait du fait d'écouter ce que l'autre disait ou de produire leurs propres sons. Peut-être était-ce un mélange des deux. Je continuais à enregistrer et analyser, mais j'avais plus ou moins abandonné l'espoir de percer le code un jour, et au bout d'un moment, le chant commença à m'obséder. Je l'entendais dans toute la maison ; je l'entendais même le soir, longtemps après avoir enfermé les jumeaux dans leur parc et être sorti dans le jardin. Même quand je mettais de la musique pour noyer cette mélopée, elle persistait, tel un acouphène. Je voulais en découvrir le sens. Je voulais faire entendre les bandes à un parfait inconnu, pour voir si par hasard je passais à côté de quelque chose d'important. Je me disais parfois que c'était une forme de communication animale, sans plus, comme le langage des dauphins, un riche vocabulaire de dynamiques et de tonalités musicales qui m'étaient trop étrangères pour que j'en fasse une interprétation, aussi sibylline que la danse des abeilles qui semblait bruyante et aléatoire mais véhiculait la position précise des plates-bandes de fleurs et des étendues de trèfle. Et cependant, que pouvaient-ils se dire l'un l'autre du monde extérieur, de la position du soleil, des prairies éloignées ou des bancs de harengs ?

J'écoutai maintes et maintes fois les bandes. J'y recherchai des motifs, mais n'y trouvai rien de décelable. Pour autant que je puisse en juger, certains sons n'étaient émis qu'une ou deux fois dans tous les enregistrements dont je disposais ; d'autres revenaient sans cesse. Le code, s'il y en avait un, était impossible à percer, à moins d'en connaître les règles de base, l'alternance des locuteurs, la syntaxe. Rien n'indiquait qu'il y ait un vocabulaire.

Pendant longtemps, je me cherchai moi-même dans leurs échanges : pour peu que le chant ait la moindre signification, me disais-je, il devait sûrement contenir un son, une tonalité ou une séquence spécifique signalant ma présence, une constante qui indique ce qu'ils ressentaient à l'égard de l'individu masqué qui leur apportait à manger et à boire, qui les baignait et les changeait, grande présence inexplicable qui possédait tant de pouvoir dans leur monde restreint. Je me dis que ce devait être le point de départ : si je parvenais à me trouver dans leur discours, je découvrirais la clé de leur secret. Pourtant, quand j'analysai les bandes en isolant mes entrées dans la pièce des échanges précédant mon arrivée et suivant mon départ, je ne trouvai rien de consistant. Les jumeaux se taisaient toujours en ma présence. Ils pouvaient avoir passé des heures à chanter l'un pour l'autre avant que j'arrive, dès qu'ils entendaient la clé dans la serrure, ils s'interrompaient. Plus tard, dès que j'étais sorti, ils reprenaient leur chant, mais rien n'indiquait qu'ils fassent la moindre allusion à moi.

Cela me découragea. J'eus le sentiment d'avoir perdu quelque chose, d'être devenu invisible. Je commençai vraiment à avoir l'impression de m'être comme arrêté d'exister. Je comprenais à présent pourquoi les parents apprennent en premier lieu à leurs enfants des mots comme maman, mère, papa, John, Mary : quel que soit le nom auquel ils répondaient, quelle que soit la façon dont ils se voyaient dans le regard de leurs enfants, c'était une preuve de leur être, une victoire ontologique, que le moment où l'enfant levait la tête et prononçait pour la première fois le mot qui convenait... reconnaissait, s'assurait, devenait complice. Les parents rivalisaient entre eux pour remporter ce moment-là. J'avais déployé beaucoup d'efforts pour maintenir l'objectivité, conserver ma distance ; mais je dois avouer qu'à la fin, je succombai à la plus larmoyante des émotions. Cela me perturba d'être exclu de leur monde. Ils ne se laissaient même pas aller à chanter quand je me trouvais dans la pièce, bien qu'ils sachent (car j'étais certain qu'ils savaient) que je ne pouvais pas comprendre.

Je m'acharnai à travailler sur cette expérience vouée à l'échec pendant encore des mois. Je me refusais à écarter l'idée qu'une certaine forme de communication était en place, qui impliquait que l'on puisse en faire l'analyse, mais en fin de compte, ce fut l'impasse. J'envisageai de leur apprendre un seul mot, pour voir ce qui arriverait. Je me dis que j'allais leur passer des enregistrements de gens en train de parler, dans un certain nombre de langues, ces cassettes de promotion publicitaire qu'on peut se faire envoyer, qui contiennent quelques phrases élémentaires en français, allemand, italien, espagnol, grec. À moins que je me contente d'allumer la radio et de les laisser écouter un moment. À partir de quelques mots, ils parviendraient sans doute à élaborer tout un langage, comme Poto et Cabenga. Ce fut la dernière option : les jumeaux n'avaient jamais entendu d'autre émission humaine que la leur. Je décidai de les mettre au contact de la langue par un moyen ou un autre, de façon détournée, sans commentaire, puis d'observer le résultat. Pour commencer, je leur diffusai des pièces vocales pendant leur séance musicale quotidienne : des lieds allemands, des airs folkloriques bretons, des chants tibétains, des messes chantées. Je décidai sciemment d'éviter l'anglais, bien qu'il n'y ait aucune raison logique à cela.

Rien ne changea. Ils écoutèrent les voix (et apparemment, ils remarquèrent quelque chose de nouveau) mais continuèrent à chanter comme auparavant, chaque fois qu'ils étaient seuls. Je leur passai des cassettes parlées, des extraits de pièces de théâtre, de lectures poétiques, des recettes, des consignes, des conversations. Ils n'y prêtèrent aucune attention. S'ils interrompaient souvent leur chant pour écouter ce que je passais, ils ne semblaient pas remarquer les voix parlées, ou s'ils les remarquèrent, cela n'éveillait aucun intérêt chez eux.

Un après-midi, j'arrêtai brusquement la bande et attendis pour voir si je parvenais à attirer leur attention. Puis je commençai à leur passer une des premières bandes que j'avais faites d'eux en train de chanter ensemble, quelques mois auparavant. Ils se figèrent, médusés, captivés, écoutant attentivement. J'ignorais complètement s'ils savaient ce qu'ils entendaient, s'ils savaient que c'étaient leurs propres voix qui sortaient des haut-parleurs. D'après leur expression, cependant, je devinai qu'ils venaient de comprendre pour la première fois que le monde est un lieu habité. Je crois à présent qu'ils recherchaient en permanence d'autres individus de leur espèce, mais que tout ce qui s'offrait à leur regard, c'était un mur, une paire de haut-parleurs, les barreaux du parc, une porte. Tout à coup, au bout de quelques minutes d'écoute, ils se mirent à chanter en réponse à la bande, en réponse à leur propre chant, en une pure extase de reconnaissance. C'était insoutenable. Je les laissai dialoguer un moment avec eux-mêmes, puis je fus incapable de supporter cela plus longtemps. Espérant qu'ils ne me remarqueraient pas, j'ouvris doucement la porte et entrai dans la pièce.

Ils cessèrent de chanter aussi brusquement qu'ils avaient commencé et me regardèrent. Les voix enregistrées continuaient à retentir entre les murs de la pièce, telles des voix de fantômes. J'arrêtai la bande à l'aide de la télécommande. L'expression était la même sur leurs deux visages : la honte de s'être fait surprendre, de s'être trahis, par faiblesse, vis-à-vis de moi. Pour la première fois, j'étais pour eux réel. Ils me voyaient, ils ne pouvaient éviter de me voir. Un sentiment de victoire m'envahit, comme si je m'étais immiscé dans l'unique brèche de leurs défenses. Je tenais à ce qu'ils sachent que je les avais écoutés depuis le début, qu'ils s'étaient trompés, qu'ils n'avaient pour moi aucun secret, mais le seul moyen dont je disposais pour ce faire consistait à leur répéter ce qu'ils venaient juste de chanter. Je rembobinai la bande et en repassai un court extrait, puis, la tête légèrement inclinée de côté, j'essayai de reproduire le même son, chantant à mi-voix comme eux, sans les lâcher un instant du regard. Ils me dévisagèrent. Ils semblaient surpris et je me dis un instant que je les avais vaincus. Puis, comme je leur repassais un autre extrait et chantais à nouveau, avec plus d'assurance cette fois, plus de précision, ils échangèrent un regard et se mirent à rire, comme le font les enfants quand quelqu'un commet un impair ou dit une bêtise. Leur rire était gentil, cependant. Il n'était ni rancunier, ni moqueur. Quelque chose s'était brisé à la faveur de cet instant de surprise, et je crois qu'ils me voyaient pour la première fois. Pour la première fois, je crois, ils comprenaient que j'étais comme eux, mais en même temps totalement différent, quelqu'un qui inspirait un peu la pitié, cette même pitié qu'on réserve à un idiot ou à un dément atteint de la folie des grandeurs. À dater de ce jour-là, ils ne prirent plus la peine de se taire quand j'entrais dans la pièce. Ils percevaient mon arrivée, mais désormais ils savaient que le secret ne s'imposait plus. Désormais, comme je l'avais si bien démontré, il n'était plus risqué que j'épie leurs conversations. Ils avaient compris, une bonne fois pour toutes, que je ne savais pas parler leur langue. Désormais, ils avaient décidé, une bonne fois pour toutes, que je n'existais pas.

Je constate à présent, en me reportant à mes notes, que je sombrais dans le délire. La solitude usait mes résistances… de même que le chant continuel et l'impression que j'avais par moments d'être observé. Ce soupçon n'avait aucune raison d'être, mais je l'éprouvais quand même, et j'allai jusqu'à le mentionner dans mes observations, comme s'il était en rapport avec le cours de mon expérience. Ce fut aux alentours de ce moment-là, en fait, que mes notes commencèrent à trahir une certaine extravagance : elles prenaient un tour très personnel par endroits, parfois ridiculement métaphysique, ou sentimental de temps à autre. Un des relevés, rédigé sur la fin, est formulé de la façon suivante :

Je sais, à présent, que ce qui compte, c'est ce que nous décidons de prendre en considération. Dans la vie, tout n'est que sélection : nous procédons à un filtrage qui nous permet d'éliminer les détails superflus de façon à atteindre une sorte de vérité, laquelle n'est pas plus valide qu'une autre, si ce n'est que nous l'avons sélectionnée, de préférence à autre chose – et le langage est l'instrument de ce processus. Ce qui compte, ce n'est pas seulement l'histoire racontée (à nous-mêmes et aux autres), mais la façon dont elle est racontée, les mots choisis pour la véhiculer et pour rendre tangible notre vision des choses. Ce soir, j'étais dans la cuisine à la tombée de la nuit et je me suis rendu compte que j'étais capable de penser à mère en train d'agoniser dans son lit blanc, ou que j'aurais pu penser aux petits cris égarés que poussait Lillian sous l'emprise de la douleur et de la peur tandis que je la guidais jusqu'à la mort. J'étais capable de penser aux jumeaux, dans leur monde inaccessible. Capable de me demander quels choix ils opéraient, quel monde ils pouvaient bien être en train d'élaborer. Je me découvrais capable, de même, de remplir d'eau un verre et de m'étonner du phénomène de tension superficielle, de l'existence même des choses sous forme liquide. Je pouvais aller marcher dans le jardin et contempler le ciel. Peu importe qui je suis, ou ce que j'ai fait. Je ne suis qu'un intellect dans l'espace, qui remarque les choses dans le détail avant de poursuivre son cheminement, qui remarque puis oublie, contemple puis poursuit son cheminement. Tout se limite à ça : un flot gigantesque, infini, d'événements aléatoires – étoiles, pensées, araignées, pluie, immeubles, enfants, argent, magma, sang, sexe, souffrance. Chaque intellect fait ce qu'il peut des informations reçues, mais nul ne peut dire en quoi consiste le sens. Nul ne peut dire, en toute conviction, que telle chose est totalement vraie, alors que telle autre est fausse. Ça ne fonctionne pas comme ça. Quand je m'arrête comme à présent, quand je reste immobile et que je vois tout cela affluer dans ma direction, mon propre esprit se vide. L'ordre vient d'ailleurs, et je ne sais pas en quoi il consiste. Dans ces moments-là, le langage n'a aucune signification. Les gens évoquent Dieu, le temps ou la théorie du champ magnétique, mais ces mots ne veulent rien dire. Si je m'autorise à expérimenter pleinement ce monde, je constate qu'il n'en existe aucune description. Est-ce justement ce que savent les jumeaux? Est-ce pour cela qu'ils me voient, et me pardonnent?

C'était l'été le plus chaud qu'on ait connu depuis des années. Je dormais à peine; quand j'y parvenais, je faisais des rêves étranges ou violents qui me réveillaient brusquement en pleine nuit et me laissaient un sentiment de malaise. Je me sentais presque fiévreux. Les jumeaux n'avaient pas l'air de remarquer la chaleur: maintenant qu'ils étaient un peu plus grands, je me risquais à les sortir certains soirs, j'en emmenais un des deux avec moi dans le jardin et le laissais jouer à mes pieds le temps d'arroser les plates-bandes. Tant qu'ils étaient ensemble, le fait de prendre l'air semblait favoriser leur développement physique. Au sous-sol, ils n'avaient jamais dépassé le stade de la marche à quatre pattes, compte tenu de l'exiguïté de leur parc. B avait quelquefois réussi à se mettre debout, vacillant un instant sur ses appuis avant de retomber assise avec un petit bruit mat. En plein air, dans le jardin, ils progressaient vite et par à-coups. Je suppose qu'une fois dans un environnement propice, ils ne demandaient plus qu'à rattraper le temps perdu. Je ne fis aucun effort pour les aider: je ne leur appris pas à marcher, ils s'entraidèrent, tout simplement. On aurait dit que la même idée géniale leur était venue, exactement au même moment, et qu'ils en avaient découvert les mécanismes tout seuls. Cela m'étonnait toujours de constater à quel point ils se débrouillaient bien dès lors qu'ils se mettaient quelque chose en tête. On aurait dit que leurs deux volontés se conjuguaient, ne faisaient plus qu'une. En fin de compte, ce fut ce qui les perdit. Ils acquirent un certain sens de leur propre pouvoir, si bien que je dus trancher dans le vif.

Un soir, ils se sauvèrent de leur parc. Je me demande encore ce qui se passa. J'étais dans ma chambre, endormi, en proie à un de ces rêves fiévreux qui semblaient avoir si peu de signification au réveil, quand je les analysais, mais qui me mettaient dans un état de malaise et d'inquiétude que peu de cauchemars auraient su provoquer. Dans ce rêve, je marchais sur un chemin de campagne, en plein été. Il régnait la même chaleur cuisante, oppressante, que dans la réalité; le chemin était étroit et sombre, encaissé entre de hauts talus couverts de berce et d'orties, et j'entendais quelque chose avancer sous cette végétation en même temps que moi. Je sentais cette chose, j'entendais même son souffle, mais je ne la voyais pas. J'essayais de la discerner dans la végétation sombre, mais chaque fois que je m'arrêtais, il n'y avait plus rien, ni bruit ni mouvement, plus que le fouillis d'herbes, empoissé de miellée et de fils de la vierge. Puis, finalement, je l'entrevis, du coin de l'œil. C'était absolument hideux : une énorme créature au pelage humide et au mufle noir, porcin, qui semblait prête à attaquer.

L'instant d'après, tout avait changé. Je me trouvais dans l'entrée de ma propre maison, mais les meubles et les gravures que j'y avais vus toute ma vie avaient été remplacés par un bric-à-brac d'affreux bibelots, le genre de choses qu'on trouve dans les bazars à trois sous. Un calme parfait régnait, c'était une claire journée d'été. Je sentais le parfum des fleurs dans le jardin, je voyais un rayon de soleil danser sur le sol ciré. J'allai me poster au pied de l'escalier et tendis l'oreille. À l'étage, quelqu'un pleurait, une femme ou peut-être un enfant (je n'arrivais pas à déterminer) et tout à coup, je fus saisi de peur. Je me précipitai dehors, retournai en courant à la lumière et m'éloignai de la maison en marchant aussi vite que je le pouvais. Je n'avais pas fait plus de quelques mètres quand j'entendis quelqu'un m'appeler par mon nom. Je me retournai et vis une femme accourir vers moi en me tendant une lettre. À l'expression de son visage, je compris que la lettre contenait de mauvaises nouvelles. Je voulus lui crier de s'arrêter mais, quand j'ouvris la bouche, il n'en sortit pas un son. Comme elle se rapprochait, je me rendis compte que son visage était lisse, dépourvu de traits, d'yeux, de bouche, ce n'était qu'un masque de peau blanche.

Je m'éveillai dans le noir. Tout était calme dans la chambre, mais il y avait une présence. Je la sentais : j'avais l'impression d'être observé. Je me redressai très vite et, à tâtons, trouvai la lampe de chevet.

C'étaient les jumeaux. Ils étaient debout dans l'embrasure de la porte, à deux ou trois mètres de moi, en pyjama, ils se tenaient très droits sur leurs jambes, comme au garde-à-vous, sans doute pour conserver l'équilibre, tout simplement. J'ignorais complètement depuis combien de temps ils étaient là et comment ils avaient réussi à s'échapper du sous-sol. J'étais sûr d'avoir fermé leur porte à clé avant de monter; pourtant ils étaient là, côte à côte, les yeux rivés sur moi. Ils ne cillèrent pas quand j'allumai la lampe: on aurait dit qu'ils voyaient aussi bien dans l'obscurité qu'à la lumière. Je mis un moment à me rendre compte qu'ils étaient ruisselants, comme s'ils venaient d'essuyer un orage. Ils avaient l'air très sûrs d'eux; on n'aurait absolument pas dit de jeunes enfants. Ils ressemblaient plutôt à des animaux sauvages, lustrés et mouillés, au diapason de la nuit, et quelque chose en eux, je ne sais quelle puissance latente, me glaça. Je pense que l'espace d'un instant, je les crus presque sur le point d'attaquer, mais ils ne firent pas un geste; ils se contentèrent de rester dans l'embrasure de la porte, de m'observer.

Ce fut un moment pénible. Je savais que je sortais d'un rêve, que peut-être j'avais parlé ou crié dans mon sommeil. Et si ce n'était pas la première fois, s'ils étaient déjà venus m'épier dans ma chambre, pour repartir ensuite sans que j'en sache rien? Je n'avais jamais trouvé la porte du sous-sol ouverte, ni même déverrouillée, mais depuis le temps qu'ils étaient là, il se pouvait que je l'aie laissée ouverte sans même m'en rendre compte. Si j'avais fait cette erreur-là, je pouvais très bien en avoir commis quantité d'autres. La seule certitude établie, absolue, c'était que je leur avais laissé l'occasion de s'échapper cette fois-là. Dès lors qu'on décèle une erreur, on est forcé de supposer que d'autres aient pu nous échapper. Si les jumeaux m'avaient entendu parler, s'ils avaient entendu autre chose que les abstractions des bandes vocales, l'expérience était en fin de compte anéantie, mais je continuais à penser qu'il y avait encore quelque chose à en sauver. J'avais conscience d'avoir failli pousser un cri involontaire un instant plus tôt, en les voyant là, qui me fixaient dans le noir. Il fallait que je sache ce qu'ils avaient vu et entendu et, par-dessus tout, il fallait que je sache comment ils avaient fait pour se retrouver là, ruisselants, par une chaude nuit d'été. L'idée qu'ils auraient pu rallier le vaste monde d'une manière ou d'une autre et y être découverts m'emplissait d'effroi. En mon for intérieur, je me les représentais en train de cheminer sur la route d'un pas mal assuré, sous le clair de lune estival. Ce qui me troubla le plus, cependant, ce fut un détail que je n'avais pas vraiment remarqué en premier lieu, un détail qui ressemblait à un faux souvenir, d'ailleurs il se pouvait que je me trompe, mais plus tard, quand je me remémorai le moment où j'allumai et les découvris là, j'eus la certitude que, pour la toute première fois, du moins en ma présence, ils souriaient.

À la faveur du recul que procure le temps, je constate que ce fut à ce moment-là, sur cette erreur-là, que l'expérience avec les jumeaux prit fin. Je ne pouvais plus me fier à moi-même ; je ne pouvais même plus risquer la supposition la plus élémentaire. À dater de ce jour-là, chaque fois que je sortais, je craignais d'avoir oublié de fermer la porte à clé et que précisément en cet instant, les jumeaux soient en train de remonter cahin-caha du sous-sol ou de surgir en plein jour d'un pas chancelant, de se diriger d'instinct vers le portail qui menait à la route. C'était stupide, je le savais, mais chaque fois que je quittais la maison, je laissais la voiture tourner au ralenti dans l'allée le temps d'aller vérifier que tout était en ordre. Au début, je me contentai de vérifier que la porte était fermée ; puis je m'arrêtais pour m'assurer que je les voyais bien tous les deux, enfermés en sécurité dans le sous-sol. Puis j'en vins à passer en revue toute la maison : je vérifiais le gaz, les robinets, les prises électriques. J'avais des visions d'incendies se déclarant en mon absence. Une bouilloire restée branchée provoquait un court-circuit, le feu prenait dans la cuisine et se propageait au reste de la maison... un pur hasard voulait qu'un promeneur passant par là aperçoive les flammes et appelle les pompiers lesquels, en contrepartie, sauvaient les jumeaux. J'avais des visions d'inondations. À un moment donné, j'en arrivai à rebrousser chemin deux ou trois fois pour chasser le moindre doute. Une fois, au supermarché, j'abandonnai mon chariot au rayon des surgelés pour refaire le trajet sous une pluie battante, convaincu que j'étais d'avoir oublié la clé du sous-sol dans la serrure. De retour au supermarché, mon chariot avait disparu.

La situation était aberrante. Ce n'était pas seulement que je craigne que les jumeaux s'échappent. En fait, leur existence même commençait à me tracasser à toutes sortes d'égards. Chose difficile à croire aujourd'hui, et pourtant vraie, ils me faisaient peur. Chaque fois que je descendais au sous-sol, je me sentais nauséeux, la tête me tournait, comme si j'avais absorbé du poison ou que je souffrais d'une allergie quelconque. Il me suffisait de les regarder en train de jouer tous les deux dans leur parc pour me sentir balayé des pieds à la tête par une vague de dégoût. C'était une sensation familière. Je l'avais déjà expérimentée, je le savais, et je fouillai mes souvenirs pour retrouver quand. Je finis par me rappeler ce jour où mon père trouva un chat qu'il rapporta à la maison sans crier gare. Jamais je ne me serais attendu à une chose pareille de sa part. Le petit animal plutôt laid qu'il déposa dans l'entrée n'était même pas un chaton, simplement un assez jeune chat qu'il avait déniché dans un refuge, un de ces lieux de protection où échouent les chats perdus ou indésirés, comme les âmes dans les limbes, en attendant la rédemption. Je me rappelle mon père, à présent, debout sur le seuil, le chat dans les bras ; il n'avait même pas demandé de caisse ou de cage ; il devait s'être contenté de le choisir, plus ou moins au hasard, puis de le prendre et de s'en aller.

C'était presque Noël. Il avait passé des jours à traîner à la cuisine, attendant la neige et écoutant les chansons que diffusait la radio (*White Christmas, Winter Wonderland*) le genre de rengaines sentimentales que mère ne pouvait pas supporter. Je comprends, rétrospectivement, qu'il devait traverser une crise quelconque : il me semblait plus distant et irréel que jamais, et je me rappelle vaguement avoir eu l'impression qu'il cherchait à élucider quelque chose, à trouver une conclusion cohérente. Il venait sans cesse traîner dans le bureau du rez-de-chaussée où mère et moi étions en train de lire ou de discuter tranquillement ; il se postait à la fenêtre et contemplait le paysage pendant de longues minutes, puis il lançait qu'il voudrait que la neige arrive. Je ne voyais pas ce que la neige aurait pu changer, en bien ou en mal, mais de toute évidence, cela avait de l'importance à ses yeux. Il dut bien le répéter une dizaine de fois et plus. Peut-être cherchait-il à se rappeler quelque chose de son enfance et croyait-il que la neige pourrait l'y aider. La plupart du temps, mère feignit de ne pas remarquer son manège, mais pour ma part, momentanément du moins, j'en fus intrigué.

Finalement, quelques jours avant Noël, il sortit un matin de bonne heure et revint à la maison à peu près à l'heure du dîner avec un chat roux et blanc efflanqué. Il fit mine de me le donner, déclara que cela me ferait du bien d'avoir un animal qui me tienne compagnie et dont j'aurais la responsabilité. Bouche bée, ne pouvant en croire mes yeux, je le regardai lâcher l'animal dépenaillé, crasseux, dans notre entrée impeccable. Puis je regardai mère. J'étais sûr qu'elle allait interdire à mon père de laisser le chat à l'intérieur, mais à ma surprise, elle se contenta de monter lentement à son propre bureau, sans prononcer un mot. Mon père n'eut pas l'air de s'en rendre compte; il quitta son manteau et guida le chat jusqu'à la cuisine où il prit un bol (un bol pour humains, que mère aurait pu utiliser), le posa par terre et le remplit de lait. Le chat s'avança à pas prudents, renifla le bord du bol, puis s'en détourna et entreprit d'explorer la cuisine en se frottant partout pour laisser sa trace, s'approprier notre maison.

Je crois qu'il ne veut pas de son lait, constata mon père qui me supposait intéressé, m'associait contre mon gré, en me regardant d'un air affectueux.

Je crois bien que non, répondis-je aussi sèchement que je le pus.

Je n'arrivais pas à comprendre pourquoi mère n'avait pas réagi. Un mot de sa part, et le chat serait reparti d'où il venait.

J'ai des boîtes dans la voiture, annonça mon père. Je vais les chercher.

Il marqua un temps d'arrêt, sans me lâcher des yeux. Il semblait s'attendre à ce que je participe, que je caresse le chat, lui accorde un semblant d'attention, ou peut-être que j'offre de lui donner à manger. Mais je ne dis rien. Mon père retourna à la voiture, sans manteau, et revint un instant plus tard avec un carton plein de boîtes de nourriture pour chats. Il en ouvrit une, prit un autre bol, une fourchette dans le tiroir, et remplit le bol jusqu'à mi-hauteur d'une viande noirâtre et nauséabonde. Dès qu'il posa le bol à terre, le chat accourut et commença à manger. Ce fut alors que je me sentis mal. Mon estomac commença par se nouer, puis la tête me tourna, et je ressentis la même impression d'invasion intérieure que lorsqu'on a attrapé un virus gastrique ou un gros rhume. Un corps étranger (quelque chose d'animal) s'introduit et prend le dessus, prive notre corps de son autonomie naturelle. On me contraignait à la plus répugnante intimité. De toute évidence, mon père tenait à ce que j'aime ce chat, et le moindre signe de révulsion de ma part équivaudrait à un rejet, non pas de l'animal, mais de lui. Mais plus je restais là, dans la chaleur de la cuisine, à regarder cet animal dépenaillé et en quelque sorte parasite manger dans la vaisselle de mère, plus j'étais soumis à cette odeur, aux bruits qu'il faisait en s'alimentant, plus je me sentais mal et je compris aussitôt qu'il fallait que je fasse quelque chose pour me préserver, ainsi que mère, des conséquences de la folie de mon père.

Noël n'était jamais célébré de façon extravagante chez nous. Mère détestait la sentimentalité. Mon père m'achetait quelques cadeaux et au matin de Noël, il offrait à mère un seul paquet, dans un emballage discret, qu'elle mettait toujours de côté sans l'ouvrir. Je ne sus jamais quel en était le contenu. En général, cependant, tout était terminé dès l'heure du petit déjeuner. L'ordre habituel des choses était rétabli ; je rangeais les jouets et les livres que mon père m'avait achetés et mère préparait un repas léger pour le midi. Ni la dinde ni les cotillons n'avaient cours chez nous, même si mes parents recevaient parfois le lendemain de Noël autour d'un verre ou d'un dîner. Leurs invités observaient toujours la plus grande discrétion, bannissaient de leur conversation toute allusion à l'événement, comme s'il s'agissait d'une réunion impromptue ou d'une invitation ordinaire.

Cette année-là, ce fut différent. Nous eûmes un grand sapin, illuminé et décoré de guirlandes, et à ma profonde stupéfaction, je vis mère apporter sa contribution, aider mon père à installer l'arbre et à y accrocher les décorations, passer du temps à la cuisine, préparer des tartelettes aux fruits confits et des génoises. Le chat assistait aux préparatifs, sans trop savoir si l'occasion devait lui inspirer de la peur ou de l'intérêt. Bien que mon père ait affirmé qu'il avait rapporté cet animal pour moi, il était le seul à lui accorder le moindre intérêt. Ce fut lui qui décida qu'il fallait l'appeler Rusty, en raison de la curieuse couleur rouille de son pelage ; c'était lui qui lui donnait à manger, qui le faisait sortir de temps en temps et restait sur le seuil de la cuisine pour s'assurer que l'animal ne s'aventure pas trop loin, puis sortait et l'appelait quand il estimait qu'il était resté dehors assez longtemps. Mère avait décidé de faire comme si l'animal n'existait pas : ma foi en son pouvoir était tellement forte que je fus convaincu pendant plusieurs jours que le chat allait percevoir sa réaction de rejet et s'éclipser un après-midi en laissant mon père appeler sur le pas de la porte dans un jardin vide. Mais Rusty, lui, fit de mère le personnage central de son existence : où qu'elle aille, il suivait ; chaque fois qu'elle approchait, il se réveillait et allait à sa rencontre en poussant de petits miaulements. Mère ne parvenait sans doute à l'ignorer qu'au prix d'un effort de volonté, mais mon père, qui aurait dû être jaloux, était content.

Rusty t'aime, déclarait-il en adressant un grand sourire à mère comme s'il venait de résoudre un problème ancien ou de trouver la réponse à une question qui le tracassait depuis des années.

Mère ne répondait pas. Elle se bornait à feindre que le chat n'existait pas, en toute circonstance, même quand l'animal essayait de venir s'installer sur ses genoux ou cherchait à se frotter contre ses jambes, à lui communiquer son odeur, à faire d'elle un élément de son territoire. Elle se retirait des heures durant dans son bureau, à l'étage, où le chat n'avait pas droit de cité. Je ne mis pas longtemps à comprendre qu'elle éprouvait la même nausée, le même léger vertige que moi chaque fois que l'animal approchait. Par égard pour mon père, j'aurais vraiment voulu éviter de faire souffrir le chat, mais en fin de compte, je n'eus pas le choix. Dans l'intérêt de la santé de mère et de la mienne, je dus agir.

De retour à l'école, après cet étrange Noël, je trouvai à la bibliothèque un livre sur les animaux domestiques. J'allai directement au chapitre concernant les chats et entamai une étude fouillée du sujet. J'examinai la conformation du squelette, je lus tout ce qui concernait la vision nocturne, mais ce que je trouvai le plus intéressant, et le plus prometteur, ce fut le passage dans lequel il était dit que le sens de l'odorat fait partie intégrante de l'organisme du chat. J'appris que tous les chats sont pourvus de petites glandes disséminées sur l'ensemble du corps, qui sécrètent une substance à l'odeur unique permettant à l'animal de marquer son territoire, en laissant sa signature où qu'il aille. Ainsi, chaque chat possède son odeur propre, grâce à laquelle il se reconnaît lui-même ; d'où il s'ensuivait que cette odeur était son identité même. Ces détails me captivèrent. Pour les animaux, la perception de soi était donc définie par quelque chose d'externe, par la présence de leurs sécrétions glandulaires sur les pierres, les arbres, et les emplacements situés aux abords d'un territoire donné. J'en déduisis que, pour peu que l'on supprime l'odeur, l'animal était perdu. Son propre territoire, son corps même lui deviendraient alors étrangers et menaçants.

Les possibilités d'expérimentation étaient infinies. J'aurais trouvé extrêmement intéressant, par exemple, de pouvoir intervertir les glandes de deux chats et d'observer le résultat. Je m'imaginais la perplexité, voire l'espèce de folie qui s'emparerait de l'animal une fois sa perception de soi évanouie (ce serait comme se réveiller dans une nouvelle peau, avec un visage différent, un corps différent). Que se passerait-il, me demandai-je, si l'on remplaçait les glandes d'un mâle par celles d'une femelle ? Le comportement de l'animal changerait-il ? Ce n'était là qu'une des innombrables questions qui se posaient, et je regrettais qu'une telle expérience soit hors de mes compétences. Ce que je pouvais faire, en revanche, c'était tenter de masquer l'odeur naturelle de Rusty, le priver de la perception qu'il avait de son identité. En soi, ce serait une expérience déroutante, qui parviendrait peut-être à faire fuir l'animal. Mon intention n'était pas vraiment de le tuer, du moins dans un premier temps. J'étais sûr que si j'arrivais à le faire fuir, quelqu'un le trouverait et le recueillerait. Les gens se laissent attendrir par les chats et les chiens, ils les traitent comme des êtres humains. Mieux, en fait. Ils adorent les animaux parce qu'on peut faire d'eux ce qu'on veut. Ils n'ont pas le langage pour s'exprimer.

Quelques jours plus tard, mon père s'étant absenté pour son travail, je lançai l'expérience. Je ne fis pas de détail. Je mélangeai une sélection des parfums de mère dans une pompe à sulfater autrefois utilisée pour les rosiers, puis j'attirai Rusty dans l'appentis. Le chat n'était pas méfiant : je ne lui avais jamais donné matière à me craindre si bien qu'il fut assez facile de l'entraîner à l'intérieur puis de fermer à clé derrière nous. Je lui fis croire que je voulais jouer, lui agitai un bout de cotonnade sous le nez puis, une fois sa confiance gagnée, je traînai le bout de tissu jusqu'à une caisse en bois où mère entreposait les pots de fleurs et finis par y enfermer l'animal avant de la recouvrir d'un grand tamis de jardin que je lestai pour le tenir en place. Rusty ne chercha pas vraiment à s'échapper ; il dut croire que cela faisait partie du jeu. Quand je commençai à le vaporiser, il se mit à paniquer, mais il n'y avait aucun moyen de sortir de la caisse, si bien que j'eus tout mon temps pour l'inonder copieusement de l'odeur inconnue. Je le vaporisai à plusieurs reprises, pour couvrir tout le corps, soustraire totalement l'animal à sa propre perception. L'idée me vint que, privé de son odeur, un chat pouvait se croire invisible. Ce serait un peu le même genre d'expérience que ferait un humain qui se regarderait dans un miroir et n'y verrait pas son reflet.

Finalement, je reculai, fis tomber le tamis et ouvris la porte. Le chat fila d'un trait hors de la caisse et dans le jardin. J'avais pris soin de ne pas vaporiser près des yeux ou de la bouche, si bien que j'étais à peu près sûr de ne pas l'avoir blessé ; pourtant, sitôt dehors, il se mit à pousser d'affreux hurlements. On aurait dit un enfant en train de pleurer, comme si, quelque part derrière ce faciès plat et velu, se cachait une âme humaine, enfermée dans l'esprit et le corps d'un animal. J'avais lu quelque part que certains peuples croient que les âmes changent de forme après la mort, qu'un homme peut devenir un chien, un lapin ou un cheval, selon ses agissements durant sa vie, ses péchés, ses fautes, ses moments de bonté, ses trahisons, les amours et les peurs qu'il a éprouvées… peut-être était-ce vrai, peut-être y avait-il une âme enfermée dans ce corps de chat, quelque chose de plus ou moins humain, quoique diminué pour ainsi dire, une forme vaguement dénaturée, mi-instinct, mi-conscience. Sans doute était-ce pour cette raison que certaines personnes voulaient s'entourer d'animaux ; peut-être voyaient-elles la trace de gens comme eux dans ces yeux muets, implorants. Peut-être était-ce justement ce que mon père avait vu en Rusty. Il avait entrevu sa propre personne dans cette pitoyable silhouette et cherché à dispenser du réconfort (à l'animal, à lui-même, à tout ce qui existait de faible et de désemparé). Cette idée me répugnait. Il n'y a rien de pire, rien de plus écœurant que la pitié. Rusty s'était réfugié tout au fond du jardin et se tenait à présent vers le poirier. Il continuait à geindre doucement tout seul et ses plaintes m'agacèrent, me mirent hors de moi. Je lui criai d'arrêter, mais cela n'eut aucun résultat. Enfin, au bout de deux ou trois minutes, voyant qu'il ne cessait toujours pas, je retournai dans l'appentis et en revins avec une pelle. Il ne chercha pas à s'enfuir. Je lui assenai d'abord un coup, puis je frappai plusieurs fois (je ne me rappelle pas combien) jusqu'à ce que je constate qu'il était mort. Je n'avais pas eu l'intention de lui faire du mal, mais à partir de cet instant précis, je n'avais plus le choix : il fallait que j'anéantisse ce brimborion misérable, que je détruise son âme pitoyable. Quelque chose en lui me donnait la nausée. Même s'il s'était enfui, même si je ne l'avais jamais revu, je n'aurais pu supporter de savoir qu'il continuait à vivre.

À présent, cette même nausée me revenait avec les jumeaux. Quelque chose, chez eux, transcendait la distance entre l'humain et l'animal. Ils semblaient exister dans les deux registres à la fois, reliés à un courant d'instinct et de connaissance ancestrale, communiquant par le chant, savourant la chaleur et l'odeur de l'autre comme un animal pourrait le faire, avec la même subtilité féline. D'une certaine manière, ils n'étaient pas humains. Ils sentaient des choses que je ne percevais pas ; ils vivaient sur un autre plan. Je ne pouvais pas même deviner la nature de leur monde. J'avais déjà arrêté que je ne serais jamais en mesure de déchiffrer leur chant. Peut-être n'avait-il pas de signification ; peut-être le sens qu'ils lui prêtaient était-il à ce point différent de ce que moi je considérerais comme tel qu'on pourrait à peine voir là du sens. Pourtant, ils avaient l'air de me reconnaître : même à l'époque où ils m'ignoraient, pendant les premiers mois, ils devaient m'avoir observé sans arrêt. La nuit où je me réveillai pour les trouver sur le seuil de ma chambre, qui me dévisageaient en silence, je perçus chez eux une nouvelle assurance, une malveillance contenue qui leur procurait un plaisir vrai, animal. Et tout à coup, je compris que j'avais peur d'eux. C'était la peur qui me révulsait l'estomac, la peur qui me donnait le vertige, de même que c'était la peur qui m'avait inspiré un tel dégoût quand mon père avait rapporté Rusty à la maison. Je vois bien, à présent, que c'était totalement irrationnel, mais à la suite de cette nuit-là, j'eus constamment peur que les jumeaux m'attaquent à l'improviste, tout comme j'avais eu peur que le chat de mon père puisse, n'importe quand et sans la moindre provocation, fondre sur mon lit et me planter ses dents dans la gorge.

Il faisait trop chaud pour dormir. J'étais allongé depuis deux heures, les yeux grands ouverts, sous un simple drap blanc ; la chaleur me rendait un peu fébrile, à chaque mouvement que je faisais, ma peau tout entière était parcourue de minuscules frissons, de sensations par vagues. Je m'imaginais sans arrêt entendre les jumeaux, tout au fond du sous-sol, en train de chanter l'un pour l'autre ou de monter l'escalier sans bruit, de se diriger vers mon lit. Finalement, je descendis me préparer une boisson fraîche, puis je déambulai d'une pièce à l'autre, contemplant chaque endroit baigné de lune comme s'il s'agissait d'un lieu totalement nouveau, la maison d'un inconnu où je me serais éveillé par hasard. Tant que je me déplaçais, je n'entendais rien hormis le cliquetis des glaçons dans mon verre, telles de minuscules clochettes assourdies par le léger clapotis de l'eau, mais chaque fois que je m'arrêtais, chaque fois que je faisais halte pour tendre l'oreille, je captais, à nouveau, un interminable courant de grincements et bruissements, et cette musique lointaine, et plus je cherchais à me persuader qu'elle n'existait pas, plus je la guettais. Je descendis l'escalier du sous-sol dans le noir et me postai devant la porte. Je ne voyais rien par la grille.

J'enclenchai le micro. Les jumeaux dormaient : leur souffle était paisible et régulier, tellement à l'unisson qu'il aurait pu n'y avoir qu'un seul enfant dans ce parc envahi d'obscurité. Je crois qu'à ce moment-là, j'éprouvai un pincement de jalousie à leur égard. Ensemble, ils étaient plus individuels que je ne le serais jamais. Bien qu'ils dépendent totalement l'un de l'autre, ou peut-être parce que c'était le cas, ils se définissaient mutuellement à la perfection : le monde, pour chacun d'eux, était filtré par les yeux de l'autre. Il ne pouvait exister de sensation qui ne soit teintée des sentiments qu'ils se portaient l'un à l'autre. J'en étais convaincu depuis le jour où je les avais entendus rire ensemble. Ils étaient complices. C'était peut-être la raison pour laquelle ils chantaient : ils ne tenaient pas de conversation en tant que telle, ils se conformaient simplement à un rituel qui confirmait, célébrait leur existence conjointe. La complicité qui existait entre eux sous-tendait un monde auquel j'étais incapable d'accéder, or une partie du plaisir d'appartenir à ce monde, une partie de leur joie intime, se fondait sur mon exclusion. On aurait dit que c'était moi qui ne pouvais pas parler, que pour moi, le monde n'était qu'un fouillis de sensations dénuées de signification et inquiétantes… et j'en vins alors à me dire que c'était moi qu'on avait enfermé dans la Maison muette.

Je fus souffrant pendant les quelques jours qui suivirent. À un moment donné, je m'endormis dans un fauteuil et restai là, à flotter entre la longue chaleur de la journée et un lointain hiver de l'esprit, dérive qui m'entraîna dans des bois sombres encotonnés de neige et en d'étranges villes miniatures, pareilles aux villes des peintures naïves, tout en ponts et clochers givrés, en patineurs évoluant sur les rivières. J'avais une idée en tête, quelque chose ayant à voir avec des lignes parallèles et leur point d'intersection situé à l'infini. On aurait dit que je tâchais de formuler une idée, quelque hypothèse qui expliquerait l'ordre même du monde et comment il était inhérent à toutes choses, tout en étant foncièrement inexprimable ou transparent pour le sens commun, à l'instar des plus subtils détails mathématiques. Je pense que je devais avoir de la fièvre. Pourtant, quelque part dans mon esprit, ces divagations me paraissaient faire partie de l'expérience, en être une étape cruciale, aussi cruciale que les notes que je consignais ou les hypothèses que j'avais formulées.

Quand je m'éveillai, la pièce était bourdonnante de mouches. J'avais dormi longtemps, plusieurs jours peut-être : la lampe était encore allumée, la poussière se consumait doucement et je perçus un léger effluve charnel, comme dans une salle d'hôpital. Les mouches avaient sans doute été attirées par la lumière, pressentant une issue mais ne trouvant qu'une pièce de plus, de nouveaux murs, de nouvelles vitres incompréhensibles auxquelles se cogner. La fièvre tombait à présent, mais j'avais la gorge et la bouche sèches, comme si j'avais avalé du sable, et je me sentais encore déboussolé. J'avais l'impression qu'on m'avait arraché à mon propre corps et que je retrouvais tout juste le chemin permettant de le réintégrer. L'espace de quelques secondes, j'eus la forte impression que je venais de me voir de l'extérieur, un homme assis dans un fauteuil, comme un personnage de film... et je ne comprenais pas qui j'étais en train de regarder. L'image resta un moment imprimée dans mon cerveau, bien nette, bien réelle, puis elle se dissipa. Mais même pendant ce court instant, j'eus conscience d'autre chose, conscience d'être moi-même en train de guetter les bruits des jumeaux, avant même de me rappeler leur existence. Ce fut alors que je me rendis pleinement compte qu'ils étaient à l'origine de ma fièvre, que c'était eux qui m'avaient rendu malade, la nuit où ils étaient venus dans ma chambre. C'était totalement illogique, mais j'eus la certitude, à ce moment-là, que par leur volonté ils avaient appelé sur moi la fièvre. Je voyais encore leur regard braqué sur moi, leur silence soutenu ; je sentais la complicité qui les soudait contre moi, foncièrement malveillante et vengeresse. Il était indéniable que leurs progrès avaient été foudroyants au cours des deux ou trois derniers mois. À mesure qu'ils grandissaient, leurs intellects devenaient plus forts, plus soudés, et je compris que si je ne brisais pas leur pouvoir, il deviendrait trop puissant pour être contenu.

Je montai me coucher. J'avais besoin de recouvrer mes forces pour pouvoir affronter le problème. Après tout, me dis-je, céder à la panique n'aurait servi à rien. Je comprenais le danger que représente une solitude absolue, doublée d'une constante promiscuité avec un stimulus extrêmement irritant. J'avais lu des choses à propos d'expériences portant sur des prisonniers de guerre, où l'on enfermait un sujet seul pendant plusieurs semaines consécutives, sans autre son ambiant qu'une bande diffusant en continu un bruit blanc. Bien plus vite qu'on pourrait le croire, le sujet commence à souffrir d'hallucinations, d'illusions, de crises d'hystérie prolongées. Il entend des voix. Il perd toute perception de lui-même; il n'y a plus de démarcation entre lui et le reste du monde. Au bout de quelques jours, ceux qui conduisent l'expérience peuvent arrêter la bande magnétique, le sujet continue à entendre le bruit blanc, mais alors son angoisse s'accroît parce qu'il lui arrive par moments de percevoir le silence et qu'il ne distingue plus le vrai du faux. Ce qu'il fallait, c'était que je m'arrache à ce cercle vicieux. J'étais même à deux doigts d'abandonner les jumeaux quelques jours dans le sous-sol, de partir, tout simplement, de rouler jusqu'à la côte pour aller écouter la mer, ou d'entamer une longue excursion dans les collines, pour entendre le vent, les moutons dans les prés, les alouettes. Mais je ne pus m'y résoudre. C'était une crainte ridicule mais, bien que je sache qu'ils n'étaient que de petits enfants, j'étais sûr que si je les abandonnais à leurs propres ressources, ils s'échapperaient et l'expérience courrait le risque d'être dévoilée.

Ce fut alors que l'idée me vint, cette nuit-là, tandis qu'allongé sur mon lit, dans la chaleur immobile, je tendais l'oreille pour guetter quelque chose qui n'existait pas. Ce serait parfaitement logique, une nouvelle phase de l'expérience, qui pourrait même révéler de nouvelles perspectives, précisément le pas en avant qu'il me fallait. La question qui se posait était la suivante: que se passerait-il si l'un des jumeaux ne pouvait plus chanter, si l'une des voix s'éteignait tout à coup? Comment réagiraient-ils? Essaieraient-ils d'imaginer quelque autre moyen de communication? S'agissait-il de communication? Pour ce qui était d'éteindre une voix, je savais comment procéder. Je pouvais écraser le larynx de l'extérieur, ou inciser le cou et sectionner les cordes vocales, ou même retirer le larynx entier. J'avais appris tout cela dans mes manuels médicaux. Je savais aussi que l'opération serait risquée: l'écrasement pouvait entraîner l'asphyxie, et mes talents de chirurgien étaient limités, malgré mon expérience de la dissection. Et même si l'opération réussissait, il était encore possible que les enfants sombrent dans l'état apathique que j'avais déjà observé quand j'avais essayé de les séparer. Je croyais désormais, j'en étais même convaincu, que leur survie était fonction de leur capacité à communiquer l'un avec l'autre. Ce n'étaient pas des individus à part entière, mais les deux parties d'une seule et même entité. Ce serait toujours ainsi. C'était la raison pour laquelle mon expérience n'avançait pas: les jumeaux étaient isolés dans leur propre forteresse de sons, que je ne pouvais pas pénétrer, quelque effort que je déploie. Pour peu que l'un d'eux ne puisse plus parler, ils s'essaieraient peut-être à une autre méthode de communication, quelque chose que je pourrais interpréter; à moins que celui qui conservait l'usage de la voix se tourne vers moi, pour survivre, et alors je parviendrais peut-être à déchiffrer le code, s'il y en avait un. Du reste, si les choses tournaient mal, si l'expérience échouait, ce ne serait pas une grande perte. Le chant des jumeaux m'était devenu insupportable.

Bien entendu, je savais sans doute depuis le début quelle serait l'issue. Au point où j'en étais, je ne pouvais plus réprimer mon sentiment d'échec. C'était une attitude qui n'avait rien de scientifique: une expérience n'échoue jamais, on ne peut que la conduire, l'observer et la consigner par écrit. Je pensai à Michelson et Morley, dont les travaux sur la vitesse de la lumière et la nature de l'éther menèrent à la découverte par Einstein de la relativité. Dans le domaine de la science, il n'existe pas d'impasses. Pourtant, Michelson et Morley furent atterrés par ce qu'ils considérèrent comme l'échec de leur entreprise; c'étaient des chrétiens, que saisirent d'horreur le vide, la faille dans la trame de l'univers que révélèrent leurs observations. Certaines nuits, je restai éveillé des heures, à penser aux occasions que j'avais manquées. Il n'est pas de fantasme plus puissant que celui de ce qui aurait pu être. Je constatais, en ce qui concernait l'expérience, que la faute n'incombait qu'à moi, mais désormais je voulais éliminer les jumeaux et recommencer, avec un seul sujet, comme l'expérience l'exigeait depuis le début. L'erreur que j'avais commise fut de les laisser ensemble. Il était temps de régler la situation, de dégager la voie pour quelque chose de neuf.

Je me mis à l'œuvre le lendemain matin. Je décidai que B serait le sujet le plus approprié pour l'intervention chirurgicale. Comme elle était plus forte physiquement, je me dis qu'elle avait de meilleures chances de survie. J'avais dans ma bibliothèque plusieurs ouvrages traitant d'anatomie humaine et de chirurgie. Je les lus avec soin avant de commencer. Au cours de mes élucubrations nocturnes, j'en était arrivé à me rendre compte qu'il n'y avait en fait que trois options envisageables : mettre les cordes vocales provisoirement hors service, par exemple en exerçant une pression autour du larynx, ce qui entraînait un risque d'asphyxie ; pratiquer une laryngotomie, les cordes vocales étant alors sectionnées *in situ* ; ou encore une laryngectomie complète, qui consiste à retirer la totalité du larynx. Il ne faisait aucun doute dans mon esprit que cette dernière opération serait fatale à un enfant. Le moyen le plus simple de procéder consisterait à écraser le larynx d'une façon ou d'une autre, ce qui provoquerait une perte passagère, voire définitive de la parole, mais cela paraissait trop brutal, trop affreux. Je décidai de creuser un peu plus l'option de la laryngotomie. Cette opération semblait dans mes compétences, pas plus difficile que certaines des expériences que j'avais réalisées sur des souris et des lapins, du reste je trouvais séduisante l'idée d'inciser le larynx de l'enfant pour en observer l'intérieur.

D'après mon manuel de chirurgie, la laryngotomie est une opération relativement simple (techniquement, tout au moins). Les difficultés surviendraient pendant la phase des soins post-opératoires : B allait souffrir, et il faudrait que je prenne des mesures pour m'assurer que la plaie ne s'infecte pas. Il y avait aussi le problème de l'anesthésiant. Je pourrais utiliser certains des médicaments prescrits à mère, ou peut-être de l'alcool, au moins pour immobiliser l'enfant pendant l'intervention, mais il faudrait que je me renseigne très précisément sur les quantités que je pourrais administrer sans causer de dégâts irréparables. Il allait falloir en outre que les jumeaux restent plusieurs jours séparés l'un de l'autre, or j'ignorais complètement comment ils prendraient la chose. Quoi qu'il en soit, l'expérience était vouée à ne donner aucun résultat à moins que j'agisse, et j'étais curieux de savoir si le larynx de B était différent d'un larynx normal, si le chant continuel l'avait modifié, s'il s'était produit une certaine forme d'adaptation. Sous quelque angle que je l'envisage, ma décision semblait raisonnable. Même si B mourrait, j'aurais toujours A, et une fois qu'il se serait remis du traumatisme de la séparation, nous pourrions recommencer l'expérience sur des bases nouvelles. D'un autre côté, pour peu qu'il ne puisse vraiment pas survivre sans sa sœur ou que j'aie le sentiment que l'expérience était irrémédiablement compromise, les jeunes femmes sans abri ne manquaient pas dans les rues de toutes les grandes villes du pays. Je me remémorai à quel point il avait été facile d'amener Lillian à me suivre : je n'avais pas eu besoin de recourir à la force, et très peu à la persuasion. Il me suffirait de trouver quelqu'un comme elle, quelqu'un qui soit désespérément en manque de nourriture et de sécurité, de lui témoigner un minimum de gentillesse… et l'expérience pourrait recommencer avec un nouveau sujet. Je retiendrais les enseignements de mes erreurs avec les jumeaux. Rien ne serait perdu.

J'endormis B à l'aide de quelques-uns des anciens médicaments de mère. Je les lui administrai dans ses aliments, pendant qu'elle était encore au sous-sol puis, quand elle fut presque inconsciente, je la transportai à l'étage, dans le bureau, où l'opération allait se dérouler. A s'affola dès qu'il vit B sombrer, et encore plus quand il me vit prendre ce qui, à ses yeux, devait avoir l'air de la dépouille de sa sœur, puis l'emporter hors de la pièce. Cela m'inquiéta, bien sûr, mais il n'y avait rien que je puisse faire pour le rassurer, et mon temps était limité. Je dois avouer qu'en outre, la perspective de l'opération que j'allais entreprendre me rendait nerveux.

Je me souviens d'une fois, à l'école, où nous étions en train d'étudier de la poésie en vue d'un examen. Le professeur nous expliquait que la clé de la pensée du poète était concentrée en une seule formule, quelque chose qui assimilait la dissection au meurtre et affirmait que, dès lors que l'on décidait de disséquer un être vivant, on en perdait l'essence, quelque chose disparaissait en même temps que le sang s'épanchait, une chose invisible. Le professeur, Miss Matheson, semblait du même avis que l'auteur: plus elle parlait de nature, de l'âme, d'immortalité, plus elle s'éclairait. Je finis par lever le doigt.

Oui, Luke?

J'aimais bien Miss Matheson. Elle était jolie, elle avait une façon à elle de prononcer les noms, en classe, comme si elle s'étonnait de notre existence même, comme si le fait de reconnaître une présence lui faisait réellement plaisir. C'était une sorte d'encouragement, aussi: elle voulait que nous participions tous, que nous partagions les sentiments que la poésie lui inspirait. Je posai ma question:

Où se trouve l'âme, Miss Matheson?

Elle sourit.

C'est une bonne question, Luke, répondit-elle. C'est précisément ce que le poète tente de nous expliquer.

Elle marqua un temps d'arrêt pour souligner son propos. Je me rappelle avoir remarqué à quel point elle était jolie, debout devant la fenêtre, dans la lumière du soleil d'après-midi. Elle portait une jupe écossaise et un chemisier blanc, et un cardigan rouge sur les épaules, pas très bien ajusté, comme si elle venait de le mettre.

On ne peut pas localiser l'âme, reprit-elle. On ne peut pas inciser une plante ou un rat de laboratoire et découvrir leur être fondamental. Tout ce qu'on verra, ce seront des pétales et des sépales, des os, des veines et des organes. La véritable vie des choses ne peut pas être vue au microscope.

Alors comment sait-on qu'elle existe? demandai-je.

Elle sourit à nouveau.

Eh bien! nous savons tous que la vie n'est pas seulement une affaire d'os et de cellules cérébrales. Il y a la pensée. Il y a la beauté. Il y a la personnalité. Ce que dit le poète, c'est qu'on ne peut pas rechercher ces choses-là au bistouri ou à la loupe. La science ne fait que nous montrer comment fonctionne la machine. Elle ne peut pas nous révéler pourquoi la machine existe, ni ce qui vit à l'intérieur.

J'acquiesçai. J'aimais la regarder parler, et j'avais envie qu'elle continue, debout devant cette fenêtre, le visage et les cheveux baignés de lumière, agitant les mains dans la tiédeur immobile, comme si elle accomplissait un tour de magie. Je ne partageais pas du tout ce qu'elle disait; pour autant que je puisse en juger, ce poète qu'elle admirait tant était une aberration incarnée. L'image même de l'individu pensant, depuis la Renaissance, était celle d'un cerveau dévoré de curiosité, fréquentant cryptes et caves, risquant la mort ou le bannissement pour pouvoir disséquer, examiner et dessiner des cadavres de suicidés ou d'individus exécutés de frais. Mère m'avait donné des livres dans lesquels on voyait les peintres travailler à la chandelle dans les morgues froides. Toutes les certitudes qu'on avait à propos du corps humain se trouvaient là, dans les dessins de Leonardo ou dans les cadavres écorchés des illustrations de Vésale, pareils à des statues, posant dans des décors classiques, les tendons, les muscles ou les artères en évidence. Si les dissecteurs avaient obéi aux lois de leur époque, nous en serions encore à jeter nos ordures dans les rues, les gens continueraient à mourir de la peste ou de la diphtérie à Paris et à Milan. Les malades agoniseraient lentement dans des chambres sombres, puantes, couverts de sangsues, tailladés par les saignées. Tout au long de l'histoire, les découvertes importantes ont été faites par ceux qui s'aventuraient dans l'indicible. Je savais, même à l'époque, qu'il en était ainsi, et j'eus envie de rester après le cours pour expliquer à Miss Matheson ce que je savais. Je suppose que j'avais envie de l'impressionner, aussi. Je le vois bien. Rétrospectivement, je me rends compte que tout ce que j'attendais d'elle, c'était une réaction, quelle qu'elle soit, même si cela se bornait à de l'effroi ou de la consternation. Néanmoins, le moment venu, la seule chose que je pus dire fut que je ne partageais pas l'opinion du poète, qu'à mon avis, la science était l'instrument le plus précieux qui soit à notre disposition si l'on voulait découvrir le monde. Miss Matheson sourit à sa façon bien à elle, et je m'enfuis, rouge de confusion.

Et voilà que, tout en préparant mes instruments et en installant le bureau en vue de l'opération, je compris que j'avais pénétré dans le domaine de l'indicible. J'avais toujours su que la véritable frontière n'était autre que l'épiderme humain. J'avais disséqué des animaux, mais jamais je n'avais taillé dans de la chair humaine. Tout en attachant B à la table puis en badigeonnant d'antiseptique la région du larynx, j'examinai cette zone immaculée, intacte. J'avais tout prévu. Je comptais faire la plus petite incision possible, découper la peau et les tissus autour du larynx puis, en causant un minimum de traumatisme, sectionner les cordes vocales de part et d'autre. Cette dernière opération était la plus délicate, un exercice chirurgical dans lequel j'allais pouvoir puiser une réelle satisfaction ; de même que le fait d'entailler la peau, de pénétrer dans le corps d'un autre être humain m'intriguait et m'excitait. Je comprenais que des gens soient capables de tuer pour éprouver cette sensation, simplement pour pénétrer et explorer cette zone interdite de sang, de cartilage et de tissus. Ces gens-là étaient victimes d'une curiosité intense. Ils étaient obsédés par ce mystère distant d'à peine une longueur de lame. Tant que nous nous représenterons le corps comme un sac d'abats et de bile, mouillé et salissant, ce désir n'émergera sans doute jamais. Il faut quelqu'un qui ait foi en un ordre des choses quasi angélique pour vouloir pénétrer dans le corps d'un autre. Une telle personne devrait croire en un ordre silencieux et imperceptible : non pas Dieu et ses anges, rien de mystique… plutôt quelque chose d'entièrement scientifique, un principe guide, la présence d'un esprit qui puisse être décelé dans tous les schémas que révélera le corps. Peut-être Miss Matheson avait-elle raison : il y a une âme, quelque chose qui habite le corps, quelque chose qu'on ne peut isoler dans les chairs cérébrales ou dans les cavités cardiaques. Et pourtant elle demeurerait visible, dans l'économie et la beauté pures du corps humain, l'économie et la beauté pures de toute matière. Quel que soit le nom qu'on décide de lui donner (âme, intellect, esprit), une chose aussi ténue que la brume était présente dans la chair : non pas l'âme, mais ce que les Grecs et l'Évangile de saint Jean appelaient le Logos, un ordre universel et impersonnel, guidant toute chose en fonction de sa nature. La clé était là : l'ordre est neutre. L'opération que je m'apprêtais à entreprendre était plus qu'une simple investigation physique, c'était une enquête métaphysique à l'intérieur de cet ordre universel. Peut-être cet élément métaphysique (religieux) accompagne-t-il tout acte de dissection, pour peu qu'il soit exécuté dans l'état d'esprit qui convient ? Peut-être même accompagne-t-il les démembrements ? Peut-être chaque incision est-elle un acte d'amour spirituel ? En attachant la tête de B puis en élevant mon bistouri, je m'attendais à moitié à découvrir quelque chose d'insoupçonné, quelque filament de chaleur surnaturelle, quelque subtilité d'agencement, nichés dans sa gorge comme une clé.

Tout a sa résonance propre, particulière : peau, cartilage, veine, le flux naturel du sang vivant. Cela m'étonna. J'avais déjà travaillé sur des corps en vie, mais cette fois c'était différent. Cette fois, c'était un corps humain. Pendant quelques minutes, j'eus l'impression d'être en train de travailler sur mon propre corps, d'inciser et de rabattre ma propre peau, de scruter à l'intérieur de mon propre larynx. Comparées à cette opération, toutes les dissections et investigations que j'avais pu faire par le passé n'étaient qu'exploration de matière inanimée. À présent, pour la première fois, j'avais le sentiment d'être à l'œuvre sur une âme en vie. Dès que j'eus incisé (j'eus le plaisir de constater que ma main ne tremblait pas, que je ne commettais pas d'erreurs), je perçus la chaleur et le mouvement que recelait l'intérieur. Tout avait sa propre résonance, sa propre couleur. Rien n'était tout à fait comme je l'avais imaginé, en dépit de mon travail de documentation. Tout était plus léger, plus fin, plus distinct que je l'aurais cru possible. Dans le même temps, j'étais plus conscient que jamais de l'aspect viandeux de la chair. Quand je vis le larynx (ce beau mécanisme, d'une délicatesse évoquant celle d'un oiseau), je gardais encore à l'esprit que les nerfs, les cartilages finement ajustés, les muscles parfaitement adaptés étaient enfouis dans de la chair. À ce moment-là, une vague de compassion me submergea : quel que soit le soin de l'exécution, le sectionnement des cordes vocales et les dégâts consécutifs que subirait le larynx lui-même ressemblaient plus à un acte de violence qu'à une intervention chirurgicale. J'eus la sensation que dans ma propre gorge, deux minces lanières élastiques lâchaient d'un coup sec, et je dus me ressaisir pour pratiquer les incisions suivantes et finir l'intervention. À ce moment-là, je dus me rappeler à moi-même quel était mon but. Au point où j'en étais, me dis-je, il n'était pas question d'arrêter au nom de raisons pour la plupart sentimentales.

J'opérai avec soin, mais terminai quand même bien plus tôt que je ne m'y attendais. Les cordes vocales, fines, se laissèrent sectionner sans peine, après quoi je fus envahi d'une vague de satisfaction et de soulagement, puis la suture fut assez simple. J'eus un passage difficile quand l'enfant remua tout à coup, alors même que j'en étais aux derniers points, et que je me mis à craindre qu'elle reprenne totalement connaissance avant que je n'aie le temps de finir. Je me rendis compte que je n'avais pas réfléchi jusqu'au bout à cette phase de l'opération ; je m'étais trop concentré sur les incisions et le soin requis pour sectionner les cordes vocales sans causer trop de dégâts. Je m'étais assuré que je savais où se trouvaient tous les éléments : larynx, cordes vocales, artères principales. Je m'étais penché sur les problèmes des soins postopératoires : les possibles complications respiratoires, les traumatismes, la nécessité de prévenir toute infection. Lorsque, enfin, j'eus achevé mon intervention sans que B fasse mine de se réveiller, je la transportai dans la chambre d'amis et l'installai dans mon ancien berceau. Là-dessus, épuisé, je me lavai, descendis à la cuisine et me fis du café. Je dus m'endormir sur ma chaise ; je me réveillai avec l'impression qu'il s'était écoulé quelques minutes au plus, mais en jetant un coup d'œil à la fenêtre, je m'aperçus qu'il faisait nuit. Je montai en courant jusqu'à la chambre d'amis. B était réveillée. Quand j'allumai la lumière, elle remua un peu la tête mais sans la tourner dans ma direction. Elle regarda l'ampoule quelques secondes, puis tourna la tête vers le mur. Son visage était dépourvu d'expression. Elle ne pleurait pas, ne semblait même pas avoir mal. Elle était distante, détachée, comme un animal de zoo qui décide d'ignorer l'existence des visiteurs. Je vérifiai que le pansement était propre et intact. J'avais pensé au fait qu'elle puisse porter les mains à sa gorge et rouvrir la plaie, mais tout avait l'air en ordre. Me sentant plus rassuré, j'allai chercher le lecteur de CD portatif dans le bureau, y insérai *Spem in Alium*, de Tallis, et programmai la plage 1 en boucle, de façon à ce que B ait de la musique toute la nuit. Puis j'éteignis et descendis voir comment allait A.

J'avais prévu de réunir les jumeaux quand B aurait cicatrisé. J'espérais un rétablissement assez rapide, sur le plan physique (je pensais les remettre ensemble au bout d'une semaine), mais B ne donnait aucun signe d'évolution. Elle refusait de s'alimenter. Elle bougeait rarement. Par moments, elle semblait dormir, d'autres fois elle avait les yeux ouverts, mais je n'avais aucune idée de ce qu'elle éprouvait, si elle souffrait, si elle avait envie d'aller mieux. Je savais que c'était là la clé de son rétablissement. Si elle avait envie de vivre, elle vivrait ; dès le départ, cependant, j'eus le sentiment que son organisme avait subi un trop grand affront pour qu'elle survive. Non parce qu'elle avait perdu du sang ou subi les traumatismes habituels… je n'arrivais pas à formuler la chose de façon précise, mais il y avait eu un moment, alors que je terminais l'intervention, où j'avais remarqué les vides que contenait le corps, la façon dont les tissus, au lieu d'être denses et compacts comme je l'imaginais, étaient ponctués d'une multitude de petits interstices vitaux. J'avais remarqué ce détail sur les animaux, mais j'ignore pourquoi, je ne m'attendais pas à cela chez un humain. Pourtant, c'étaient ces espaces qui paraissaient importants tandis que je recousais B et pansais la plaie, ces espaces qui semblaient les plus vulnérables, les plus sensibles. Ce minuscule espace dans le larynx, cet espace que j'avais profané, ne serait plus jamais le même, et je pense que B le savait, à un certain niveau. J'aurais pu attendre qu'elle se rétablisse complètement, mais je craignais qu'elle renonce, tout simplement, or je voulais voir ce qui allait se passer quand je les réunirais, elle et son frère.

C'est ainsi que deux jours plus tard, je redescendis B dans la pièce du sous-sol et la déposai dans le parc, à côté de son frère. Aucun des deux n'émit un son. J'attendis quelques minutes, mais de toute évidence, ils n'avaient pas l'intention de communiquer en ma présence. Ils ne bougeaient même pas: côte à côte dans le parc, ils se regardaient l'un l'autre et attendaient que je m'en aille. La même expression se lisait sur leurs deux visages: un air de chagrin infini, une peine profonde qui semblait toucher A au moins autant, voire plus, que B. Je sortis et fermai à clé derrière moi. Le temps que je me poste à l'ouverture grillagée, ils s'étaient déjà rapprochés, s'agrippaient l'un à l'autre, se balançant légèrement, comme font les singes lorsqu'ils ont mal ou peur. Je regardai un instant, puis je m'en allai. À ce moment précis, j'acquis la certitude qu'il était inutile de poursuivre. En pratiquant la laryngotomie sur B, j'avais irrémédiablement traumatisé les deux jumeaux à la fois. La combativité dont j'avais cru B dotée n'était qu'apparente. J'ignore si ce fut l'opération, ou la période brève, quoique interminable pour eux, de séparation qui les brisa, mais tout ce qu'il me restait, c'étaient deux enfants blessés, repliés sur leur monde à eux, d'où j'étais banni à tout jamais.

Je passai l'après-midi à travailler dans le jardin. Il faisait encore chaud, les plates-bandes étaient en fleurs. Je bricolai un moment, décapitant les roses mortes, arrachant les mauvaises herbes. Pour la première fois, je m'autorisai à reconnaître pleinement que l'expérience était un échec. Il n'y avait aucun moyen de décider si le chant des jumeaux était un langage en soi ou s'ils ne faisaient que chanter pour le plaisir. Peut-être leur mélopée n'était-elle en réalité qu'une célébration de leur propre existence, de leur ressemblance, de la perception qu'ils avaient d'eux-mêmes et de l'autre. Peut-être était-ce le commentaire continu de deux âmes perplexes, incapables de comprendre leur monde, mais qui se délectaient à y vivre quand même. Tout à coup, il me vint à l'idée que toute leur vie, ils avaient existé dans un état non pas d'innocence, mais de grâce… c'est-à-dire de conscience, de gaieté au sens le plus pur du terme, un mélange particulier de détachement et de curiosité qui les faisait paraître, à certains moments, supérieurs à moi dans leur façon d'être au monde. C'était bien ça. Ces enfants, qui chantaient l'un pour l'autre entre les quatre murs d'un laboratoire dépouillé, possédaient quelque chose que je ne pouvais même pas essayer d'imaginer. Ils avaient dépassé les limites de mon langage, outrepassé tout contrôle de ma part, et même débordé le champ de mon observation. Cette constatation donnait à réfléchir. Il y avait néanmoins des enseignements à en retirer. La prochaine fois, me dis-je, j'organiserais les choses autrement. Je me procurerais un autre enfant que je placerais dans un isolement absolu. Trouver une autre sans-abri ne serait pas très compliqué. Je pourrais alors recommencer. D'ici là, j'allais sauver ce qu'il était possible de sauver avec les jumeaux. Il était évident que A ne chanterait plus : il devait s'être rendu compte que B ne pouvait plus répondre. En d'autres termes, ils n'étaient plus sur un pied d'égalité. Pour peu que cette égalité soit rétablie, il y avait une chance qu'ils tentent de trouver un nouveau mode de communication. Peut-être les avais-je laissés recourir au chant trop longtemps et seraient-ils incapables de trouver une solution de remplacement ? Quoi qu'il en soit, cela méritait d'être tenté. J'allais pratiquer une deuxième laryngotomie et, en cas d'échec, j'abandonnerais l'expérience et je recommencerais.

La deuxième opération fut aussi réussie que la première. Je pris plaisir, à nouveau, à me pencher sur les minuscules interstices, à observer en détail la complexité et la beauté de la chair. Pourtant, A réagit encore plus mal après l'intervention que B. Il était plus amorphe… moins décidé, je pense, à se rétablir. Il contracta de la fièvre, accompagnée de symptômes d'infection que, faute d'antibiotiques adaptés, je n'avais guère de moyen de combattre. Je le réinstallai dans le parc avec sa sœur, et tous les deux, ils passèrent leur temps à se regarder, inconsolables, éteints. J'étais soulagé, d'une certaine façon, de ne plus avoir à endurer leur chant continuel, mais je comprenais à présent que j'allais devoir prendre des mesures pour mettre un terme à cette expérience et en préparer une autre. Peut-être me sentais-je coupable, en outre, d'avoir poussé les choses aussi loin ; en tout cas, je ne pouvais plus supporter de les garder sous mon toit. L'expérience était terminée : elle s'était soldée par un échec, ni plus ni moins, et la présence des jumeaux me rappelait en permanence à quel point elle s'était mal déroulée. Du reste, ils étaient visiblement malheureux, et je compris qu'il serait charitable de mettre tout bonnement fin à leur existence. Mon nouveau projet était déjà esquissé : j'avais élaboré une stratégie pour trouver une nouvelle sans-abri, décidé où je l'installerais, envisagé toutes les éventualités. J'allais devoir être prudent, mais une fois trouvée celle qui conviendrait, quand je me serais débrouillé pour l'amener chez moi, je l'enfermerais au sous-sol, à l'abri des regards et des réflexions. Je pensai à ces filles que j'avais vues à Londres, désespérées, qui auraient fait n'importe quoi pour de la nourriture, un abri et un peu de sécurité. Quelques mois dans les rues, et elles devenaient vite méfiantes et avisées, mais ce serait tellement facile de trouver une jeune fugueuse qui en soit à sa première ou deuxième nuit dehors, quelqu'un d'inexpérimenté, quelqu'un de vulnérable. J'avais lu quelque part que des hommes écumaient les gares et les petites rues, de nuit, à la recherche de ce genre de filles. S'ils pouvaient le faire, moi aussi. Il vaudrait infiniment mieux pour la fille tomber sur moi, que sur quelqu'un comme Jimmy. Et même si elle n'était pas une partenaire consentante, même si elle ne comprenait pas ce qui se passait ou quelle était sa véritable fonction, elle serait bien installée et bien traitée, du moins pendant un certain temps. Et par-dessus tout, elle prendrait part à une entreprise valable.

D'ici là, il fallait que je me débarrasse des jumeaux. J'envisageai diverses méthodes pour ce faire. Je pensai à la noyade, mais renonçai car cela nécessitait un contact trop direct avec les enfants. À vrai dire, je ne m'en sentais pas le courage. Le même problème se posa dans le cas de l'étouffement ou de l'asphyxie. Je disposais d'une bonne réserve de Valium et de tout un assortiment de médicaments prescrits à mère pendant sa maladie, mais j'avais le sentiment qu'ils pourraient m'être utiles quand j'essaierais de me trouver une sans-abri. Au nombre des autres possibilités figuraient l'empoisonnement par l'alcool ou le monoxyde de carbone, ou la simple suppression de toute nourriture ou boisson. En fin de compte, cependant, je tombai sur la solution idéale.

J'avais oublié que tout jardin est une véritable officine d'apothicaire. On y trouve narcotiques, émétiques, astringents, philtres d'amour, hallucinogènes. Quelques années avant d'entamer l'expérience avec les jumeaux, je m'étais penché sur les effets des substances végétales, notamment les hallucinogènes et les poisons. À présent, tout me revenait en mémoire : les effets de l'if et du laurier-cerise, du cytise, de la belladone, de la bryone, des différents champignons. J'aimais l'idée que l'on puisse trouver les drogues les plus puissantes dans un rayon d'à peine un kilomètre de toute habitation, surtout en automne, quand les bois regorgent de champignons. Le moindre parc, le moindre bout de friche, le moindre bois abritait le genre de plantes capables de détruire les organes internes d'un individu en quelques jours ou de lui cisailler l'esprit en très peu d'heures. J'avais lu des cas d'enfants qui, ayant avalé à peine quelques baies d'*atropa belladonna*, la mortelle belladone, furent pris d'hallucinations de plus en plus intenses à mesure que le poison faisait effet et finirent par mourir… non pas à cause du poison à l'origine des hallucinations, mais d'une autre substance, totalement différente. Au cours de mes études d'alors, j'avais préparé quelques extraits des plantes en question : atropa, digitale, aconit, sans vraiment savoir ce que j'en ferais. Et voilà que, tout à coup, je tenais la réponse.

Je travaillais au fond du jardin, contre le mur, là où mère avait installé un pied de rosier Albertine grimpant. Je savourais le parfum, la chaleur de l'après-midi, le calme qui régnait là. Le chant avait cessé dans mes oreilles et pour la première fois depuis des mois, j'étais en paix. Je ne situe pas vraiment l'instant, mais il survint dans le courant de la longue chaleur de l'après-midi, comme cela arrive parfois quand on rentre du dehors, qu'on se retrouve dans un espace clos, seul un moment. Je tournais le dos à la maison et tout à coup, je sentis une présence, à la porte, quelqu'un qui me regardait. Je me retournai vivement. Cela peut paraître absurde, mais je m'attendais presque à voir mère, debout à la porte, et m'appelant pour prendre le thé. Je la voyais intérieurement, dans sa robe d'été bleue et rouge, avec son chapeau de paille. Elle était toujours aussi belle. Mais quand je regardai, il n'y avait personne. Je ne vis que les houx qui bordaient le chemin, la porte de la cuisine, la fenêtre du bureau. Cette sensation dura un instant à peine, mais elle m'envoûta, comme si j'avais été touché, à l'instar de ces enfants des livres que mère me lisait autrefois, par la main fraîche de quelque présence venue d'un autre monde. Il ne me vint pas à l'idée que l'intrus qui m'avait rendu visite deux ans auparavant soit de retour : après tout, comment aurait-il pu ? Il était mort depuis longtemps, me dis-je.

Pourtant, quand je regagnai la maison, j'y trouvai des preuves indéniables du passage de quelqu'un. On devait m'avoir observé quelque temps. Cela me rappela cette autre fois, quand j'avais trouvé les traces de Jimmy dans le jardin, mais je mis ridiculement longtemps à me rendre compte qu'il s'agissait du même individu que précédemment, de la même personne omnisciente, qui revenait me hanter. En d'autres termes, j'avais tué Jimmy pour rien. Ce qui aurait expliqué son attitude dans le cimetière. Du coup, j'allais devoir suspendre tous mes projets. J'allais devoir attendre pour trouver une fille, j'allais devoir me débarrasser des jumeaux très vite et nettoyer le sous-sol, pour le cas où quelqu'un viendrait y rôder. Mais le pire, c'était que si mon intrus revenait, j'allais devoir recommencer tout ce que j'avais fait avec Jimmy, avec les risques que cela comportait.

Ce soir-là, j'achetai le journal local. Ce n'était pas dans mes habitudes ; je pense que je voulais vérifier s'il s'était passé quoi que ce soit d'extraordinaire, s'il y avait du nouveau sur la mort de Jimmy, la disparition de Lillian ou quelque autre élément qui ait fait surface. Je le feuilletai rapidement, à l'affût du moindre détail susceptible de se révéler inquiétant, mais pour être honnête, c'est à peine si j'avais conscience de ce que je lisais. C'était tellement ridicule, ce mélange d'accidents de la route et de publicité pour robes de mariée, de naissances, de décès, de recettes de tarte au citron meringuée. Je ne suis même pas sûr, rétrospectivement, que j'avais remarqué l'article qui figurait en première page, mais je crois que oui. Quand je commençai à lire, ce fut d'abord la photo qui attira mon regard. Je reconnus tout de suite Jeremy Olerud, bien qu'il soit propre et bien habillé, avec chemise à col et cravate, sa masse de cheveux filasses peignée en arrière, ce qui lui donnait un autre air : moins furieux, presque heureux. L'article était plutôt pauvre. Il racontait que l'enfant avait été découvert noyé dans le lac de canotage, à Weston Park. La police locale faisait appel à toute personne ayant vu l'enfant ou sachant quelque chose des circonstances de sa mort. De toute évidence, il y avait des soupçons de meurtre. L'article ajoutait que Karen Olerud, la mère du jeune noyé, avait disparu dans des circonstances mystérieuses. La police faisait appel à tous ceux qui sauraient où elle se trouvait. L'amateurisme du style m'étonna, même de la part d'un journal régional. L'auteur employait véritablement des termes tels que *circonstances mystérieuses*. L'article se terminait par un résumé du parcours scolaire et des problèmes comportementaux de Jeremy.

Dans mon jardin, les saisons ne font pas que commencer et finir. Des traces d'hiver subsistent, au moins jusqu'en avril ou mai, sous forme de pellicule et de traînées humides ou noires, de petits paquets moisis et givrés dans les tas de feuilles ratissées derrière l'appentis et dans les recoins sombres le long du mur nord qui ne se réchauffent jamais vraiment. L'automne arrive par étapes : une fleur s'incline et tombe comme un amas d'étoffe gorgée d'encre, quelques feuilles se détachent des poiriers palissés, une pomme mûrie trop vite tombe sans que nul ne s'en aperçoive. L'hiver commence avec les chrysanthèmes. J'ai mis des années à remarquer tous ces détails. Enfant, j'allais me coucher en été et je me réveillais le lendemain matin pour trouver les vitres griffées de givre et la cuisine fleurant la pomme. Un narcisse et c'était le printemps. Les seules subtilités que j'avais jamais comprises étaient celles indiquées par mère ; mais même alors, je n'établissais pas de rapport, je m'en tenais toujours aux apparences.

Désormais, après les mois passés avec les jumeaux, je me sentais différent. Par moments, le moindre détail semblait d'une intensité insupportable : un simple pétale voletant sur la pelouse, une unique goutte de pluie oscillant au bout d'une brindille, les premiers flocons de neige tombant d'un ciel plombé… tout était présent. Dans le même temps, je me sentais totalement en harmonie avec mon environnement. La moindre variation de lumière, le moindre son nouveau, le moindre changement déclenchait chez moi une réaction purement physique. Un soir, quelques jours à peine après avoir pris la décision d'éliminer les jumeaux, je me tenais sur le seuil de la porte latérale, dans un recoin sombre où je ne faisais habituellement que passer, où ne poussaient que du lierre et des pervenches. Le mur du jardin, qui devait avoisiner les trois mètres de haut, était tout proche de la maison. Une porte menait au garage, que je fermais toujours à clé, et un sentier partait de là vers le mur du fond du jardin en passant devant l'appentis et les bacs à compost. Je m'étais toujours dit que mon visiteur avait dû s'introduire par là, escalader le garage, enjamber le toit et se laisser tomber dans le jardin pardessus ce mur ; il ne m'était jamais venu à l'idée qu'il puisse venir à travers prés, passer le petit ruisseau à gué et se glisser chez moi par le portillon du fond, que normalement je fermais à clé, bien qu'il m'arrive d'oublier. Je pense que ce soir-là, je m'étais posté à cet endroit dans l'espoir de surprendre l'homme. Je sais en tout cas que je tendais l'oreille, j'observais. Puis, au moment où je décelais le premier signe d'automne dans l'air ambiant, un imperceptible effluve d'eau et de caramel, je m'aperçus que quelqu'un d'autre était là, juste à l'angle de la maison, tout proche, tendu, aussi conscient, subitement, de ma présence, que moi je l'étais de la sienne. J'ignore comment je le perçus, ou comment je sus qu'il s'agissait de quelqu'un, et non d'un animal, mais j'étais parfaitement sûr que mon visiteur était de retour. J'aurais dû prendre plus de précautions. Il aurait pu s'agir d'un des amis de Jimmy ou de quelque banal cambrioleur… en tout cas, l'individu aurait pu être armé. Pourtant, avant même d'y penser, je gagnai rapidement l'arrière de la maison et tournai à l'angle. Je devais m'attendre à ce que le rôdeur m'entende arriver et s'enfuie, au lieu de quoi je me retrouvai face à face avec Karen Olerud.

Elle se tenait devant le chèvrefeuille que mère avait palissé le long du mur de la maison, comme si elle s'était arrêtée, négligemment, en faisant sa promenade du soir dans le jardin, pour en humer l'odeur suave et capiteuse. Elle était toute décoiffée, avec des feuilles mortes piquées çà et là dans les cheveux, et je remarquai qu'elle avait des égratignures et des traces de terre sur le visage et dans le cou… on aurait dit qu'elle avait traversé quelque étendue sauvage pour me retrouver. Je suppose que sa présence aurait dû m'étonner, mais ce ne fut pas le cas. J'en fus heureux. Je compris tout de suite que le mystérieux visiteur qui s'était introduit chez moi des mois auparavant n'était autre qu'elle. C'était elle qui avait laissé dans la neige ces empreintes noires au contour indistinct, elle qui était devenue fantôme pour me hanter, apparaître puis s'évanouir, ternissant d'ombres et de poussière tout ce qu'elle touchait. Elle avait été le témoin silencieux de ma vie avec Lillian. Elle avait dû nous voir par la fenêtre ; elle avait dû nous regarder, les soirs où je déshabillais puis emmenais Lillian ; elle avait dû rester là, sans un mot, peut-être des heures durant, pendant que Lillian allait d'une pièce à l'autre, préparait le petit déjeuner, m'apportait du thé, prenait des livres dans la bibliothèque, regardait la télévision. Cela l'avait peut-être troublée, de penser que j'avais choisi cette enfant plutôt qu'elle. Elle devait me considérer comme son amant, quoi que j'aie fait. Soudain, tout devenait clair : elle n'avait jamais eu l'intention de nous menacer ou de nous faire peur. J'avais tué Jimmy pour rien. Tout ce qu'elle avait fait pour attirer l'attention sur sa présence n'avait été que des appels, des tentatives désespérées pour me faire savoir qu'elle me désirait toujours.

Je me sentis envahi de bonheur. L'article lu dans le journal de la veille me revint en mémoire et je compris (j'en eus la certitude) ce qui y était délibérément tu. Karen Olerud avait tué son fils. Elle l'avait noyé intentionnellement, et à présent, elle venait me rejoindre parce qu'elle était libre et n'avait aucun autre endroit où aller. Je n'avais plus besoin de me procurer une sans-abri. Je tenais le sujet idéal, quelqu'un qui avait encore plus besoin de moi que moi d'elle, quelqu'un que je savais pouvoir mener sans peine. Tout ce que j'avais à faire, c'était l'accueillir.

Bonjour Karen, lançai-je.

Elle me dévisagea comme si elle n'était pas certaine que je sois réel.

Vous avez l'air fatiguée, repris-je.

Ce n'était pas tout à fait vrai. Elle était belle, debout dans la lumière déclinante, et au souvenir de son corps, une brusque bouffée de désir m'envahit : la douceur de sa peau, la chaleur de ses lèvres, sa moiteur lorsque je l'avais touchée pour la première fois. J'étais intrigué, en outre, à l'idée que pour la première fois, elle allait devoir jeter le masque ; qu'à partir de maintenant, je ne serais plus obligé de me soumettre à son jeu. Si je l'accueillais, ce serait selon mes conditions, et je crois qu'elle le savait.

Voulez-vous entrer ? proposai-je.

Elle ne répondit pas. L'espace d'un instant, je me demandai si elle avait perdu l'esprit : elle avait l'air tellement égarée, coupée de la réalité. Je savais pourtant qu'elle m'avait reconnu. Il me vint à l'esprit qu'elle avait dû employer toute son énergie pour venir jusque chez moi et qu'à présent, une fois arrivée, elle n'était pratiquement plus capable de rien. Elle se bornait à attendre ma réaction.

Je la pris doucement par le bras.

Pourquoi n'entreriez-vous pas pour vous reposer un moment ? suggérai-je.

Je la conduisis à l'intérieur de la maison, où elle me suivit, éperdue de gratitude. Je l'aidai à quitter sa robe mouillée dans la salle de bains, puis je lui fis couler un bain chaud et l'invitai à finir de se déshabiller. Pendant un instant, elle eut l'air troublée, comme si elle pensait que j'avais l'intention de faire l'amour avec elle sur-le-champ, dans la vapeur qui s'élevait et voilait les vitres, et quand je compris ce qui la préoccupait, je dois avouer que je fus tenté. Quelque chose en elle, tandis qu'elle se tenait devant moi, maculée de terre, la bouche meurtrie, les bras et le visage égratignés et griffés, quelque chose m'excitait, et je dus me ressaisir pour lui dire, doucement, qu'elle se sentirait mieux après un bon bain chaud. La gratitude s'inscrivit à nouveau sur ses traits, et elle s'assit dans l'eau chaude, immobile, comme si elle attendait que je la baigne. Je lui conseillai de se laver, puis je ramassai ses vêtements sales et les emportai. Quand je revins avec une des anciennes robes de chambre de mère, elle était toujours dans la même position, désemparée, hébétée, perdue dans son monde à elle. J'entrepris alors de la laver, rinçai la terre, le sang et la boue qu'elle avait dans les cheveux, fis couler de l'eau chaude sur ses coupures et ses ecchymoses. J'éprouvais pour elle une tendresse inattendue, tout à coup. Elle était venue à moi au moment même où j'avais besoin d'elle, comme si elle savait depuis le début ce qu'il fallait faire. Quand elle fut propre, je l'aidai à sortir de la baignoire et la séchai doucement, puis je lui posai la robe de chambre sur les épaules et lui fis traverser le palier en direction de la chambre de mère. Personne n'avait été autorisé à pénétrer dans ce lieu depuis la mort de mère ; je compris alors pourquoi je l'avais gardé intact, tel qu'elle l'avait laissé cinq ans auparavant. Karen était exactement de la même taille que mère : la chemise de nuit que je lui avais choisie lui allait parfaitement. Je lui donnai deux des anciens cachets de mère, pour qu'elle dorme d'un sommeil réparateur pendant les heures qui allaient suivre, puis je lui déposai un bref baiser sur les lèvres et en lui conseillant de dormir un peu, je l'allongeai dans le lit et remontai les couvertures sur ses épaules. Quand je fis mine de m'en aller, elle me saisit le bras et s'agrippa comme une enfant effrayée, et je dus la rassurer, lui caresser les cheveux, embrasser son visage, lui dire que tout allait s'arranger. Au bout d'un moment, elle me laissa aller.

Endormez-vous, lui dis-je. Tout va bien. Je vous verrai demain matin.

J'attendis quelques minutes, le temps de m'assurer qu'elle s'était endormie. Puis je l'enfermai dans la chambre de mère et descendis préparer l'ultime repas des jumeaux. Je dus faire vite… et je sais que dans ma hâte, je pris des risques que je n'aurais pas dû prendre. Quelqu'un aurait pu me voir ; Karen aurait pu se réveiller et s'affoler. Mais je ne me souciai de rien de tel. Cela ne me vint même pas à l'esprit. Je me sentais totalement en confiance. Mon sentiment devait être le même que celui des joueurs qui savent qu'ils ne peuvent pas perdre. J'étais envahi de bonheur, je crois, à l'idée de recommencer l'expérience. Je servis le repas, nourris les jumeaux à la main puisqu'ils étaient incapables de s'alimenter eux-mêmes, puis je remontai pour préparer du café. Plus tard, je descendis au sous-sol, et en dépit de ma vieille crainte qu'ils aient survécu d'une façon ou d'une autre, qu'ils soient encore en train de guetter le moment de me surprendre, je m'emparai de leurs corps qui froidissaient déjà et les transportai dans le jardin. Curieux, à quel point leurs visages semblaient vides en plein air. Pendant que Karen dormait, j'allongeai les enfants à côté de leur mère, dans le jardin d'iris, en disposant leurs corps de façon à ce qu'ils reposent face à face dans la terre mouillée.

Je suis surpris de constater à quel point Karen a peu changé, combien elle reste belle, malgré égratignures et ecchymoses. La dernière fois que j'ai couché avec elle remonte à plus de trois ans, mais d'après mes calculs, elle doit avoisiner les trente-cinq ans, être encore capable d'avoir un autre enfant, voire plus. Je me rends compte à présent que depuis, je n'avais pas cessé de la désirer ; maintenant qu'elle est là, je suis sûr de pouvoir maîtriser la situation. L'essentiel sera de veiller à ce qu'elle ne devienne pas indépendante au point de regimber quand je lui retirerai les enfants, mais je sais que si elle fait des difficultés, il me sera facile de me débarrasser d'elle. Personne ne sait où elle est. Si je devais la tuer, je pourrais l'enterrer dans le jardin, à côté de Lillian et des jumeaux, puis en revenir à mon précédent projet de me trouver une sans-abri. Non que je m'imagine que les choses en arriveront là. Je suis tout à fait sûr de pouvoir satisfaire Karen ; de simples témoignages de gentillesse et un stock renouvelé d'alcool suffiront à lui faire accepter tout ce que je ferai et dirai. Du reste, à ma manière je l'aime bien. C'était agréable de lui déposer un baiser sur le front puis d'éteindre la lumière, sachant que plus tard, je retrouverais la chaleur de sa peau meurtrie ; c'est agréable, désormais, d'avoir de nouveau une femme dans la maison. Il y a quelques heures, quand je suis sorti de la chambre de mère et que j'ai soigneusement fermé à clé derrière moi, une vive joie m'a tout à coup envahi, comme si je mettais sous clé quelque trésor caché que j'aurais espéré des années, la seule chose à laquelle je ne me sois jamais attendu : un cadeau utile, un indéniable instant de grâce divine.

BIBLIOTHÈQUE ANGLO-SAXONNE

Brian ALDISS
À l'Est de la vie
La Mamelle de Némésis
Mars blanche
SuperToys
Super Etat

Mary CAPONEGRO
Star Café

Jim GRIMSLEY
Les Oiseaux de l'hiver
Confort et Joie
L'Enfant des eaux
Dream Boy

Sally MORGAN
Talahue

Pat O'SHEA
Les Chiens de la Morrigan

Francine PROSE
Visites guidées de l'enfer
Blue Angel

Bibliothèque nordique

Jens-Martin Eriksen
Anatomie du bourreau

Vagn Predbjørn Jensen
Le Phare de l'Atlantide

A paraître :

Jens-Martin Eriksen
Le Crime de Jonatan Svidt

Impression réalisée sur CAMERON par

BUSSIÈRE CAMEDAN IMPRIMERIES

GROUPE CPI

à Saint-Amand-Montrond (Cher)
en juin 2003

Cet ouvrage a été composé par
Atlant'Communication
aux Sables-d'Olonne (Vendée)

N° d'édition : 2507001. — N° d'impression : 032848/1.
Dépôt légal : septembre 2003.

Imprimé en France